Elfriede Jelinek (1946) groeide op in Wenen. Ze studeerde theaterwetenschappen, kunstgeschiedenis en muziek. Haar romans, gedichten en toneelstukken zijn meermalen bekroond, onder meer met de Heinrich Böll-prijs. Zij baarde internationaal opzien met haar roman *Die Klavierspielerin*, die in 1987 in het Nederlands verscheen onder de titel *De pianiste*. Van haar verschenen *Die Liebhaberinnen* (1975) en *Die Ausgesperrten* (1980) (vertaald als *Uitgesloten*) en *Oh Wiltnis, oh Schutz vor ihr* (1985). Elfriede Jelinek schreef tevens essays en hoorspelen, en het scenario voor Werner Schroeters verfilming van Ingeborg Bachmanns roman *Malina*.

De provocerende roman *Lust* (1989) bevestigt haar reputatie een van de belangrijkste hedendaagse schrijfsters te zijn.

Elfriede Jelinek

Lust

Vertaald uit het Duits door Jos Valkengoed

Rainbow Pocketboeken

Rainbow Pocketboeken® worden uitgegeven door
Uitgeverij Maarten Muntinga bv, Amsterdam

Uitgave in samenwerking met
Uitgeverij Van Gennep bv, Amsterdam

Oorspronkelijke titel: *Lust*

Omslagontwerp: Ron van Roon
Foto achterzijde omslag: Isolde Ohlbaum
Typografische verzorging: Studio Cursief, Amsterdam
Zetwerk: Stand By, Nieuwegein
Druk: Ebner Ulm
Uitgave in Rainbow Pocketboeken mei 1994

ISBN 90 6766 180 5 CIP NUGI 301

Diep in verzonken ruimte
Dronk ik van de vriend... Toen ik mij tot
de dag wendde
was tot de verste zoom
geen ding dat ik nog kende –
de kudde was vertrokken, waarmee ik rende.

H. Johannes van het Kruis

I

Gordijnsluiers welven zich tussen de vrouw in haar huis en de overigen, die ook eigen woningen en eigen aardigheden bezitten. De armen, ook zij hebben hun domicilies, waarin hun vriendelijke gezichten bijeen zijn gevoegd, slechts het immer gelijke scheidt hen. In deze toestand slapen ze in: door op hun relaties met de directeur te wijzen, die, ademend, hun eeuwige vader is. Deze man, die hun de waarheid schenkt zoals zijn adem, zo vanzelfsprekend regeert hij, die heeft nu net zo genoeg van de vrouwen, dat hij luidkeels in het rond schreeuwt, dat hij alleen maar die ene nodig heeft, de zijne. Hij is onwetend als de bomen om hem heen. Hij is getrouwd, dat is een tegenwicht voor zijn pleziertjes. De beide echtelieden blozen niet als ze bij elkaar zijn, ze lachen en zijn en waren alles voor elkaar.

De winterzon is thans klein en deprimeert een hele generatie jonge Europeanen, die hier opgroeit of komt om te skiën. De kinderen van de papierarbeiders: de wereld zou door hen kunnen worden herkend om zes uur 's ochtends, wanneer ze de stal ingaan en onmenselijke vreemden worden voor dieren. De vrouw gaat met haar kind wandelen. Zij alleen geldt al als meer dan de helft van de lichamen hier, de andere helft werkt in de papierfabriek onder de man, nadat de sirene geloeid heeft. En de mensen houden zich precies aan het eerstvolgende, dat zich onder hen uitstrekt. De vrouw heeft een groot fris hoofd. Ze gaat met het kind ruim een uur eropuit, maar het kind, dronken van het licht, wil liever ongevoelig worden in de sport. Even wordt er niet op hem gelet, of het smijt zijn kleine ledematen al in de sneeuw, maakt sneeuwballen en begint ermee te gooien. De grond lijkt door het bloed opnieuw te zijn opgemaakt. Op de besneeuwde weg verbrijzelde vogelveren. Een marter of een kat hebben hun natuurlijke toneelstuk opgevoerd, kruipend op vier poten, een dier werd opgegeten. Het kadaver is ergens heen gesleept. De vrouw werd uit de stad hierheen gebracht, waar haar man de papierfabriek runt. De man wordt niet meegeteld onder de bewoners, hij telt alleen. Het bloed spat op de weg in het rond.

De man. Hij is een tamelijk grote ruimte, waarin het spreken nog mogelijk is. Ook de zoon moet al beginnen op zijn fluit te leren spelen. De directeur kent zijn arbeiders niet stuk voor stuk, maar hij kent hun totale waarde, een hele goedemorgen allemaal. Een fabriekskoor werd in het leven geroepen, en wordt met giften onderhouden, opdat de directeur met zichzelf kan dirigeren. Het koor trekt met bussen rond, opdat de mensen kunnen zeggen, dat was fantastisch. Daarvoor moeten ze vaak een rondgang door de provinciestadjes maken, en uit wandelen gaan voor de etalageruiten van het platteland met hun ongepaste tred en gulzige wensen. Het koor vertoont zich in de zalen van de voorkant, de achterzijde naar de kant van het café gericht. De vogel, wanneer hij vliegt, zie je ook slechts van onderen. Met omzichtige arbeidzame stappen stromen de zangers uit de gehuurde bus, die staat te dampen van hun rotzooi, en ze testen hun stemmen meteen in het zonlicht uit. De wolken zang verheffen zich onder het omhulsel van de hemel, als de gevangenen worden voorgeleid. Hun gezinnen wonen ondertussen zonder de vader en met een slechts gering inkomen. Ze eten worst en drinken bier en wijn. Ze brengen schade toe aan hun stemmen en hun zinnen, omdat ze beide onbezonnen gebruiken. Jammer, dat ze slechts van lage komaf zijn, een orkest uit Graz zou ieder van hen afzonderlijk kunnen vervangen, maar ook ondersteunen, al naar gelang de stemming waarin het verkeerde. Deze verschrikkelijk zwakke stemmen, door lucht en tijd bedekt. De directeur wil, dat ze met hun stemmen om zijn steun komen bedelen. Ook de kleine luiden kunnen bij hem een grootse start maken, als zij hem muzikaal zijn opgevallen. Het koor wordt als de hobby van de directeur gekoesterd, de mannen staan in hun loopstallen, als ze niet rijden. De directeur steekt er ook wat geld in, als het gaat om de bloedige, stinkende voorronden van het districtskampioenschap. Hij verschaft zichzelf en zijn zangers bestendigheid, die uitgaat boven het vluchtige ogenblik. De mannen, deze bouwwerken boven de aarde, en ze willen altijd nog verder bouwen. Opdat hun vrouwen hen aan hun werken nog herkennen, als ze met pensioen gaan. Maar in de weekenden, dan worden de goddelijken zwak. Dan klimmen ze niet de steigers, maar het podium in het café op en zingen onder dwang, alsof de doden zouden kunnen terugkomen en applaudisseren. De mannen willen groter zijn, en hetzelfde willen hun werken en waarden. Hun stichtelijkheden.

De vrouw is soms niet tevreden met deze smetten, die zwaar op haar leven drukken: man en zoon. De zoon een kleurige illustratie, een uniek kind, maar het laat zich fotograferen. Het loopt achter de vader aan, opdat ook hij een man kan worden. En de vader drukt hem de fluit tegen de mond, dat de schuimvlokken van het gebit spatten. De vrouw staat er met haar leven borg voor, dat alles goed functioneert en zij zich prettig voelen bij elkaar. Via deze vrouw heeft de man zichzelf doorgegeven aan de eeuwigheid. Deze vrouw was van zo goed mogelijke huize en heeft zichzelf aan het kind doorgegeven. Het kind is braaf, behalve in de sport, waar het wild mag doen en zich niets van zijn vrienden laat welgevallen, die het, unaniem, als hun ladder naar de hemel der volledige werkgelegenheid hebben gekozen. Zijn vader laat zich niet van de aarde wegblazen, hij runt de fabriek en zijn geheugen, en in de zakken daarvan zoekt hij naar de namen van de arbeiders, die proberen aan het zingen in het koor te ontkomen. Het kind kan goed skiën, de dorpskinderen sterven af als het onderliggende gras. Ze staan naast hun schoenen. De vrouw in haar dagelijkse buidel, die iedere dag wordt uitgewassen, bindt de ski's niet meer onder, nee, zij verschaft het kind een ankerplaats aan haar veilige kusten, maar het kind rent steeds weer weg, om zijn vuur naar de arme kleine dagloners te brengen. Aangestoken moeten ze worden door zijn enthousiasme. In zijn mooie kleren wil het over de aarde reizen. En de vader is vol als een varkensblaas, hij zingt, speelt, schreeuwt, neukt. Het koor trekt hem ter wille van veld naar rots, van worstjes naar gebraden vlees, en zingt eveneens. Het vraagt niet, wat het ervoor krijgt, maar zijn leden worden nooit van de loonlijst afgevoerd. Zo licht is het huis ingericht, dat bespaar je weer op het licht! Ja, het vervangt het licht, en gezang kruidt het gerecht.

Het koor is net gearriveerd. Oudere autochtonen, die aan hun vrouwen wensen te ontsnappen, af en toe ook de vrouwen zelf met hun stijve krullen (de heilige macht der plattelandskappers, die de mooie vrouwen met krachtige snufjes permanent kruiden!), ze zijn uit de voertuigen gestapt en maken er een feestdag van. Het koor kan immers niet alleen maar voor licht en lucht zingen. Rustig stapt de vrouw van de directeur op zondag naar voren. In de kapittelkerk, waar God, wiens naakte indruk op zijn afbeeldingen stuitend is, met haar praat. De oude vrouwen, die daar knielen, weten wel hoe het afloopt. Zij weten, hoe het einde luidt, maar daartussenin hebben ze wegens tijdgebrek niets geleerd. Ze bewegen zich half hangend voort van het ene waarschuwingsbord van de kruisweg naar het andere, alleen maar om spoedig voor het aangezicht van de hemel. Vader, het lid der onnozelheid te mogen verschijnen, als toelatingsbewijs hun slappe buiken in de hand. Aan het eind staat de tijd stil, en het gehoor ontsnapt uit de steenhoop van levenslange waarneming. Mooi is de natuur in een park en zang in een café.

Temidden van al de bergmassieven rondom, waar de getrainde sportmensen naar op bezoek komen, merkt de vrouw, dat het haar aan een houvast ontbreekt, aan een station, waar het leven halt zou kunnen houden. Het gezin kan goed doen, maar ze moet als tegenprestatie dan ook goed eten en de prooi voor de feestdagen inbrengen. De allerliefsten zijn gehecht aan de moeder, zielsgelukkig zitten zij bij elkaar. De vrouw praat tegen haar zoon, vervult hem (spek, waarin de maden der liefde weiden) met haar zachte, tedere gejeremieer. Ze is bezorgd om hem, beschermt hem met haar zachte wapens. Iedere dag lijkt hij een beetje meer te sterven, hoe ouder hij wordt. De zoon is niet blij met het gejammer van de moeder, meteen eist hij een cadeau. In zulke korte afkoopacties wensen ze tot een vergelijk te komen: met behulp van een speelgoed- en sportartikelenzaak. Liefdevol werpt zij zich over de zoon, maar ook als bruisende beek stroomt zij onder hem voorbij, verklinkt in de diepte. Ze heeft slechts dit ene kind. Haar man komt terug van kantoor, en meteen drukt ze haar lichaam dicht tegen zich aan, opdat de zinnen van de man de smaak niet te pakken krijgen. Er klinkt muziek uit de platenspeler en de barok. Zoveel mogelijk lijken op de kleurenfoto's van de vakantie, niet veranderen van het ene op het andere jaar. Aan dit kind zit niets waars, het wil alleen maar met zijn ski's erop uittrekken, dat zweer ik u.

De zoon praat buiten de voedertijden weinig met zijn moeder, hoewel deze hem bezwerend met een deken van eten overdekt. De moeder verlokt het kind tot een wandeling en betaalt daarvoor per minuut, want ze moet naar het mooi geklede kind luisteren. Het praat immers zelf net als de televisie, waarmee het zich voedt. Nu gaat het er weer vandoor, zonder bang te zijn, want het heeft vandaag de gruwelen der video's nog niet aanschouwd. De bergzonen slapen soms al om acht uur 's avonds, terwijl de directeur met vaardige hand nogmaals kunst in zijn motor doet. En wat voor machtige stem is het, die de kudden in de weide beveelt op te staan, allen te zamen? En ook de arme vermoeiden, 's ochtends vroeg als ze naar de overkant kijken, waar de vakantiehuizen van de rijken staan? Ik geloof, dat het radioprogramma zich ö3 wekker noemt en vanaf zes uur 's ochtends hits draait, die vlijtige knaagdieren, die onze dag al van 's morgens af aan wegvreten.

In de Hitlerkamertjes van de pompstations slaan ze nu weer op elkaar in, deze kleine geslachten aan hun leibanden, die onder hun bonte schermpjes hun krachten verspillen net als hun halve porties ijs. Het is steeds zo snel voorbij, en zo lang duurt het werk en staan de rotsen. Deze mensen kunnen zich door eindeloze herhalingen toch slechts vermenigvuldigen. Deze hongerige meute, die trekt haar geslacht uit haar gulp, die ze praktisch op zichzelf heeft aangebracht. Ramen hebben deze mensen niet, opdat ze hun partner niet ook nog moeten aankijken. Net als vee houdt men ons, en wij maken ons nog zorgen hoe vooruit te komen!

Op de aarde liggen vredige weggetjes. In het gezin wacht er altijd eentje voor niets of valt in de strijd om zijn voordeel. De grote inspanning geeft aan de moeder zekerheid, die het kind, gekromd om het instrument, weer vernietigt. De inheemse bevolking is hier niet inheems, ze moet zich ter ruste begeven, als in de sportbeoefenaars het avondlijke leven pas echt ontwaakt. Aan hen behoort de dag en behoort de nacht toe. De moeder houdt toezicht op het kind, door op haar woonmuur te zitten, opdat het kind het niet te fijn vindt worden. Deze fluit draagt het kind geen warm hart toe. In de catalogi gaan de gelijkgezinden stug ieder hun eigen weg, opdat ze elkaar de maat kunnen volschenken. Er worden contactadvertenties gelezen, en iedereen beleeft plezier aan zijn eigen kleine licht, dat hij in de donkerte van een vreemd lijf werpt. Bekwame levenstimmerlieden plaatsen een annonce, om hun bescheiden wandbetimmeringen in vreemde nissen aan te mogen brengen. Iemand alleen zou zichzelf eigenlijk niet te veel mogen worden! De directeur leest de advertenties en bestelt voor zijn vrouw bij de vakman een vak, waarin ze kan gaan liggen, van rood perlonkant met heimelijke gaten, waar de sterren doorheen schijnen. De man heeft aan slechts één niet genoeg, maar de dreigende ziekte weerhoudt hem ervan, zijn stekel naar buiten te schuiven en de honing op te zuigen. Op een dag zal hij er per ongeluk niet aan denken, dat hij het slachtoffer van zijn geslacht kan worden, en hij zal zijn deel van de oogst opeisen: mogen wij ook eens lol hebben! Wij willen binnen in ons aftakkingen maken! Gecompliceerd liggen de adverteerders op hun matrassen en beschrijven de paden die ze bewandelen. Het is te hopen, dat hun kacheltje niet uitgaat, zodat ze er zelf uitgaan en teleurstellingen moeten meemaken. De directeur heeft aan zijn vrouw niet genoeg, maar nu is hij, een mens waarop de openbare mening haar rechten doet gelden, op dit mini-autootje aangewezen. Hij probeert er het beste van te maken: te leven en te zorgen dat men hem liefheeft. De kinderen van de nuttigen: zelf zijn zij de werknemers in de papierfabriek (het losbandige prikkelt hen, de stof waarvan gebonden boeken worden gemaakt), ze hebben een lelijke vorm. Sirenes moeten eerst voor hen huilen, om hen tot leven te wekken. Gelijktijdig worden ze echter weer uit het leven naar buiten gegooid en vallen ze als cataracten, overbodig, van de hoogte van hun spaargeld naar beneden. Het stuur is al uit hun handen gerukt, en hun vrouwen sturen in plaats van hen op de veilige haven aan, die de mannen met zo grote inspanning probeerden te vermijden en met mijnen te blokkeren. Zij zijn van dorre ranken af geoogst, en ze zijn snel geselecteerd. Op hun matrassen krijgt de doodslust hen in zijn greep, en hun vrouwen slaan de hand aan zichzelf (of moeten hun hand bij de overheid ophouden). Ze zijn niet huiselijk, want ze hebben geen mooie woning, ze zijn slechts wat men van hen ziet en wat men soms van het koor hoort. Niets goeds. Kunnen veel tegelijkertijd doen en rimpelen toch het water niet, waar de vrouw van de directeur in haar badpak roeit met de riemen die ze heeft, en die zich ver boven in de natuur bevonden, onmetelijk hoog en ver van ons doorsneemensen.

Het water is blauw en komt nooit tot stilstand. Maar de man komt na zijn dag werken naar huis terug. Smaak is niet een zaak van iedereen. Het kind heeft vanmiddag les. De directeur heeft alles omgeschakeld op computer, schrijft als hobby zijn programma's zelf. Niet van wilde dingen houdt hij, het stille bos spreekt hem in het geheel niet aan. De vrouw opent de deur, en hij stelt vast, dat niets te groot voor zijn heerschappij is, maar ook niets te klein mag zijn, anders wordt het meteen opengemaakt. Zijn hebzucht is oprecht, ze past bij hem als de fluit in de mond van zijn kind. De dierbaren ontmoeten elkaar in het huis meerdere keren, want bij hen komt alles uit het hart en wordt naar buiten toe het licht in verkondigd. De man wil nu met zijn hemelse vrouw alleen zijn. De arme mensen moeten betalen, voordat ze aan de oever mogen gaan liggen.

Nu heeft de vrouw niet eens de tijd, de ogen neer te slaan. De directeur is het er niet mee eens, als zij naar de keuken wil om nog iets klaar te maken. Hij grijpt resoluut haar arm. Eerst wil hij haar onderhanden nemen, daarvoor heeft hij twee afspraken afgezegd. De vrouw opent haar mond, om hem af te zeggen. Ze denkt aan zijn kracht en sluit haar mond weer. Deze man zou ook in de schoot van rotsen zijn melodie spelen, hij zou galmend op zijn fluit en zijn lid vingeroefeningen doen. Steeds weer barst dit lied los, dit knallende geluid, dat zo verrassend verschrikkelijk is, begeleid door onwillige blikken. Deze vrouw heeft niet het hart zich ertegen te verzetten, zij zwalkt weerloos. De man is steeds bereid en verheugt zich op zichzelf. De vrolijke dag is armen en rijken gegund, maar helaas gunnen de armen hem de rijken niet. De vrouw lacht nerveus, als de man zich, met zijn jas nog aan, gericht voor haar ontbloot. Hij waagt het niet zijn lul in twijfel te trekken. De vrouw lacht luidruchtiger en slaat haar hand geschrokken voor haar mond. Men dreigt haar met een pak slaag. Zij weergalmt nog van de muziek op de draaitafel, waar gevoelens van haar en van andere mensen in de gedaante van Joh. Seb. Bach, voor het mensel. genot prima geschikt, rondtollen. De man komt temidden van zijn stekels van haar en hitte uit zichzelf naar buiten. Zo vergroten de mannen zichzelf en hun werken, die echter spoedig weer achter hen instorten. Zekerder staan de bomen in het bos. De directeur praat kalm over haar flamoes en hoe hij deze zo meteen uiteen zal rijten. Het is alsof hij dronken is. Zijn woorden wankelen heen en weer. Hij houdt de vrouw met zijn linkerhand bij haar heup vast en trekt haar praktische kleding, of wat ervoor doorgaat, over haar hoofd uit. Ze spartelt vanwege zijn zwaargewicht. Hij scheldt op haar panties, die hij haar sinds lang heeft verboden. Kousen zijn volgens hem vrouwelijker en maken de gaten beter ten nutte, als ze er al geen nieuwe bij maken. Hij kondigt aan, nu dadelijk minstens twee keer met volle teugen van haar te zullen gaan genieten. De vrouwen, met verwachtingen volgeplant, leven van de herinnering, de mannen echter van het ogenblik, dat aan hen toebehoort en zich, zorgzaam verzorgd, tot een hoopje tijd in elkaar laat zetten, dat eveneens aan hen toebehoort. In de nacht moeten ze slapen, dan kunnen ze niet bijtanken. Ze zijn een en al vuur en worden (via zichzelf) warm in kleine vaten. Verrassend genoeg is deze vrouw door middel van tabletten onvruchtbaar gemaakt, het nimmer te temperen hart van de man zou het niet toelaten, dat uit zijn altijd volle tank geen leven zou kunnen worden uitgeschonken.

Naast de vrouw vallen hoopjes kleren als dode dieren neer. De man nog altijd met z'n jas aan, staat met zijn krachtige lid tussen de vouwen van zijn kleding, alsof er licht op een steen valt. Panties en onderbroekje vormen een vochtige ring rond de pantoffels van de vrouw, waar ze uitstapt. Het geluk schijnt de vrouw slap te maken, ze kan het niet vatten. De zware schedel van de directeur woelt al bijtend door haar schaamhaar, permanent bereid is zijn verlangen, iets van haar te verlangen. Hij maakt zijn hoofd weer vrij en drukt in plaats daarvan het hare tegen zijn flessehals, wat zij lekker moet vinden. Haar benen zijn geboeid, zij zelf wordt betast. Hij splijt haar schedel boven zijn lul in tweeën, hij verdwijnt in haar en knijpt haar bij wijze van assistentie ook nog stevig in haar achterwerk. Hij drukt haar voorhoofd naar achteren, zodat haar nek onhandig knakt, en slurpt aan haar schaamlippen, alles wordt bij elkaar genomen en gebundeld, opdat stil uit zijn ogen het leven haar aan kan kijken. Het fruit wordt nog wel rijp. Het komt naar buiten, wanneer je vele mensel. gewoonten op elkaar stapelt, om in de kruin wat te kunnen afplukken, dat je dan toch niet lekker vindt smaken. Er is allemaal door verboden, de voorboden der begeerten, paal en perk aan gesteld. Ook op een kleine heuvel groeit niet eindeloos veel, en onze grenzen zijn ook niet verder dan wij bevatten kunnen, en wij bevatten niet veel met onze harde kleine bloedvaten.

De man gaat helemaal alleen verder. Het doet de vrouw echter niet goed, het lang in deze positie vol te houden, die ze bij hem in huis heeft. Ze kronkelt, moet haar benen een beetje van elkaar doen, achteloos wordt haar met zijn tanden iets van haar buik afgerukt. De man leeft in zijn eigen levenshel, maar af en toe moet hij naar buiten komen en een uitstapje naar de wei maken. De vrouw verweert zich, maar dat doet ze stellig alleen maar voor de schijn, ze kan nog meer oorvijgen krijgen, als ze de ziel van de man wil loochenen, die zich wenst te openbaren. Er is tamelijk veel gedronken. Bijna braakt de directeur in zijn kostbare omgeving, in de schemering waarvan hij over het dieet tekeergaat, dat de vrouw voor hem kookt. Zij wil hem niet binnenlaten. Terwijl hij zich zo groot voelt, alsof hij iedereen tegelijk is. Alleen zich maar een beetje ontladen tussen de staande schemerlampen, dat zou hem ontlasten, heeft hij niet de last van velen te dragen, die alleen maar dom aan de oevers groeien als gras en niet aan morgen denken, omdat ze moeten opstaan. Hermann. Nu spreidt hij zijn vrouw, nadat hij haar beneden uit haar schoenen heeft getild, over de tafel in de woonkamer uit. Overal kan iedereen naar binnen kijken en er jaloers op zijn, hoeveel moois er door de rijken verborgen gehouden wordt. Ze wordt op de tafel gedrukt, haar borsten grote warme koeievlaaien, ze vallen vaneen. De man tilt zijn been op in zijn eigen tuin, dan gaat hij de straat op en doet hetzelfde verder op iedere hoek. De schemerigste percelen blijven niet van hem verschoond. Dat is zo normaal als Eros, die hen beiden nog nooit heeft weten te doen ontvlammen uit de dunne stukken hout, die zij, geboren zoals ze nu eenmaal zijn, maar niet geborgen, absoluut niet willen blijven. Nee, de directeur zal toch op advertenties antwoorden, om zijn Ford Imperium tegen een nieuwer, krachtiger model in te ruilen. Als die angst voor de nieuwste ziekte er maar niet was, de werkplaats van meneer zou nooit meer zwijgen. En zouden ook thuis de mededelingen op het prikbord hangen: lust, de witte afgevaardigde; machtige golven bewegen zich door de tijd, en machtig willen de mannen altijd en eeuwig iets. Dierbaar is hun het verafgelegene, maar wat voor de hand ligt, daar maken ze ook gebruik van. De vrouw wil weg, ontsnappen aan deze stinkende boeien, waarin het hout voor haar deur wegkwijnt. De vrouw is uit het niets ontvreemd en wordt met de stempel van de man iedere dag opnieuw afgestempeld. Zij is verloren. Hij kiepert haar benen als draglines over zich heen. Verscheidene voorwerpen, die van het kind zijn, vallen van de tafel af en komen neer op het zachte tapijt. De man is degene die klassieke muziek nog weet te waarderen. Met een arm tast hij naar voren en zet de installatie aan. Het klinkt, de vrouw laat zich veel welgevallen, en de stervelingen leven van loon en arbeid, maar, nietwaar, muziek hoort er gewoon bij. De directeur houdt de vrouw met zijn gewicht eronder. Om de opgewekt van inspanning naar rust wisselende arbeiders eronder te houden, is zijn handtekening voldoende, hij hoeft niet met zijn lichaam er bovenop te gaan liggen. En zijn pik boven zijn kloten slaapt nooit. Maar in zijn boezem slapen de vrienden waarmee hij vroeger naar het bordeel ging. De vrouw wordt een nieuwe jurk beloofd, terwijl de man zijn mantel en colbertjasje van zich afrukt. Hij heeft met de alcohol te kampen, zijn das is tot een strop gedraaid. Ik zou dat nu op deze plaats anders onder woorden willen brengen! Met een ondergreep is kort ervoor de stereo-installatie in brand gestoken, nu raast de muziek van de draaitafel en beweegt de directeur ietsje sneller. Toonarmen springen naar voren, om in te grijpen, een directeur moet zijn lul ter wereld brengen! Zijn pleziertje moet langer duren, tot de bodem is te zien en de armen, waaruit de liefde is gehaald, uit hun gewone doen worden gesleurd en naar het arbeidsbureau moeten rijden. Alles moet eeuwig zijn en bovendien vaak kunnen worden herhaald, zo spreken de mannen en trekken aan de teugels, die eens liefdevol hun mama heeft vastgehouden. Ja, dat gaat goed. En nu gaat deze man als gesmeerd bij zijn vrouw naar binnen en weer naar buiten. Op dit veld kan de natuur zich niet hebben vergist, want we wilden toch nooit iets anders laten groeien. U bevindt zich hier in een vleesgemeente, en de part-time boeren, die snel huilen, als ze niet in dienst worden genomen, ja, die worden kwaad, als hun vrouwen het verraste slachtvee strelen. Met de dood raken de heren graag bevriend, maar het bedrijf moet doorgaan. En ook voor de armsten hebben de vrouwelijke armen, waarin ze dagelijks vanaf 10 uur 's avonds groot mogen worden, het genoegen graag over. Voor deze directeur geldt echter niet de tijd, want hij maakt deze immers zelf in zijn fabriek, en op de prikklokken wordt in- en uitgeklokt tot ze beginnen te schreeuwen.

Hij bijt de vrouw in haar borst, en daardoor schieten haar handen naar voren. Dat maakt hem alleen maar nog wakkerder, hij slaat haar op haar achterhoofd en houdt haar handen, zijn vertrouwde vrouwelijke vijanden, steviger vast. Ook van zijn knechten houdt hij niet. Hij stopt zijn geslacht in de vrouw. De muziek gaat tekeer, de lichamen gaan voort. De vrouw van de directeur raakt een beetje losgeschroefd, daarom heeft de gloeilamp immers ook zulke moeilijkheden bij het gloeien. Een slapende hond is de man, die men niet had moeten wekken en uit de kring van zakenvrienden naar huis had moeten halen. Het wapen draagt hij onder de gordel. Nu is hij als een schot uit de loop geknald. De inzet in de sport is verloren. De vrouw krijgt een kus. Spugend worden haar liefkozingen in het oor gedruppeld, deze bloem heeft niet lang gebloeid, wilt u haar niet bedanken? Kort ervoor lag hij nog in haar te woelen, straks zullen zijn vingers op de fluit een goede toon voortbrengen. Waarom draait de vrouw haar hoofd weg? In de natuur is toch plaats voor ons allemaal! Zelfs het kleinste lid nog, alhoewel het niet erg gewild is. Deze man heeft zich in de vrouw leeggegoten, hij zou er alles voor over hebben om op een dag zich tot nog bruisender daden in het zwembad te laten ophitsen! In netjes gekromde afspronghouding rolt de directeur van de vrouw af, zijn afval laat hij bij haar achter. Want spoedig omsluit de valstrik van het huishouden haar weer, en ze keert daarheen terug vanwaar ze kwam. De zon is nog lang niet ondergegaan. De man heeft zich blijmoedig in haar uitgestort en gaat, terwijl er slijk uit zijn mond en zijn geslachtsapparaat naar buiten komt, zich reinigen na de consumptie van zijn dagelijkse gebakje.

De gemeenschap heeft wat alles betreft de ogen op haar gericht, zij hebben daar niet zoveel sportieve meisjes. De vrouw wiegt zich in haar zorgen, Hermann bewandelt haar in de stilte van de nacht. En ook haar zoon, hij beheerst de andere kinderen perfecter dan zijn fluitspel. De vader vervaardigt het geringste, dat in de vlam van zijn passie vervliegt: papier. Slechts assporen blijven over, waar het oog op de werken der mannen rust. De vrouw wendt haar blik van de tafel weg, die zij heeft gedekt, opent een aan de zijkant van haar jurk aangebrachte klep en doet er de etensresten in, daarbij aan zichzelf trouw blijvend. Vandaag drinkt het gezin, helemaal alleen onder elkaar, de eigen herinneringen uit de projector. Het eten komt laat op tafel, tegelijk met het kind, dat erin huishoudt. Het trekt zich nergens iets van aan, wat je hem ook zegt, hij doet alles zoals hij dat wil. Sinds drie maanden belooft hij vooruitgang met fluitspelen, maar de vader geniet meer van de oorvijgen die hij aan deze vriendelijke jonge natuur uitdeelt. Zulke nutteloze uitgaven doet dit land ook in het algemeen, omdat het van de kunst leeft, maar al zijn burgers en gelovigen, van wie niemand het predikaat: bijzonder waardevol verdient, niet.

De tong van de vrouw is een kleed, dat alles bedekt. Zij maakt zichzelf knapperend vrij met de zoutjes, die er op de televisie veel groter uitzien dan in onze monden, waar ze gauw niets meer voorstellen. En toch, ook wij storten het in de rioolpijpen van onze op de avond ingestelde lijven. De vader buigt zich over zijn zoon, teder als worst. Die krijgt zijn BMX-fiets vast en zeker. Van de afgunst van de dorpskinderen geniet de zoon van de directeur als van een flink stuk macht. Meteen wil hij naar buiten gaan om iets aan stukken te slaan. Maar de vader wenst hem als prooi, op onheilspellende wijze moet hij vandaag nog zijn hoofd naar de fluit brengen, zodat het zo klinkt, dat je het ergens anders ook nog bij het omkopen van gevoelens kan gebruiken. De vader toont zijn dierbare geboortesnede graag spelend op het instrument. En hoe hij zelf, de vader, met het instrument van zijn kind omgaat, alsof het een afgedankt kledingstuk is! Het kind moet zijn vingers soepel houden en de zeer fragiel geconstrueerde stok tussen zijn handen door laten glijden op de weidegronden van de eeuwige kunstenaars, die opnieuw tot leven geroepen moeten worden met geliefde, bekende klanken. Dan klinkt afgrijselijk, vol schaarden Mozart, als u geluk heeft en men uw enkels op tijd heeft vastgebonden, opdat u niet naar een ander weiland kan gaan om te grazen.

De banken dingen via reclame met tassen aan riemen naar de klandizie van de kleinsten der kleinen. Reeds dit schorriemorrie, deze knechten van hun ouders, hebben behoefte aan een banksaldo. Over een paar jaar heeft het geld dan een mooie vorm aangenomen, een voertuig voor het doodrijden of een woninginrichting om dood te zijn. Vooropgesteld, dat u – zoals de zoon van de directeur – jonger dan veertien en nog ongehuwd en levendig, nog kind bent, maar als klant van het leven al ontslagen. Voor deze toekomstige degelijke consumenten zullen de uren nog lang worden, waarop ze wensen meer waard te worden. Wellicht worden sommigen van ons zelf loketbeambte, want waarvoor staan tenslotte die bankjes hier? Waarschijnlijk niet voor onze oudsten, die zaakgelastigde geweest zullen zijn. Het kind haast zich naar buiten de barre kou in, nog maar nauwelijks uit de oven. Het moet in heilzame valpartijen afkoelen van zijn huis en naar het schreeuwen van zijn volk luisteren, opdat het hem aanleiding geeft tot nog meer geschreeuw.

De man heeft zich voor de tweede maal geschoren en komt, om de vrouw als een bootje voor zijn stortvloed uit te drijven. Haar bergen en dalen inclusief takken zijn weliswaar rijkelijke ontwerpen, maar door vernedering ontbreekt de finishing touch eraan. De man schept, door de wind omhooggewaaid, de vrouw, hij maakt een scheiding in haar haar en gooit haar benen uit elkaar als verlepte ledematen. Hij ziet Gods tektonische verspringingen op haar dijbenen, het maakt hem niets uit, hij klautert rond in zijn huisbergen op veilige vertrouwde paden, hij kent iedere trap, die hij uitdeelt. Die verongelukt niet, hij kent het terrein. Eindelijk de benen onder tafel te kunnen uitstrekken, wie verlangt daar niet naar. Bezit verplicht de bezitter tot niets, de concurrent tot jaloersheid. Deze vrouw heeft al jaren geleden het boek van het leven in z'n achteruit gezet, wat heeft ze nog te verwachten. Hij grijpt haar onder haar rok, hij slaat zich door de wanden van haar ondergoed. Hij wil zich (het gezin is onder elkaar, de een onder de ander) bij zijn vrouw naar binnen wringen, opdat zij zijn grenzen voelt. Hij zou buiten zijn oevers treden, ik denk gauw, als hij, de stuurloze, niet duizelig zou worden op zijn eigen pad. Zeg nou zelf, de mannen zouden ons boven het hoofd groeien, als wij hen niet af en toe in ons zouden sluiten tot ze klein en stil door ons omgeven worden. De vrouw steekt nu onwillekeurig haar tong uit, want de directeur heeft een spier aan haar kaak in werking gesteld, waarmee een slang te allen tijde gif uit zou kunnen kotsen, je moet het haar alleen even laten zien. De man leidt haar naar de badkamer, praat kalmerend op haar in en buigt haar over de rand van de badkuip. Hij grijpt in haar struikgewas, zodat hij eindelijk naar binnen kan klimmen en niet pas naar de nacht wordt verwezen. Haar loof, haar takken buigt hij uit elkaar. De brokstukken van haar jurk worden van haar afgerukt. Haar valt in de afvoer. Ze wordt hard op haar kont geslagen, de spanning van dit portaal dient eindelijk te verminderen, opdat de meute zich brullend en duwend op het buffet kan storten, dit zoete verbond van consumenten en levensmiddelenproducenten. Hier zijn wij en moeten aan het werk. Naar de vrouw wordt een gelijksoortig, gelijkwaardig of soortgelijk orgaan uitgestoken. Hij zit haar achter haar reet! Meer heeft hij eigenlijk niet nodig, behalve dan zijn maandelijkse topsalaris. Zijn beenderen beginnen te beven, en hij verspilt zijn gehele inhoud, veel meer dan hij aan geld zou kunnen verdienen, aan de vrouw, het kan toch niet anders of ze moet wel door deze straal ontroerd zijn. Ja, nu bevat zij de hele man, zoveel als zij kan dragen, en hij onderhoudt haar, zolang haar interieur en behang hem nog aanstaan. Hij gooit haar voorkant in de badkuip en spreidt als bedrijfsleider van dit etablissement en soortgelijke etablissementen haar privé-vertrek. Met uitzondering van hemzelf mag geen enkele gast zoveel frisse lucht binnenlaten. Daar groeit de huiszwam, je hoort hoe hij water opzuigt en afval produceert. Geen ander dan de directeur kan de vrouw zo onder zijn regen en zijn drup dwingen. Spoedig zal hij zich schreeuwend van zijn last bevrijd hebben, dit reusachtige paard, dat zijn wagen met rollende ogen en schuimvlokken aan zijn bit de modder in trekt. En ook de auto van de vrouw is er niet voor bestemd, dat zij eigen wegen berijdt, hij heeft immers voor haar al een spoor gemaakt met zijn projectielen, die brullend brandgangen in het bos hebben gekapt.

De vrouw geeft met de hak van haar pantoffel een plompe trap naar achteren, om de lompheid van haar man te treffen. Zijn geval heeft ze als een combine tegen de rand van de badkuip horen slaan. Dat maakt hem woedend. Spoedig zullen er resten van excrementen aan hem plakken, wat een leven. Aangenaam kookt het in het zwakke geslacht, dat zich inspant om ook nog mooi te zijn. De man besluit de vrouw te gebieden, het huwelijkscontract na te komen. Hij drukt zijn hand stevig tegen haar mond en wordt met een paar procent van de kracht in haar kaken gebeten. Dan moet hij zijn hand weer wegtrekken. Hij dekt de vrouw met nacht toe, maar steekt zijn elektrische leiding ten behoeve van haar verlichting en zijn voldaanheid in haar kont. Ze probeert hem van zich af te schudden, verlamt echter snel, ze moet blijven, de ogen dicht. Hij houdt niet van wildheid, wild is hij zelf. Rondom gapende leegte in huis, op het bosje haar voor op haar en zijn buik na, als teken: hier wordt getapt. Hier is de nieuwe wijn van dit jaar elke dag te krijgen. We zijn immers niet allemaal van gisteren. Onhandig wordt in de warme ooringang van de vrouw gedruppeld, tot wat de macht van de man allemaal in staat is, daar zijn list en geweld overbodig. Het enige wat ze moet doen, is de poort openen, want hier woont hij, en zijn zaad kan hij slechts onder voorwendsels en voorhangsels moeizaam nog ophouden. Glimlachend drijft de Schepper uit de mannen hun produkt, opdat het er aan kan wennen onder ons tekeer te gaan. De man doorklieft de schepping met zijn krachtige tempi, en ook de tijd gaat voorbij in haar eigen tempo. Hij slaat de tegels en ruiten in deze schaduwrijke ruimte, die zich tijdens zijn gedoe en over zijn felle licht verheugt, aan diggelen. Alleen in de vrouw daar is het donker. Hij trekt haar aarsgat binnen en slaat haar gezicht aan de voorkant tegen de rand van het bad. Ze schreeuwt nog een keer. Hij stelt zich in zijn kleine cockpit in op een langdurig verblijf. Hijzelf heeft zich misschien al ter ruste begeven, maar zijn lid trekt overeenkomstig zijn wens nog van klip naar klip. Zo eentje stort zich in de stront zoals andere vanaf het strand de zee in, schakelt zijn extra zuigapparaat in en steekt niets onder stoelen of banken, tot hij zijn stofzak helemaal heeft geledigd.

2

Later roept ze haar zoon. En is voordien toch al verzadigd van het lieflijke beeld van het kind, de enige schuilplaats tegen de ondergrepen van de man die haar steviger vasthoudt dan de bezoeker het drankje van zijn keuze. Hij heeft geen schuilhut nodig voor zijn geslacht, en zijn vloed neemt altijd de kortste weg. Het kind weet er alles van, bekijkt glimlachend de sleutelgaten, waardoor het de geneugten in huis verkent. Schrander en driest slaat het zijn moeders lichaam gade wanneer het net uit die boze wereld daarbuiten, die in het kindertijdschrift wondere wereld wordt genoemd, naar binnen komt. Drijft het lachje op het gezicht van de moeder als een bootje in het rond of is het er onveranderlijk ingegraveerd? Het kind ziet bij zijn moeder niets door de vingers als het onder haar witte afzuigkap kruipt, in het nest dat vader heeft gebouwd. Voor de vleeskeurders die zich buiten voor het hek staan te verdringen, horen zij bij elkaar, groeien zelfs ook nog naar elkaar toe, stuurloos als de potpourri van wolken hoog boven aan de purperen hemel. Waarom, ze weten het niet, of toch, het kind moet een hongerige muil met vuile praat volstoppen, waarin zijn moeder voorkomt en haar vaak met bloed besmeurde broekjes. Het kind weet alles. Het is wit en heeft een bruin gezicht van de zon. 's Avonds zal het voldaan in bad zijn geweest en gebeden en gewerkt hebben. En zich vastkleven aan de vrouw, zich aan haar te goed doen, haar in haar tepels bijten bij wijze van straf, omdat de vader tevoren haar tunnels en buizen mocht oprekken, hoort u dat! De taal zelf wil nu gaan spreken!

Het wonder van de reis is immers dat je een vreemde plaats tegenkomt en deze huiverend weer ontvlucht. Maar als je bij elkaar moet blijven, als vierkleurige slecht gefabriceerde natuurreprodukties, elkaar geheel toebehorend, een gezin, dan zult u slechts paus, keuken en de Oostenr. Volkspartij aantreffen, die dit werk eer bewijzen en al zijn zonden een korting op de prijs geven. Het gezin, die gier, houdt zichzelf als huisdier. Het kind luistert nooit. Het zit tussen zijn geheime speelgoed, dat gedeeltelijk uit schunnige plaatjes en gedeeltelijk uit het voorbeeld voor deze plaatjes bestaat. De zoon kijkt naar zijn piemeltje, dat het vaak laat afweten. Krenterig bewaakt het kind zijn stiekeme privé-verzameling, bijna menselijk in zijn brabbelende hebzucht, de paus heeft er hele bibliotheken voor. Er wordt gegeten, nog in de gevoelloze strot vindt de man het voedsel, dat zijn vrouw voor hem heeft bereid, prijzenswaardig. Vandaag heeft ze zelf gekookt! Wat op het bord gebeurt, bereikt zijn woonplaats, zijn adres diep beneden in zijn lijf, waar het door elkaar gegooid wordt, zoals een jonge adelaar in de maalstroom der luchten. Daarvoor zorgt de vrouw en zorgen de vrouwen. De man vraagt met zijn stomme blikken de vrouw of er nu nog tijd is om haar totaal uit haar hengsels te slaan. Maar het kind, het zou duidelijk te horen kunnen zijn, wanneer de vader nu in de gapende leegte van zijn vrouw zou tasten, ze geeft hem dat in overweging en hoopt er zo aan te ontkomen. Maar ze wordt al weggevoerd, gehoorzamend aan het speelbedrijf van de man. Ze klampt zich vast aan de slaapkamerdeur, maar de grenzen liggen in de badkamer, één deur verder, en vandaag al een keer overschreden.

Het speelt zich allemaal in alle stilte af. De man is vandaag bij wijze van uitzondering tussen de middag naar huis gekomen om te eten. In evenwicht ontvangt van de weilanden buiten de mens zijn dierlijk voedsel, maar hij herkent zijn vierbenige vrienden op zijn bord niet meer. Helemaal op het laatst moet de vrouw haar kleren uitdoen, we hebben er nu wat meer tijd voor. Het kind is volgepropt, het moet op school stilzitten. Maar opdat voor de vrouw ook goed wordt gezorgd, moet ze de golven in, het kwijlende, ziedende schuim van de man. Die ziet zichzelf als knappe wildeman die in de vleesbank van zijn vrouw boodschappen gaat doen. Het gezin, zo klein als een snackbar op het station, helemaal alleen, een mannetje op één been, want van het tweede been, de vrouw, kun je toch nooit op aan. De aanspraken van de man op eigen gebieden, waarvan alleen hij de hemelse bergpaden mag bewandelen, zijn reeds aangemeld bij de rampendienst van Oostenrijkse vrouwen. Hij stuurt zichzelf uit spelen op de prachtige steile weggetjes, maar het gebergte werpt hem om zeven uur 's avonds precies weer terug op zijn horst van zelf verzamelde twijgjes. Zijn vrouw wacht op hem, zo liegt hij de natuur glimlachend voor. Als met lasso's moet hij haar vangen. Levenslang is hij samen met haar een groep. Een ruimte, klein en kaal als het geheugen, bevat hem niettemin in zijn geheel. De vrouw sterft niet, ze ontstaat immers pas uit het geslacht van de man, die haar onderbuik in het laboratorium reeds volledig heeft nagebouwd. Wat houdt de man er toch van, als lichaam vanuit zijn kist op te duiken en zo gauw mogelijk te ontdooien!

Het kind kleppert, terwijl zijn ene ouder zich op de andere stort, de vader als een opengedraaide vlam, de moeder slechts een zweempje lucht waarvan het glas beslaat, uit verveling met de klep van de brievenbus. De schoolbus blijft soms in de zware sneeuw van deze winter steken. Kinderen lijden daarin honger, terwijl ze het thuis toch fijn zouden hebben. Ze moeten voor dit onbeholpen madeliefje dat natuur heet (wat een wonder dat deze meedogenloos gegeselde natuur altijd nog eisen aan ons durft te stellen!) capituleren, worden in een noodverblijf ondergebracht en lezen een Mickey Mouse-strip of een ander boekje, dat hun vader niet in zijn handen heeft. Ze zullen knakworstjes in hun slaapzak krijgen en zullen het slecht hebben. Zelfs auto's raken af en toe over hun toeren bij dit weer. Maar wij hebben het lekker warm en veilig voor de heilige verandering, omdat we eindelijk bereid zijn, ons door onze partner te laten teleurstellen. En met welk een graagte! Totdat empirische boeken ons onbewoonbaren het advies gaan geven, toch vooral niet stilletjes alleen te blijven.

De vader stort zich op de spaarpot van de moeder, waar zich de heimelijkheden in bevinden, om voor hem verborgen gehouden te worden. Uur op uur, of het nu een gewichtige nacht of een belangrijke dag is, hij is de enige die er geld in stopt, hij raakt buiten zichzelf. Zijn geslacht is voor hem al bijna te zwaar om te tillen. De vrouw moet het nu een beetje dragen. 's Ochtends al, nog half in slaap, tast hij zich een weg in de groef tussen haar billen, zij slaapt nog, van achteren grijpt hij haar in haar zachte heuvels. Licht, waar ben je, het hart is al wakker. Het partijtje tennis kan wachten in het clubgebouw, waar het antiseptisch is. Eerst, als gehoorzame kinderen, komen twee vingers de vrouw binnen, vervolgens wordt het compacte brandstofpakket naar binnen gebracht. Het media-, en melodieënkoffertje, dat onze wensen in het geheugen van de Allerhoogste houdt opgeslagen, treedt met muziek naar buiten, de ether in. Alles zal in vervulling gaan, we hebben er recht op, goed diep ademhalen! We weten precies wat het beste is voor ons, het staat bij ons thuis op de keukenkast. De man pakt met zijn hand zijn kalme zaakje en staat ermee te dringen aan de verbaasde achterdeuren van zijn vrouw. Die hoort zijn lendenwagen al van verre aankomen. Ze begint ermee, geen gevoel in zich te laten opkomen, want we hebben immers toch een bagageruimte! Daar gaat de zware hoop genitaliën in, maak je om de geurtjes geen zorgen. De zittingen, overtuigend bekleed, blijven niet schoon. Als een blinde neemt de vrouw geborgenheid in ontvangst uit de spugende flacon van de man, die haar borsten melkt. Laat ons nu thuis zijn, de bomen hebben hun loof van de bergen geworpen. De groenblijvende man, hij hoeft zich bij deze vrouw niet te beschermen, welwillend wordt hij omhuld, geen wolkje aan de lucht. Hoe graag woont het eigendom bij ons. Het kan op geen betere plaats gaan zitten dan onder onze geslachtsdelen, die gapend erboven openstaan als rotsen boven de rivier. Als dank krijgt deze vrouw iedere maand contant het leven op haar alledaagse keukentafel gesmeten. Morgen zal ze voor het kind opnieuw de deur van de school voor het leven openhouden, ook dit levenslied heeft de man gekocht en hij roostert zijn zware worst in een bladerdeeg van haar en huid in haar oven. Maar de schoolbus is blijven steken.

De vrouw oppert dat ook het kind moet eten. Haar man luistert niet naar haar, bladert vluchtig in zijn zakwoordenboek. Het huis is van hem, zijn woord is daar al werkelijkheid geworden en zal ter harte worden genomen. Hij trekt het geslacht van zijn vrouw uit elkaar, heeft hij ook daarin leesbaar zijn naam gezet? Hij stoot met zijn tong driftig naar binnen, met dit kunstje is hij op een dag als een donderslag bij heldere hemel thuisgekomen. Hij is als een god zo blij. En spoedig zal hij weer op kantoor zitten en met de secretaresse gekheid maken. Hij moet laten zien wat hij in zijn mars heeft! Hij probeert zelf steeds nieuwe standjes uit, waarbij hij met machtige passen het hele boeltje in zijn vrouws nuchtere wateren duwt en als een razende begint te peddelen. Zwemvliezen heeft hij niet nodig, hij zal nooit zo'n stuk plastic over het rode kopje heen trekken, alleen maar met het doel gezond te blijven. Gezond is zijn vrouw altijd al. Ze kronkelt onder hem, geeft een schreeuw als uit zijn goed afgestelde eikel een hele horde onrustige zaadjes gutst. Wat is er aan de hand. Zo luidruchtig kan alleen maar iemand met ijs rinkelen die het in zijn leven gemaakt heeft.

Deze man die nu zijn huisdier tussen zijn dijen gekneld houdt om het in de wangen te bijten en in de tieten te kunnen knijpen, die heeft tenslotte een eigen programma ontwikkeld, om het bedrijf tot zijn kern te reduceren. Ja, u heeft het heel goed gezien! En u ziet nog meer, als 's morgens de poort ontwaakt en de gebogen ruggen van de glanzende kudde (genoeg gedronken!), terwijl ze nog maar net de zon gewaar zijn geworden, alweer in het donker verdwijnen om hun lot daar te drogen te hangen, ja, en soms zit een van hen nog in het druipende omhulsel. Wie ontfermt zich over ons. Liever dient er voor het concern een overdaad aan overschotten bij elkaar gewerkt te worden, dan dat de overtolligen, tenminste trouw aan hun arme namen, iets voor hun huis of tuin overhouden. Winst voor de buitenlandse multinational waartoe de fabriek behoort, zodat deze ons brullend uit onze slaap kan doen opschrikken, ons allen in papier kan wikkelen en kan opeten. Het kind heeft zijn werkplaats waarin het huist en bewerkt wordt. Met kerst heeft het een eigen solo ten beste gegeven voor het H. kerststalletje met het kindeke zo teer zoals het er zelf eentje is. De sneeuw is dit jaar vroeg en zal daarom lang blijven liggen, het spijt me.

Later komt een ongewenste, onvermurwbare buurvrouw van de vrouw het huis binnen. Het regent verwijten uit haar mond, permanente zwakte van dit vrouwel. mensengeslacht, dat nu ontwaakt is en, de trappen opgaand, slechts via zijn weeklagen in staat is aan zichtzelf te ontkomen. De buurvrouw is lastig als een insekt. Zij beschijnt de mensen in het veld met haar licht en haar verdriet, dat zij aan de genade van de directeursvrouw prijsgeeft, en ook prijst zij de zoon van de god, die de mensen in deze landstreek uit aarde heeft geschapen en hun bomen in papier heeft veranderd om in zijn ogen genade te vinden voor hun dochter die spoedig van de handelsacademie af zal komen. Haar man maakt geen afspraakjes meer met haar, maar met een twintigjarige serveerster in de stationsrestauratie. Maar de vrouw van de directeur heeft geen woorden meer voor haar gast, dit soort verkwikkingen zijn bij haar op. De rijkdom van haar meubels en schilderijen omringt haar luchtig, zij rustten niet eerder dan dat zij haar toebehoord hebben.

De man is in de grond groot en te genieten, een burger die zingt en speelt. Hij koopt voor zijn vrouw, opdat haar lichaam iedere dag fatsoenlijk acte de présence kan geven, sexy lingerie uit een catalogus. Heel gedurfde dingen heeft hij uitgekozen, opdat zij probeert er net zo uit te zien als de voorbeelden op de foto's. De lingerie is niet aan haar besteed. Zij vergeet haar in de kast en zwijgt. Geen rode kant stoort haar weidse rust, maar als hij er goed over nadenkt, precies zo heeft hij het het liefst: dat zijn mensen zichzelf vergeten, als hij hun de liefdesdas heeft omgedaan. Rustig vergaan ze in hun huis, net als de tijd, en wachten op hem. Het kind, dat hongerig door de sport wordt beslopen. De vrouw, die dorstig met foto's en films wordt vergeleken. Gezinnen zonder aanhang en zonder aanhankelijkheid zouden in een stationcar voor kunnen komen rijden, de gereedschappen in de kofferbak, de zweepjes, de roeden, de boeien en de rubberen luiers voor de grote luierkinderen, waarvan de geslachten alleen maar kunnen huilen, blèren en hijgen, opdat een ouder iemand ze komt temmen. Eens zullen ook hun vrouwen uiteindelijk stil zijn en melk geven. Zelfs injecties als bliksemstralen dienen de mannen zich liefdevol toe, zodat ze het langer in de rammelende spaarpotten, die hun vrouwen hun smekend voorhouden, kunnen uithouden. Opdat ze zich weer kunnen concentreren en vervolgens hun zakenrelaties kunnen naaien. Vrouwen staan boven de schalen zoutjes voorover gebogen, lachen, en spoedig storten de heren zich in de hoeken van de bank, alwaar ze, neerzakkend, de lijven opensplijten, hun lullen in het licht hangen en, zo gauw mogelijk, weer van de door hen betoverden wegvluchten. Hoezeer verlangen de mannen ernaar, ver weg klaar te komen in het onhoudbare, het onderhoudende. De vrouwen, getekend met bruine strepen door het verblijf van hun kinderen in hen, moeten zichzelf opdienen, naakt als bij de geboorte van hun zuigelingen. De zware wijnglazen staan te wiebelen op de dienbladen, en hun hemelse heren omvatten hen van achteren, van voren, van overal, vingers gaan in en uit, monden zuigen tussen de dijen en maken hun favoriete speelgoed stuk, ja, nu rusten zij uit alle macht uit, de liefdesmakkers en de vele beukende paardekrachten die hen beslapen hebben. Het werk van enkele kappers is vernield, voor de schoonmaaksters is nieuwe troep gemaakt, en dan gaan ze er allemaal weer vandoor, ongedwongen in hun auto's, als in de liefhebbende armen van hun vrouwen. Want wie geneert zich nou voor de zittingen van zijn eigen auto? Alleen chocolade wordt hier niet gegeten. Deze vlekken, het enige dat overgebleven is van iets, dat ons het beste leek, gaan er vaak niet meer uit.

Nooit zou de man plotseling verdwenen kunnen zijn, zo'n huismus is hij hier in zijn mooie huis, dat

’s avonds de duisternis van het bos en de eigendunk van zijn bewoners oproept. Staat hem werkelijk goed! Medelijden zou bij deze vrouw verspilling betekenen. De poriën van haar kind zijn nog zo klein. De vrouw wankelt onder de last van haar zware geluk. Met verstandig beleid kan haar arrest nog ongedaan worden gemaakt, echter de rustpauze mag zij haar man niet ontzeggen. De panklare ovenschotel zou in hem al kunnen beginnen te koken. Alleen al van het feit dat hij hier is, schijnt zijn gulp vochtig te worden. Meestal eindigt een uitstapje van het personeel in vochtige vrolijkheid, het verborgene jeukt, zijn afscheidingsprodukten willen naar buiten. Het leven bestaat immers voor het grootste gedeelte uit het feit, dat niets daar wil blijven, waar het is. Dus aanvaard de verandering! Op deze manier ontstaat onrust, en de mensen gaan bij elkaar op bezoek, maar moeten altijd zichzelf met zich meedragen. Goed geordende knechten, ze staan voor hun geslachtsworsten en slaan met het bestek op tafel, om sneller een kut geserveerd te krijgen waarin ze kunnen verdwijnen, om dan, nog gulziger geworden, weer op te duiken en nieuwe niet-behoeftigen hun gastvrijheid aan te bieden. Zelfs de secretaresses willen niet toegeven, dat zij zich door het graaien in hun blouses te schande gemaakt voelen. Ze lachen. Hier zijn er te onbehoorlijk veel, om allemaal genoeg onbehoorlijk voer te kunnen krijgen.

De man verschijnt ’s morgens vroeg als de naakte waarheid en trekt de vrouw omver. Hij geeft haar, van een afstand aanstormend, een klap op haar achterwerk. De tubes liggen al te klepperen op het planchet in de badkamer, het kleedje op het toiletdeksel krimpt ineen. De bekers wankelen, hun glans is van verre zichtbaar. Je hoort de stilte, die in de roede van de man de hele nacht heeft geduurd. Dan spreekt hij, en niets kan hem ervan afhouden. Op de vlakke vloer staat de vrouw, moe van de lange tocht door de nacht, en haar oog dient nu wijder gemaakt te worden. Zo intiem als een walserij is zij al sinds lang geworden, want zelfs ten overstaan van zijn zakenrelaties wordt over haar lang en breed opgeschept, in kort krachtige rekstokoefeningen haasten zich de woordensalvo's uit de directeur de hoogte in. En de ondergeschikten zwijgen verlegen. De man ontrukt zichzelf iets, wij spreken elkaar nog. De directeur grijpt in het geslachtsdeel van het lijf dat hem toebehoort, de geliefden zijn bij elkaar, alles is in orde. Deze man is een vriend van nonchalant gepraat, en altijd lokt de vrouw. Daarom kan hij zijn gevoelens niet langer bedwingen, deze stille blikopener, net zoals de plant hulpeloos het licht zoekt, zodra dit wordt uitgedaan. Het kind speelt al heel aardig op bevel alleen. Hoe zal het kind wel niet op z'n fluit spelen, als het, naar het voorbeeld van papa in zijn paspoort, een man en vader is geworden! Aan het langdurige lastige geven van borstvoeding heeft het kind in het geheel geen herinnering meer, men geeft immers nog steeds aan al zijn eisen toe. De vrouw heeft zo lang zichzelf in het kind gegoten, en wat leert het ervan? Dat je doorzettingsvermogen moet hebben, de hemel toont zich in de gestalte van een heuvel, waar je voor een fraaie prijs bovenop moet.

Nee, deze vrouw vergist zich niet, dit kind heeft zij al lang verloren, tot het volwassen is, en dan is het verdwenen. En krachtig trekt de vader haar het licht in, ze moet zich openstellen voor de exprestrein die er aan komt denderen. Iedere dag hetzelfde, zelfs landschappen veranderen immers, al is het uit verveling, vanwege de jaargetijden. Zo staat de vrouw stil als een toiletpot, opdat de man zijn boodschap in haar kan doen. Hij drukt haar hoofd de badkuip in en dreigt, met zijn hand haar haar vastgrijpend, dat wie zijn billen brandt in bad moet. Nee, huilt de vrouw, aan haar brandt niets. De man kleppert al met zijn knopen. De nylon ochtendjas wordt omgeslagen, hij drapeert zich om haar oren heen. Gekerm is hoorbaar in de ingewanden als van gevangen dieren, die naar buiten willen met zware stappen. Het batisten nachthemd, licht en mat als een ontstekingslicht, wordt bij de vrouw in haar mond gestopt, en de natuur van de man verschijnt aarzelend aan de buitenkant. Onschuldig urineert hij. Dicht naast de vrouw ruist het uit de donkere rook van het schaamhaar de badkuip in, vlak langs haar naar beneden gedrukte wang. Het email glanst stralend fris. Snel is de lul van de man in deze vriendelijke omgeving opgegroeid. De vrouw moet hoesten, terwijl haar flanken wijder gemaakt worden. De blikopener wordt uit de afgrijselijke flanellen broek gehaald, en een melkachtige vloeistof verschijnt, nadat de man ongeveer de tijd die een vetvlek nodig heeft, ingewerkt heeft en liefhebbend zich in een stekelige wolk haar heeft laten horen. Veel te vroeg treedt het lid uit zijn vak weer naar buiten het licht in. De vrouw, wier reet, deze schaduwrijke straat, tot het uiterste is opengespreid, moet blijven onderdoen voor de man. Hij geeft een ruk aan haar stuur en dwingt haar, hem aan te kijken. Woedend wendt hij haar voorzijde naar zich toe, dwingt haar, zijn wegstervende piemel vast te pakken, die al weer begint te schokken, hij wil immers wonen in jou, jij lieve hemel, en in u, gij liefhebbende nacht! Hij drukt het haar van de vrouw in zijn ejaculaat, in het restant ervan, dat haar onnozele ogen behoren te zien. Diep denken ze na, de helden, als hun werk is gedaan. De vrouw wordt met sperma ingesmeerd. Op deze manier, dat men een mooi huis voor haar heeft gebouwd, zal men de echtgenote niet verliezen, en buiten staan de arme rijtjeshuizen van de armsten uit hun armsgaten en seksbureaus verjaagden reeds met tientallen te koop, om openbaar geveild, om heimelijk verbrand te worden. En wat eens een thuis was, dringt nu op onder de hamer van de heren van de gemeente. Wat eens arbeid was, wordt met geweld aan de harten ontrukt. Slechts bij de vrouwen kunnen wij het in heel klein muntgeld terughalen. Waar moeten ze anders naar toe gaan, de vrouwen, dan naar diegenen, die poedelen in kracht en leedvermakelijk lokken met hun afval, dat als schuim van hun bit vliegt? Hun generatoren brengen onnodige produkten en hun generaties onnodige problemen voort. Nu heeft deze directeur zijn kritische massa op tijd stilgezet. Aan de voorkant drukt hij het gezicht van de vrouw in zijn schaamprodukt, vervolgens laat hij haar een kijkje nemen in zijn schaamstreek. Zij wil zich aan zijn scherpe straal niet laven, maar zij moet, de liefde verlangt het. Zij moet hem verzorgd laten worden, schoonlikken en met de haren afdrogen. Jezus heeft deze wedloop toentertijd gewonnen, dat hij door een vrouw werd afgeveegd. Tenslotte krijgt de vrouw een haar weer afsluitende klap op haar kont, ruw tast de hand van de heer in haar spleten en scheuren, zijn tong likt haar nek af, haar haar wordt in de badkuip gegooid, aan haar kittelaar wordt krachtig getrokken, zodat haar knieën voor tegen elkaar slaan en haar reet als een klapstoel naar buiten springt, en ook vele andere mensen volgen Zijn bevel op.

Ja, wat doen we onderwijl met het kind? Dat denkt intussen aan een cadeau, dat het gekocht wil hebben, om van de aan elkaar vastgepinde ouders niets heimelijks te hebben gezien. In iedere winkel die het ziet, wil dit kind een stuk leven vers (van de levenden, van de goede dingen in het leven) afgesneden krijgen. Dit kind voert alle geniepige stukjes op. Dit is nu de nieuwste generatie, en het laatste is net goed genoeg voor hen. Maar spoedig zal ook zij gaan, hoe zouden wij anders verder gaan?

De vader heeft een hoop sperma gelost, de vrouw moet alles netjes wegpoetsen. Wat ze niet oplikt, moet ze gaan opdweilen. De directeur trekt de resten van haar kleding uit en bekijkt haar bij het dweilen en vlechten, bij het weven en uitwringen van de dweil. Nu eens vallen de borsten naar voren, dan weer schommelen ze voor de vrouw heen en weer, terwijl ze schrobt en sopt. Hij knijpt haar tepels tussen duim, wijsvinger en middelvinger, en zit er aan te draaien, alsof hij een Philips gloeilamp erin wil schroeven. Hij slaat met zijn opvliegende, zware ingewanden, die van voren, een licht hemelvenster, in de opening van zijn broek verschijnen, van achteren tegen haar bovenbenen. Als ze zich bukt, moet ze haar benen spreiden. Hij kan nu haar hele pruimenboom met een hand omvatten en zijn vingers driftig wandelaartje laten spelen. Overigens, als ze toch haar benen opengeklapt heeft, kan zij meteen boven hem gaan staan en hem in zijn mond pissen. Wat, kan ze niet? Stoten wij onze knie bij haar naar boven en treffen met een klap (geklap, applaus!) haar weke kutflappen, die zich meteen zacht smakkend zullen openen, en wij mannen moeten onmiddellijk met het bierglas op tafel slaan. Als ze dan nog niet kan zeiken, trekken we haar hele vrouwel. geslacht aan de schaamharen naar beneden, tot ze door haar knieën gaat en, tot het uiterste gespreid, op de borstkas van meneer de directeur neerzakt. Als een geopend handtasje houdt hij haar flamoes aan de haren uit elkaar en haalt deze over zijn gezicht, om haar ongemanierd te kunnen uitlikken, een koe aan een rijpe liksteen, en het gebergte is in vuur gehuld. De last van het brandhout rust op de mannen. Hun water murmelt onverstaanbare dingen, en de vrouwen nemen het met hun absorberende doeken en zelfs met Ajax ook nog op.

De vrouw drinkt een restje koude koffie uit haar rotkop. Als om te vluchten heeft zij zich weer met een zweem van panties bedekt. Geen vrouw hier heeft het zo goed als zij. Haar hangt de stille klauw van haar heer boven hct hoofd, opdat zij zich in de roofdierenkooi thuis gaat voelen. 's Avonds al begint de directeur ermee de vermoeide toe te lachen, op zijn doel aan te sturen. Hij zal later tegen haar aanbruisen, hij moet de eerste in deze Oostenrijkse spaarbank blijven! De vrouw grijpt in de leegte, waar de spijzen bederven, alsof ze hem van haar sluimerplaats wil afschudden. Zo zullen zij elkaar steeds mislopen op het brede gevaar van de straat, die de verschrikkelijke kabelbaan van hun huwelijk moet ontsluiten. Deze vrouw wordt door de dorpsbewoners benijd, wat een mooie kleren heeft ze. En het vuil van haar huis zuigt een vrouw op, die voor het schoonmaken werd besteld uit de catalogus van dorpsbewoners, die toch slechts broederlijk willen leven. Het kind werd behoorlijk laat geboren, maar niet zo te laat, dat hij niet nog een klagende volwassene zou kunnen worden. De man schreeuwt in zijn lust, en de stem van de vrouw vlijt zich tegen hem aan, opdat hij met zijn staf zal zwaaien en dure aardigheidjes voor hun woning zal aanschaffen. Nieuwe kleding, om haar in te zetten op de treinstations, waar de twee haar zalige geslacht gaan opwrijven. Maar niemand kan toveren. Wanneer de man uit zijn dronkenschap ontwaakt, gehoorzaamt hij slaafs, om het de vrouw naar de zin te maken. Hij is goedmoedig. Ja, hij zal het wel betalen, hij heeft alles betaald, wat u hier in kleur afgebeeld ziet. Droogt u uw wangen maar!

's Avonds zullen haar borden ontheemde dingen herbergen. De gerechten zullen vluchtig aan elkaar zijn voorgesteld en dienen zich al snel braaf in de lichamen te vermengen. Maar dat is nog niets vergeleken met hoe het in sommige huizen toegaat! Het eten is in dit huis niet belangrijk, voor de man moet het veel zijn, zodat de sterke glimlachend neerzakt en toegeeft. Worst en kaas 's avonds, wijn, bier en borrels. En melk, opdat het kind beschermd is. Dat is het broodbeleg op de legende, dat de middenstand naar beneden toe is beschermd en naar boven toe onder natuurbescherming valt (onder de bescherming van de natuur). En juist diegenen beschermen hem, die eronder liggen, opdat hij niet in een bodemloze afgrond valt.

Reeds vroeg in de ochtend heeft de man zijn gevoeg gedaan. Grote massa's vormen zich onder hem, en hij heeft ook nog veel hooi op zijn vork en zijn schouders genomen. Hij spettert met zijn urine in het rond. Je hoort hem overal onder zijn dak, hoe hij met zijn zware penis in de rustplaatsen van zijn vrouw tekeergaat, waar hij zich eindelijk kan leeggieten. Zich van zijn produkt bevrijd hebbend, gaat hij weer naar de kleinsten der wezens, die onder zijn leiding hun eigen produkt scheppen. Het papier dat zij gemaakt hebben, is hun vreemd en zal ook niet lang kunnen bestaan, terwijl hun directeur schreeuwend heen en weer rolt onder de stoten van zijn geslacht, waarmee hij verwant is. De concurrentie drukt tegen de muren, het is zaak hun streken al van tevoren te kennen, anders moeten weer een paar gelukkige mensen worden ontslagen en van hun existentie bevrijd. Zo treedt deze man de natuur in en draagt verantwoordelijkheid op zijn rug, zodat hij zijn handen vrij heeft. Hij verlangt van zijn vrouw, die hij regeert en die hem regenereert, dat zij hem naakt onder de mantel van het huis opwacht, als hij de twintig kilometer speciaal van kantoor naar huis komt. Het kind zal ergens heengebracht zijn. Nog op het opstapje de schoolbus in is het over zijn sportspullen gevallen, waar het achter is blijven steken.

De vrouw ontwaakt gejaagd uit het warme drukverband van kalmte, waarin ze was gevlucht. Ze raapt alles op wat het kind voor zijn vertrek nog gauw even voor haar heeft achtergelaten. De rest regelt de huishoudster, die al veel gezien en van de vloer heeft opgeraapt in dit huis. Toen het kind nog klein was. is zijn moeder met hem soms naar de supermarkt gereden, vriendelijk door de chef persoonlijk langs de rij wachtende huisvrouwen geleid. Het kind zat in het winkelwagentje, dat ongeveer overeenkomt met het moederlijf, en hoe graag hield het kind zich daarin op! De fascinerende wagentjes hebben gewoon vaak openingen op de verkeerde plaatsen en worden toch meer bemind dan de eigen familie door de net achttienjarigen, die stervend nog met hen verbonden, ouders en ouderlijk huis ontvluchten. En dan die magische, magnetische beveiligingsmechanismen aan de nieuwe kledingstukken, o, had de mens die ook maar! Zodat hij niet uit zichzelf achteroverslaat, als hij de vooruitzichten, die hij niet heeft, bewondert. Het geslacht dient tegen ziekten beschermd te worden zoals de vrouw tegen de wereld, opdat zij niet onvoorzichtig uit het raam kijkt en in het leven rondwandelt en haar levenswandel wil veranderen. Ja, immers alleen de kleren worden door de warenhuizen beschermd. Er gaat een alarm, als iemand onbevoegd met hen door de controle breekt, om, steeds onderweg, wandelaar, een kijkje te nemen in het zwijgende rijk der doden en koffiesoorten. Dan doen we er beter aan te voet en slecht gekleed onze intrek te nemen in onze geslachten en daar te huizen onder onze afval; we dulden tenminste geen ander voertuig in ons kleine wagenpark. Zo houden wij het leven eeuwig aan de gang, waar het trekt en waar we zelf heengetrokken en meegesleurd worden door een vriendelijk gezicht, waarin we het onze onuitstaanbaar gespiegeld zien.

Deze vrouw heeft pas verleden week een broekpak in de boetiek gekocht. Ze glimlacht, alsof ze wat te verbergen heeft en heeft toch slechts het zwijgende rijk van haar lichaam. Drie nieuwe pullovers verstopt ze in de kast, om geen aanleiding tot het wantrouwen te geven, dat ze zich met haar bloedige spleet op een nieuwe genotsmaand wil voorbereiden. Maar ze plukt slechts de goedige vrucht geld van de boom van haar man. Geen lieflijk loof watteert meer de bomen. De man controleert haar bankrekening, en alweer zijn duizenden in de wind tierende bomen het slachtoffer van zijn bijl geworden. Het huishoudgeld wordt aan de vrouw uitbetaald en meer! Hij gelooft eigenlijk niet, dat hij voor de comfortabele schommelstoel, waarin hij, een tevreden knaap, zijn stengel laat uitrusten en neervlijen, ook nog moet betalen. Onder de beschutting van zijn H. familienaam staat zij, en onder de bescherming van zijn bankrekeningen, waarvan hij regelmatig verslag doet. Zij behoort te weten, wat zij aan hem heeft. En omgekeerd weet hij van haar tuin, die, altijd geopend, om in rond te woelen en te grommen uitstekend geschikt is. Wat iemand toebehoort, dient ook te worden gebruikt, waarom hebben we het anders?

Nauwelijks is de vrouw alleen gelaten, of zij trekt haar escorte van geld, geldswaarde en geldontwaarding aan en maakt met haar stevig aangeschroefde zekerheden een wandelingetje. Als een schaduw glijdt zij door de zee der menigte, die het papier maakt, waarop haar levensbootje danst. Ja, de zee, die graag levend ook ons begraaft! Want achter wacht de menigte der domme werklozen, die naar de kans uitkijken, dat iemand hun spoor eindelijk volgt. En wij? Willen verder vliegen? Daarvoor moeten wij betweterigen eerst eens hogerop klimmen en ons dan naar beneden laten regenen, want: na regen komt zonneschijn! De vrouw legt haar hand, de jurk voor alle mogelijke doeleinden, voor haar ogen. Spoedig zullen man en kind weer met etenswaren moeten worden bedekt. Wat zal er vanavond zijn, als de man compact, opgeladen en fabrieksnieuw van de band glijdt in plaats van stuift? Hij heeft zich als een moeder zorgzaam opgewonden in zijn fles leven. En 's avonds wil hij het kwijt. Hij parelt. Vanavond, we hadden het bijna vergeten, is de door de wet voorgeschreven tijd daarvoor, en de vrouw wacht met haar absorberende doek erop, alles op te vangen, wat de man overdag geproduceerd heeft. En de andere mensen verdwijnen in de schaduw en begraven hun hoop levend.

Dit landschap is tamelijk groot, dat moet gezegd worden, een losse boei om ons lot, dat in de nevel ligt. Twee jongens zitten elkaar op brommers achterna, maar de sneeuw maakt gauw een einde aan hun rijden. Ze storten ter aarde en vallen. De vrouw lacht onverhoeds. Tenminste een keer wil ze vastberaden naar voren gaan. Haar man heeft vandaag in haar lichaam op zijn poot gespeeld, alsof hij met zijn tweeën was gekomen. Wacht u nog een poosje op de avond, voordat u in het stroomcircuit stapt! Nu heeft een stalen tegenwicht, ongeveer ter grootte van een telefoon, de man zijn kantoor binnengetrokken. Onder opspattende stenen is hij tot aan zijn bureaustoel, alwaar hij lotgevallen bestuurt, en tot aan zijn beeldscherm, alwaar een skiwedstrijd wordt gehouden, doorgedrongen. Ook hij houdt van sport, dat heeft het kind van hem geleerd. De mensen zouden anders geduldig in hun bedden liggen te wiegen, als er geen beweging uit het beeldscherm en soms zelfs uit hun eigen benen en harten zou komen. De man worden de fijnste haartjes tegen zijn huid gedrukt, wanneer hij over de grote weg raast. Zo snel rijdt hij. Het maakt lawaai als in de nationale klederdracht, als hij iemand roept. Het koor zal ook gauw moeten opkomen.

Op zondag gaan ze als voorbeeld van het gezellige leven, dat in het leger heerst, naar de kerk. Aansluitend gieten ze zich vol uit hun muurversperringen, waarin vrolijk, vrij, boeken en herinneringen aan hun knechtschap bestaan. Ook arts en apotheker schromen niet de gang naar de paus en de Moeder Gods te maken. Ze misgunnen niemand zijn werk, ze staan te dringen, uit het hoger onderwijs voortgesproten, verzorgend en goed verzorgd, om het café in te komen. Daar blijven ze een tijdje en doen elkaar opleven. De arts misgunt de apotheker zijn apotheek, die hij zelf graag winstgevend had willen runnen. De apotheker krijgt de mensen te zien, hoe ze pas door de arts gewogen en wat de bloeddruk betreft te zwaar zijn bevonden. Overvloedig spreidt hij zijn preparaten over de werklozen van de streek uit, opdat zij weer blij worden en vergenoegd met hun tenen spelen voor hun huizen. Hun vrouwen hebben voor het eten gezorgd en bieden zich ook verder royaal aan. Die laten zich niet van de menukaart schrappen. Opdat het de mannen aan niets ontbreekt en zij door de voorman van het niets niet door de mangel worden gehaald. Sommigen trekken verder, net nog waren ze ons gewend.

De vrouw van de directeur trekt, daarin heeft ze veel weg van de dwang die op de vrouwelijke bankbeambte rust (iedere dag een andere jurk), verscheidene malen per dag een pas gereinigd gordijn, een wolkenstore, tussen haar en de hunkerende hoofden van de vrouwen in het dorp, waarin ze veiliger woont dan in haar eigen woonkamer. De directeur spreekt met zijn kind, dat onopzettelijk opspringt, om later nog naar een vriend te mogen gaan. Dit kind is nog niet bevoegd zelf zijn vrienden uit te kiezen om verzadigd te raken, want de vaders van zijn vrienden eten ZIJN brood! Dit kind trekt over de aarde voort en bestuurt de anderen net als zijn speelgoedautootjes. De moeder begeleidt op de piano alles wat ze aantreft, en buiten laten moedeloze koppen zich neerzakken aan elkaars borst. Die hebben gekocht wat zij met ogen, groter dan hun eetlust, hebben gezien, en nu beleeft het dorp plezier aan de veilingen van de al te brutaal op de blote aardbodem ontstane gebouwen. In tere wil gehuld, als tere wol gewassen, zo staan ze voor de bankloketten, waarachter gelukkige kinderen met hun witte blouses en met vreemd geld spelen, en gieten het noodlot van hen en hun behuizingen uit hun loonzakje in de breed stromende renterivier. De bankdirecteur kijkt naar beneden, en het draait voor zijn ogen, net zoals de mensen om hun inkomsten heendraaien, om hun zelfbouwhuisjes niet te hoeven verliezen. Waar ze eens van gehouden hebben, moet hij hun, in het zicht van de haven, toch nog afnemen. Hij ziet al hun leed in gedachten, als hij, geen onmens, door hun ramen naar binnen kijkt. In dit ijzig koude oord maken de armen ruzie. De slachtpistolen en de jachtgeweren (met water in de zoemende lopen) knallen. Om de spelen des levens slingeren zich de stroppen. De Raiffeisenbanken, die het geld van de dorpelingen beheren en verteren, jubelen, tevreden als vissen. Een eeuwig landelijk feest is het voor de landbouwcoöperaties, die de afzonderlijke mens niet willen kennen, die ze onder bedorven melk en giftige kaas bedelven. Zelfs de kleinste van hun leden halen ze de appels uit de ogen en het zwart onder de nagels vandaan. Totdat er eentje zijn zekeringen laat doorbranden en als moordenaar schreeuwend om het nest met het dode gezin fladdert. Hoe wilde hij, zo'n kleine container, dat alles bevatten? Slechts een krant van klein formaat waagt het, het machtige leven van de mensen, die door iets verschrikkelijks getroffen zijn, voor een paar schilling uit ons magere portemonneetje te halen.

Wat je uit het raam ziet, heeft vaak ook een mooi figuur, dit meisje natuur. De man, ook in de lust nog ambtenaar, gaat af op een menselijke behoefte, niet te verwarren met de onaangename behoefte aan een mens! De directeur ligt er als een landschap bij, maar is door de geest der onrust bezeteld. Hij heeft zijn smeerkaas gelijkmatig verdeeld, en wat ziet hij in het gezicht van zijn vrouw? Het menselijke gelaat van zijn dictatuur? Als uitgegumd lijkt de vrouw in de nieuw gekochte erotische lingerie, waarin ze zich, op zijn verzoek, als in een nieuwe ruimtelijke ordening rondbeweegt. Met de mensen speelt het geld. Soms wordt de directeur in een helder moment overmand door berouw, en werpt hij zijn grote gezicht in de schort van de vrouw. Onmiddellijk daarna slaat hij haar hoofd alweer tegen de vieze rand van de badkuip en controleert, of de nieuw aangelegde weg tot haar donkere deurtje reikt, waarachter ze bij zichzelf op schoot zit en schommelt, een verwende vrouw, waarin je rustig tot haar goede einde kan zitten te bladeren. Want hoe moeten de werklozen leven in de wereld, wanneer ze niet zulke goedkope romannetjes als voorbeeld zouden hebben?

Deze directeur, die in ruste tot het personeel spreekt, dat daarvoor in de plaats voor hem liederen moet zingen, die werpt zijn stukgoed het liefst overdag, in het licht, bij de vrouw in haar lijf. Hij kijkt er graag naar hoe zijn gezondheid groeit. De vrouw smeekt, in ieder geval in het bijzijn van het kind, dit woeste dier, dat tot het laatst onverwacht uit een hoek van de ring zou kunnen schieten, een beetje voorzichtigheid te betrachten. Stil duikt op het juiste moment de zoon, haar broedstuk, op, slaat de proevende ouders even gade (hoe zij zich aan de borden van hun welvoorziene, schoon gehouden buffet vastgrijpen) en verdwijnt weer, om de buurkinderen, die zonder kunstmatige, kunstzinnige paradijzen moeten opgroeien, met zijn sportartikelen en zijn gepraat over sport te martelen. Het kind is in de zon gerijpt net als fruit. Zijn vader, geheel zoals haar gezichtspunt is, duikt met een gezonde snoekduik de moeder in. Woorden schieten daarbij te kort. We willen daden zien en moeten daarvoor bij de ingang van de inrichting betalen en onze voortdurend als water bruisende behoeften uitdoen.

Hoewel de kleine huizen vroeger moeten gaan slapen, in de grote heerst nog leven en elektriciteit tussen de geslachten. En, nu we het toch over water hebben, het water stroomt hun lijven over. Wij zijn helemaal privé onder ons, omdat we ons ook in de openbaarheid niet hoeven te generen. Hebben zij, geliefden, elkaar gevonden, dan schommelen ze behaaglijk op de dranken die uit hun van gouden etiketten voorziene flessen opwellen, en voelen zich in zichzelf thuis. Ze vinden rust in elkaar, nadat ze hun geslachtsdelen hebben opgewonden, en zijn verenigd en het enige. Aan het stof hebben zij zich ontlokt, en terwijl rondom de armen sterven, scheppen de beteren zichzelf hun stille recht op elkaar iedere dag opnieuw en generen elkaar. Ze hebben immers genoeg krachten verzameld in hun pruimen en broeken en harten, om krachtig in de perzik te kunnen bijten, die zoëven nog zo mooi gebloeid heeft. Alles is van hen, en zelfs de slaap flatteert hen nog achter hun gesloten wimpers, omdat je hun begerige knipogen niet ziet. Onopgemerkt door hun geliefde mogen ze nooit blijven, en dus stormen ze iedere dag naar buiten om nieuwe kleren en bankrekeningen te oogsten en, naar binnen wankelend met al de spullen, die ze van de uitermate rijken, van de boven alles uitreikenden, afgekeken hebben, worden ze vreemd en dagelijks vers en nieuw voor het lieve wezen, dat zij zijn, hebben en houden willen. De zwakken echter wonen bij elkaar, want zij zijn, wat wij niet willen zijn, en menen ook nog, nergens beter te wonen en slechts hun eigen kostje gewend te zijn. Die krijgen ook verder niets te proeven en worden te vroeg gewekt. Niet één te veel is het slachtoffer van zijn werk. Die hebben genoeg aan zichzelf, wij willen echter meer! Een semi-automatisch geweer! In het licht lopen, en als we onze zaklampen zouden moeten ontsteken, waarvan het schijnsel net genoeg is voor twee personen uit het fijne verre leger: uitgerekend wij moeten dat zijn!

3

In sappige kalmte schuift de man het beeld van zijn vrouw in de gleuf van de toeschouwer. Huiverend grijpen de bossen naar het huis, waarin de beelden van de video's, een bepakte kudde van geslachtsrijpen, voor de ooggetuigen over het scherm trekken. Aan hun boeien worden de vrouwen in beeld gesleurd, alleen hun dagel. gewoonten zijn wreder. De blik van de vrouw overwoekert de vlakte der beelden, die ze iedere dag met haar man dient af te leggen, tot ze het zelf moet afleggen. In het geheel niet gebroken door zijn volledig voor hem verantwoordelijke beroep, staat de directeur er welig bij en zuigt aan haar tieten en spleten, roept om het begin van de nacht en de nachtvoorstelling. Zo ontspruiten ook op de berghellingen levende beelden, en de bergbeklimmers stappen er met hun solide schoenen in.

Het onverwachte binnenkomen van het kind ontwikkelt zich bijna tot precies zo'n tragedie als het klimaat hier. Als een draagraket schiet de zoon, recht en stralend, de kamer binnen, waar het beeldscherm ruist en de ruimte in urineert. Hij vangt met zijn onnozele ogen juist nog de lijdende lichamen op, wanneer zij, gapend als wonde afgronden, elkaar komen bezoeken en de mannen met hun zware scheppingsapparaten, ambachtslieden van de lust, in het binnenste van de vrouw wegsterven. Alleen hun lichamen en hoofden blijven buiten en verzinnen nieuwe moederlijven van glas om in te kijken. Onmiddellijk rijdt de vader van de moeder af, nadat hij hem, uit zijn onbehouwen motor scheten latend, in z'n achteruit heeft gezet en een bocht in het tapijt heeft gereden. Het kind doet alsof het niets heeft verstaan, het is immers zelf al kiezende, kronkelende consument. Als bladeren waaien in zijn geheugen zijn behoeften, verwend is zijn smaak door de onsterfelijke foto's in de sport-catalogi van de sportzaken, die de staatsburger tot gezondheid! sommeren. Alles behoort aan hem en zijn lieve ouders toe, aan wie het kind op zijn beurt weer toebehoort. De moeder bedekt zichzelf grof met hooi. Het kwaad vader te noemen, heeft het kind al geleerd, maar papa koopt altijd nog en voor altijd de goederenpakketten, de vetzakken, en houdt de zoon aan gouden koorden gebonden. Alsof het kind de eveneens in banden rustende natuur van zijn moeder op de sofa niet opmerkt, leest het zijn ouders een verlanglijstje vol met elkaar beconcurrerende voorwerpen voor. Je kunt er mee op zand, grind, steen, water, ijs, sneeuw of een Perzisch tapijt rijden! En het moet gekocht worden, om ver weg vanuit het landschap nog naar huis terug te kunnen kijken. De vrouw kort de tijd in haar handboeien. Ze trappelt met haar benen en houdt haar ogen op het ongewisse van haar kind gericht, wat zal er van hem terechtkomen? Een jonge adelaar, die aan een kleine auto knaagt? Met snavelstoten in de borst van een mens hakt? Die bij de slalom, die achter het huis, voor de lol en om de mensen aan de omweg te laten wennen, is uitgezet, van zich kan laten winnen? Alles wat dit kind en deze man zich wensen, is op zijn manier gevaarlijk. De moeder probeert met de tanden een deken over haar blote tepels heen te trekken, waar vader zojuist nog stevig in heeft gebeten. De beelden op het beeldscherm worden abrupt tot rust gewiegd. Het kind is binnengekomen. Het kind wil een motorslee hebben, die echter in deze streek van staatswege verboden is. De klant heeft een eis: het uiterlijk van de vrouw dient ermee in overeenstemming te zijn.

De directeur wil op ieder moment, ook tijdens kantooruren, naar huis kunnen opbellen, om vast te stellen of er aan hem is gedacht. Hij is onontkoombaar als de dood. Altijd bereid te zijn haar hart los te rukken, het op de tong te leggen als een hostie en te laten zien, dat ook de rest van haar lichaam voor meneer gereed gemaakt is, dat verwacht hij van zijn vrouw. Met dat doel leidt hij haar bij de toom en onderwerpt haar aan zijn optische hulpmiddel onder zijn wenkbrauwen. Hij ziet alles en heeft recht op inzage, want krachtig bloeit zijn lul in zijn stekelige bloembed, en de kussen zwellen op zijn lippen. Maar eerst moet hij alles in ogenschouw nemen, om trek te krijgen. Je eet namelijk ook met je ogen, en niets blijft verborgen behalve voor de schuwe ogen van de doden de hemel, die ze uiteindelijk verwacht hadden. Vandaar dat de man voor zijn vrouw de hemel op aarde wil bereiden, en zij bereidt soms het eten. Je kunt haar zeker drie keer per week van haar verlangen, de beroemde Linzer taart, en de beroemde Linzer dode mag de man ook vereren, in een kamertje achter in het restaurant, waar de mensen zich over de genade van de geschiedenis, zich te allen tijde te kunnen herhalen, verheugen en daarbij in het glas kijken, wat er binnenkort van de regering komt.

De directeur is zo groot, dat je onmogelijk in een dag tijd om hem heen kan. Deze mens is naar alle kanten toe open, maar vooral naar boven, waar regen en sneeuw vandaan komen. Hij heeft niemand boven zich, alleen het moederconcern, waartegen zich nu eenmaal niemand beschermen kan. Echter in het bijzijn van de scherpe zijde van de vrouw kun je je kraan onbezorgd opendraaien en laten spuiten. Als een vis maakt de vrouw stuiptrekkingen, omdat zij de handen aan elkaar gebonden heeft, terwijl de man haar kietelt en een beetje met naalden aan het steken is. Hij luistert naar een stem in zijn binnenste, waar hij zijn gevoelens heeft opgeslagen. Woorden vallen als bladeren uit de video op het beeldscherm en gaan voor deze eenmans-mensheid tegen de vlakte. Verlegen beschermend kijkt de vrouw naar een stervende kamerplant op de vensterbank. Ook de man spreekt nu, grof als de goede pit in het fruit. Hij neemt geen blad voor de mond. En terwijl zijn luchten en sappen stromen, spreekt hij onafgebroken over zijn doen en niet kunnen laten en verschaft zich met wilde klauwen en tamme tanden toegang tot de plaats van het verkeer, om ook nog zijn mosterd bij de maaltijd op te kunnen dienen. Het geslacht van de vrouw een bos, waaruit hem een woedende echo tegemoetklinkt.

Sinds kort heeft hij zijn vrouw Gerti ook verboden, zich te wassen, want ook haar geur is helemaal van hem. Hij gaat in zijn kleine stuk bos tekeer, beukt met zijn zware broodkorst haar parkeerplaatsen binnen, zodat ze vaak helemaal potdicht zit, deksels nog aan toe. Sinds hij het niet meer waagt door middel van partnerruiladvertenties geinige, geile vreemde mensen aan te lokken, vindt hij alleen zichzelf de liefste onder de winden, die bij zijn vrouw onder haar rok gaan. Als een draad dient zijn vrouw haar geuren van zweet, pis, stront achter zich aan te trekken, en hij controleert, of de beek ook braaf in zijn bedding blijft, als hij dit verlangt. Deze levende hoop afval, waar de wurmen en ratten in graven. Dreunend stort hij zich naar binnen en maakt zijn tempi, die hem gauw weer aan het andere eind brengen, waar hij thuis is en het weer gezellig wil hebben en er ook eens eentje laat vliegen of op vis trakteert. Hij leest de kranten. Hij rukt de vrouw uit het moeras van haar kussen en breekt haar meteen open. En heeft vandaag eens haar hele aangename aard om mee te spelen met de tepels en om te trillen van datgene wat zijn aderen weer met zijn lid uitgehaald hebben, op de bank zitten.

Het bevalt hem, dat deze in het plaatsje best geklede vrouw in haar eigen vuil moet rondlopen. Hij slaat haar driftig op haar hoofd. In de H. transsubstantiatie heeft hij haar lichaam laten ombouwen voor zijn maten. Dat is een vat, bestemd om te nemen, en ook hij vult zichzelf in de nacht steeds weer, deze zelfbedieningszaak, deze kruidenierswinkel voor kinderen, waar men onbezorgd naar de wc kan gaan. Met de sleutel van de poort van het huis heb je reeds aanspraak op het gerecht van de dag verworven, en je kan de clitoris uitrekken of de wc-deur dichtsmijten, de r.k. Heimat buigt, maar laat de mensen voor zwangerschapsadviezen en om te trouwen gaan. En het huis moet SOS seinen, terwijl de vrouw in toepassing gebracht wordt. Later zal er een fles uitgelezen wijn ontkurkt worden, en dan zullen er op een beeldscherm uitgelaten uitverkorenen te zien zijn, die tegenover elkaars geslachtsdelen zitten, naar binnen kijken, aan de deurkruk rammelen en elkaar trekkend en rukkend bedelven. Ja, gulzig zitten wij te kijken, maar anderen kijken naar ons en kauwen zoute stengels of de dikke worsten van de heren of de dikke rondingen van de dames!

Wellicht zal morgen het kind bij de buren zijn ondergebracht, die precies een soortgelijk huis hebben, alleen minder. De man wil zijn wilde boeltje in het vuil van de vrouw stoppen, die naar haar ademtechniek grijpt en snel aan de kant stuift, om aan zijn bulderend in het kreupelhout van haar broek binnendringende lul te ontkomen. Zijn lichaam heeft door zang en muziek al de meest uiteenlopende mensen overweldigd, tot kleine porties gevormd en voor later, als ze op de arbeidsmarkt of in het koor der marktmechanismen nodig zijn, ingevroren. De maan schijnt, de sterren verschijnen ook allemaal, en de zware machine van de man komt van ver weg naar huis, drijft de vore uiteen, die zij met haar tanden heeft getrokken, laat gemaaid gras als schuim de lucht in vliegen en de vrouw vollopen.

4

De vrouw springt, verlegen met haar lichaam roeiend, tegen de wind in. Zij is vlees geworden en heeft onder ons gewoond. In ieder opzicht dienstbaar zijn aan de honger, dat is haar straatkroeg geweest: zich voor haar man, het kind laten verslijten, gebed in hun zachte teugels. Ze probeert het eens door een keer een luchtje te scheppen in haar vangnet. Ze doet haar ochtendjas om en begint op pantoffels de besneeuwde weg af te lopen.

Eerst moet ze nog de kopjes en spullen voor het geval er zich een noodtoestand voordoet in de kast opbergen. Ze staat onder het stromende water en borstelt de sporen van haar gezin van het porselein. Zo conserveert de vrouw zichzelf, in haar ingrediënten, waarvan zij is gemaakt. Ze ordent alles, ook haar eigen kleding, naar grootte. Vol schaamte lacht ze erover. Maar het is geen grapje. Ze stapelt orde op de vreugden die ze heeft. Er rest haar niets. Van de bloedige vogelveren op haar weg zijn er niet meer veel te zien, want: ook een dier moet eten. Een roetachtige film heeft zich over de sneeuw verspreid, die was binnen enkele uren klaar.

De man grijpt in zijn kantoor bevredigd onder de lampekap van zijn broeksband. Hij lucht zichzelf. Over de gedaante van zijn vrouw spreekt hij, zonder van tevoren te kennen te geven, dat hij nu aan het woord is. Wees stil, nu spreekt zijn fabriek voor hem, die heeft speciaal daarvoor een veelstemmig koor aangeschaft. Nee, voor de toekomst is hij niet bang, zijn eigen geval hangt immers ook aan hem!

De vrouw merkt, hoe de sneeuw langzaam in haar ruimte en tijd dringt. Lang nog zal het geen voorjaar zijn. De natuur redt het vandaag niet eens, er pas geschilderd uit te zien. Vuil kleeft aan de bomen. Een hond loopt haar haastig voorbij, hij hinkt. Vrouwen komen haar tegemoet, versleten, net als jarenlang in kartonnen dozen opgeborgen. Alsof ze in een mooi huis zijn wakker geworden, kijken de vrouwen naar deze ene onder hen, die zo zonderling lijkt, omdat ze zich altijd afzondert. De fabriek geeft veel van hun mannen werk, wat anders. Bewusteloos van de tijd, zouden ze deze liever doorbrengen met vele grote glazen wijn dan met het eigen gezin. De vrouw vliegt hen voorbij, ze stapt het donker in en heeft niet eens schoenen aangetrokken voor de sneeuw! Het kind raast ondertussen ergens rond, waar nog meer van zijn soort aan het stoeien zijn. Het heeft het vers gekookte eten met woorden afgewezen, die bij de moeder klepperende wonden achterlieten, en een boterham met worst uit de kast gehaald. De moeder heeft een groot deel van de morgen peentjes fijn door een zeef gedrukt, opdat de ogen van het kind daarvan nut ondervinden. Het eten voor het kind maakt ze zelf. Boven de vuilnisbak, een gebogen stronk mens, heeft ze de portie voor het kind opgeschrokt. Het kind heeft ze immers ook vanuit zichzelf gemaakt. Haar gevoel voor humor is daarbij klein gebleven. Aan het hek naast de beek hangen de ijspegels, de hoofdstad is heel dichtbij, als je de auto van de mens als maatstaf neemt. Het dal opent zich weids, velen zijn niet daarin werkzaam. De overigen, die ook ergens moeten verblijven (in de roestplaatsen van hun bestaan), pendelen iedere dag een eind naar de fabriek en verder nog, veel verder! Daar boven op die berg, daar sta ik duizendmaal met mijn kudde. De mond van de vrouw wordt door de vorst klein als een ijsknikker. Ze grijpt zich vast aan het met rijp bedekte hout van de balustrade. De beek heeft zichzelf van beide kanten af volledig dichtgebouwd, het ijs tikt hem al op de schouder. De schepping dreunt onder de boeien van de natuurwetten. Het klotst zwak. Zoals de dooi in het goede leven, dat wij allen leiden, de barrières zal doorbreken, zodat wij van de een naar de ander kunnen huppelen, zo zal de dood misschien de wereld van deze vrouw tot een eind denken. Maar we willen nu niet persoonlijk worden. Knarsend vreten de wielen van een kleine auto zich door de harde sneeuw. Waar hij ook vandaan komt, hij voelt zich er meer thuis dan zijn bezitter. Wat zou de forens zijn zonder hem? Een mesthoop, omdat hij samen met de anderen in het doosje van de spoorwegwagon niets dan vuil is, denkt zijn parlementaire vertegenwoordiging. De massa zorgt ervoor, dat onze fabrieken niet in elkaar storten, omdat zij van binnen gestut worden door mensenmenigten, die Sociale Zaken probeert op te bergen in hun schragen. En wat te zeggen van de werklozen, die een schaduwrijk leger vormen van nietigen, waarvoor je niet bang hoeft te zijn, omdat ze allemaal ondanks alles voor de Christel. sociale democratie stemmen. Meneer de directeur is van vlees en vol bloed en eet er ook nog goed van, omdat dames met ingemaakte schorten het hem serveren.

Er wordt geadviseerd, de voertuigen bij deze weersomstandigheden te laten staan, aan de andere kant mag u op uw werk niet te laat aankomen! In deze versmaat rijden de strooiwagens over de straten en laten hun waar achter. De vrouw kan alleen maar met zich zelf dienen. En nog wat, moet u eens luisteren: de wegenwachtauto's niet onnodig uit hun onderkomens verjagen, hoor! U als mens zou dat ook niet leuk vinden.

Gierend suizen de kinderen in hun verjaardagsschotels van plastic, die nog aan hun huid vastzitten of hen om hun oren vliegen, over de door hen speciaal gladgestreken sneeuw het dal in. Mismoedig wenden de groteren onder hen zich af en laten liftkaartjes over hun gewatteerde lichaamsetuis bungelen, snelheid is geen hekserij. Ze brullen als treinstations. De vrouw schrikt van hen. Drukt zich ontdaan in de heuvels van sneeuw, die de sneeuwploeg voor haar heeft achtergelaten. Knarsend rollen de voertuigen met hun gezinsvracht, een pak schamele slaag, haar voorbij. Bovenop drukken de ski's op de deksels van de auto's, om de haat van de inzittenden eronder te houden. De apparaten staren weerbaar naar beneden als machinegeweren. Ploegen zich door de vele andere blikken met mensen, omdat ze een betere plaats verdienen. Zo denkt iedereen en toont het met de lieve vuiligheid van zijn gebaren door de raampjes heen.

De sport, die vesting van de kleine man, waar hij uit kan schieten!

Werkelijk iedereen kan het zich veroorloven, een been of beide armen te breken, gelooft u mij! Maar toch: u kan er niet omheen, zulke mensen als afhankelijken bestempelen, als ze zich de berghellingen op begeven, waar ze afglijden en zich er ook nog lekker bij voelen. Maar afhankelijk waarvan? Ja, van hun eigen, nooit genezende beelden, die aan hen, alsof ze niets anders zijn dan hulpjes van de werkelijkheid, iedere dag opnieuw worden getoond, alleen dan groter, mooier, sneller. Zo vallen zij, van de waterscheiding van de televisie gestoten, aan de andere kant naar beneden, naar de kleintjes op het idiotenheuveltje. Au! Ze komen nooit in discussies aan het woord, en doen ze dit toch, verliezen ze meteen van iemand, die als expert aangetrokken wordt door de trekker van hun zorgen. En de Hoogste, die onze prestatietabellen heeft bestudeerd, is doof voor hun gejammer om een eigen huis, dat je nodig hebt, opdat je de sport gelijk van de huisdeur uit kan bezoedelen, deze hoge olympische gedachte.

De vrouw glijdt bij iedere stap uit. Lachende gezichten wijzen met geen enkel geluid vanachter de autoruiten. De bestuurder brengt zichzelf in levensgevaar, over zijn eigendom gebogen. De sneeuw valt voldoende voor allen naar beneden. Maar ze glijden verschillend zoals ook de mensen zelf zijn. Sommigen kunnen het beter, anderen willen het het beste kunnen. Waar is de lifthelling voor alle moeilijkheidsgraden, opdat we snel met nog meer zijn? Wat voordien slap in zijn behuizing geleefd heeft, wordt in de buitenlucht onmiddellijk stevig, maar daarentegen ook meteen kleiner, jullie veilig gebouwde Alpen!

De vrouw verlaat de dekking van haar omstandigheden. Drukt haar ochtendjas slecht gehumeurd tegen zich aan. Slaat haar handen om zich heen. Sommige kinderen, die ze van ver hoort brullen, zijn uit hun wekelijks plaatsvindende goedgebouwde dans- en ritmegroep weggerukt. Als hobby van deze vrouw werden deze kinderen gefokt. Wij hebben tenslotte genoeg plaats en liefde voor het kind, dat in de maat moet leren klappen. Op school zal dat hem erbij helpen, in de maat te knikken of op te staan, als er gebeden moet worden. Hun zoon zit er midden in, hij bewijst met iedere schreeuw, dat hij boven de anderen hangt als een vieze vinger. Van iedere boterham met worst moet hij de eerste hap, want ieder kind heeft een vader, en iedere vader moet geld verdienen. Hij terroriseert op zijn kleinspoor-ski's de kinderen op hun sleetjes. Hij is de nieuwste uitgave van een helder hemellichaam, dat ook nog het lef heeft, iedere dag opnieuw, maar steeds in nieuwe kleren gestoken, te verschijnen. Niemand protesteert tegen hem, alleen zijn rug heeft vele heimelijke, verspilde gebaren te verduren. Hij ziet zichzelf als een formulering van zijn vader. De vrouw vergist zich niet, ze heft vaag haar hand op tegen de verre zoon, die ze aan zijn stem heeft herkend. Hij brult de overige kinderen op maat zoals hij ze hebben wil. Hij knipt hen, zoals de winter het landschap, met woorden tot smerige heuvels.

Met de hand schrijft de vrouw tekens in de lucht. Ze hoeft niet in haar levensonderhoud te voorzien, ze wordt door haar man onderhouden. Als hij van zijn werk terugkomt naar huis en het verdiend heeft, dat hij, aan het eind van de dag, zijn opschrift erboven zet.

Dit kind is geen toeval! De zoon behoort hem toe! Nu ziet hij de dood niet meer.

Met opgekropte liefde zoekt ze haar zoon in de hoop kinderen. Hij brult, zonder te verflauwen. Is hij al zo uit haar benedenverdieping naar buiten gekropen? Of, om met een woord van zijn hemel. Vader te spreken, pas door misleiding (bekrompen leiding) van de kunst tot een ander, dan ooit iemand op deze leeftijd geweest is, in elkaar gebeeldhouwd? Dit kind claimt rechten van andersgezinden, omvangrijk als staatsverdragen, het geeft de formule van zijn vader door: maak meer van jezelf! Mooi! Een erectie! Zo draagt de man zichzelf voor zich uit, opdat hij zichzelf altijd kan bekijken. En het kind, gemaakt van een wezen, dat al lang, als slak, achter hem in elkaar is gevallen (de klokkevorm van zijn moeder), zal zich eveneens spoedig, over een paar jaar, de hemel in spuiten, waar de kleintjes al met een koffietafel worden verwacht.

Het kind, het rijdt tussen de kameraden en camera's door als door lieflijke deuren.

In de voeten van de vrouw is de koude gekropen. Haar schoenzolen zijn het niet waard om over te praten, maar zij zelf praat ook niet zo vaak. Deze huispantoffels scheiden haar niet meer van het ijs van de wereld. Ze stapt voort. Oppassen moet ze, glijden in plaats van door anderen opgejaagd worden, maar een grapje moet kunnen! Niets anders is het, wanneer de geslachten met de gouden koppen, meer kwaad dan goed, tot volle wasdom komen in het bijzijn van de meubels, de enige intieme vrienden van hun begaafdheden. En als ze eens afgekeurd naar beneden geworpen zouden worden van de toppen van hun wensen? De vrouw houdt zich aan de balustrade vast, maar schiet toch aardig op. Levensmiddelen worden aan alle kanten naar huis gesleept, want voor de gezinnen is het eten het middelpunt. Van de bitten der vrouwen spetteren de havervlokken, het komt mij voor, dat ze angst hebben voor wat de dure ingrediënten met elkaar in de pan zouden kunnen uitvoeren. En de mannen geschieden achter hun borden. De werklozen, in hun afwijking van alle omstandigheden, die God gewild en met het verbond van het huwelijk gezegend heeft, die kunnen zich nog net het leven veroorloven, maar beleven mogen ze niets meer, op de avond-duur-speeltuin, in de bioscoop bij een mooie film of in het café bij een mooie vrouw. Alleen het gebruik van hun eigen gezin is gratis. Zo bakent de een zich van de ander af door zijn geslacht, dat de natuur in deze vorm niet zo kan hebben gewild. En zo deelt de natuur met ons, zodat we haar produkten eten en daarom door de eigenaren van de fabrieken en banken opgegeten worden. De rente vreet ons de haren van het hoofd. Slechts wat het water doet, weet niemand. Maar wat wij met het water hebben gedaan, zie je meteen, nadat de cellulosefabriek in de beek, die zonder oponthoud voortijlt, haar behoefte heeft gedaan. Die moet zijn vergif ook ergens anders heenbrengen, waar graag vislijken worden gegeten. De vrouwen steken hun hoofd in de boodschappentassen, waarin ze de werkloosheidsuitkering weggebracht hebben. Ze worden goed geleid door de coöperatieve winkel, die voor hen de speciale aanbiedingen omroept. Ja, speciale aanbiedingen waren ze zelf ooit eens! En de mannen werden naar vermogen uitgezocht. Ze vermogen meer dan men op het arbeidsbureau voor mogelijk houdt! Aan de keukentafel zitten, bier drinken en kaarten: niet eens een hond zou zo geduldig zijn, aangelijnd voor de prachtige winkels met de koopwaar, die de draak met ons steekt.

Niets gaat verloren, de staat werkt met datgene, wat we niet zien. Waarheen gaat ons geld, als wij er eindelijk vanaf zijn? Warm voelen de handen aan op de bankbiljetten, de munt smelt van de vuist af, die toch van haar moet scheiden. De tijd zou op de eerste van de maand stil moeten blijven staan, zodat we ons warme hoopje geld, dat stinkt en dampig is van ons werk, nog een tijdje kunnen bekijken, voordat we het naar onze bankrekeningen brengen, opdat het onze behoeften mooi mals laat opgroeien. Het liefst rusten wij uit in onze hete gouden mest. Maar de onrustige liefde kijkt reeds om ons heen, waar iets beters te krijgen is, dan we al hebben. Het skiën kennen de mensen, die oorspronkelijk hier groeiden als gras, in zijn oorsprong (in Mürzzuschlag/Stmk. bevindt zich het beroemdste skimuseum ter wereld!), alleen van het ernaar kijken. Zo diep zijn ze voorovergebogen boven de koude grond, dat ze het spoor niet vinden. Voortdurend gaan anderen hun voorbij en laten hun boodschap achter in de bossen.

Als een paard rukt de vrouw aan haar teugels. In verlegen reislingerie zaten de door advertenties in speciale krantjes aangelokte vreemdelingen, meestal met z'n tweeën aan elkaar gebonden, ooit op haar bank gehurkt. Bedrukt giechelden vrouwen achter hun glazen op hun onderzetters, en ook de leden van de mannen hadden voorzetten nodig: maar dan ook, aanvallen! De heren zijn zo vrij en verwisselen graag eens van voederzak. Behendig staan ze voor de salontafel en gooien de benen van de vrouwen links en rechts over hun schouders, want in den vreemde wijkt men, tijdelijk, graag van zijn gewoonten af, alleen om weer, getroost, naar huis naar de oude alledaagsheden terug te keren. Daar staan hun bedden op vaste grond, en, om tot bloei te komen, worden de vrouwen, die eenmaal in de week naar de kapper gaan, door de mangel gehaald. Er wordt met de goed gevulde lijven tussen de goed gevulde meubels in het rond gesmeten alsof het niets is, alsof wij een onuitputtelijke voorraad aan belevenissen in de loterij hebben gewonnen. Het intiemste ondergoed wordt verkocht, zodat de belevenis – zoals wij vrouwen het graag en zonder resultaat proberen – er steeds anders uitziet, wanneer ze ons komt bezoeken, om ons in onze slaap terug te vinden en te bewaren.

De directeur wordt onvermoeibaar opgejaagd door zijn vlees en de onbeschaamdheden van de pers. Hij veroorlooft zich onbeschaamdheden, graag bijv. urineert hij, zoals honden het doen, tegen zijn vrouw, nadat hij van haar en haar kleren een kleine berg heeft gebouwd, opdat het met hem steiler bergafwaarts gaat. De schaal van de lust kent geen maximum, daarvoor zullen we geen rechter nodig hebben. De man gebruikt en besmeurt de vrouw net als het papier, dat hij fabriceert. Hij zorgt voor het wel en wee in zijn huis, sjort zijn lul gulzig uit zijn lolbroek, nog voordat hij de deur heeft dichtgegooid. Stopt hem nog warm van de slager bij de vrouw in haar mond, zodat haar gebit kraakt. Zelfs wanneer gasten voor het avondeten hun licht op zijn gemoed laten schijnen, fluistert hij zijn vrouw onbeduidendheden over haar geslachtsdelen in het oor. Grof slaat hij onder het tafellaken de hand aan zijn vrouw, bewerkt haar vore, gaat met haar keffende angst, die aan de ketting rukt, in aanwezigheid van de zakenrelaties een blokje om. De vrouw behoort niet om hem heen te kunnen, vandaar dat hij haar kort houdt. Ze behoort er niet omheen te kunnen, steeds eraan te denken, hoe hij het haar met zijn streng ruikende uitwerpselen zou kunnen inpeperen. Hij grijpt haar, waar de gasten bij zijn, in haar achterste, lacht en serveert achterham. Wie van hen heeft er nu geen papier nodig, en de tevreden klant is koning. Wie heeft er nu geen gevoel voor humor?

De vrouw gaat verder. Een tijdje loopt die vreemde grote hond mee, vol verwachting, of hij haar in haar voet zou kunnen bijten, want ze heeft geen goede schoenen aan. De alpenvereniging heeft gewaarschuwd, de dood wacht in de bergen. De vrouw trapt naar de hond. Niemand dient haar meer te mogen verwachten. In de huizen zal spoedig het licht aangaan, dan gebeurt het ware en het warme, en in de kutten van de vrouwen beginnen de kleine hamers te kloppen.

Het dal, waar de wensen van de part-time boeren doorheen spoken, die kinderen van de hemel, maar niet van hun personeelschef zijn, schuift steeds dichter opeen, om als een schepradgraafmachine de stappen van de vrouw op te vangen. Voorbij voert het aan de onsterflijke zielen van de werklozen, die, zoals de paus beval, van jaar tot jaar meer worden. Jongeren schuwen hun vaders en worden door hun vloeken, die scherp zijn als bijlslagen, door de lege schuren en loodsen gejaagd. De fabriek kust de aarde, waar zij haar al te gretig mensen afgenomen heeft. Wij moeten rationeel met de staatsbossen en de financiële overheidssteun leren omgaan. Papier is altijd nodig. Want ziet u: zonder landkaarten zouden onze schreden naar de afgrond leiden. Verlegen drukt de vrouw haar handen in de zakken van haar ochtendjas. Haar man houdt zich wel degelijk bezig met de mensen zonder werk, gelooft u mij, hij denkt over hen na en brengt ze onder de grond.

De bergbeek, waarin hier, aan haar bovenloop, nog geen chemicaliën leren zwemmen, maar af en toe slechts miezerige menselijke fecaliën, zij hotst naast de vrouw door het bed. De hellingen worden steiler. Daar verderop, achter de bocht, groeit het gebroken landschap alweer naar elkaar toe. De wind wordt kouder. De vrouw buigt zich diep over zichzelf heen. Haar man heeft haar vandaag door te trappen al twee keer gestart. Toen scheen zijn accu eindelijk leeg te zijn, en hij nam gretig, met reuzensprongen, alle horden tot in de fabriek onder zijn banden. De grond knarst, maar de aarde houdt haar scheurkiezen gesloten. Op deze hoogte heeft ze nauwelijks nog iets te bieden behalve losse keien van de modderlawines. De vrouw voelt haar benen al lang niet meer. Deze weg voert op z'n allerhoogst nog naar een kleine houtzagerij, en die staat meestal stil. Wie niets te bikken heeft, die heeft ook niets te zagen. Wij zijn alleen. De enkele keuterijen en krotwoningen langs de weg zijn gelijk, maar hetzelfde.

Uit de daken oude rook. De eigenaren drogen de stromen der tranen bij de kachel. Huisvuil stapelt zich op naast de wc-hokjes, potten waar het email vanaf is, die vijftig jaar en meer alles gegeven hebben. Stapels hout, oude kisten, konijnehokken, waaruit stromen bloed komen. Doodt de mens, dan doden ook wolf en vos, zijn grote voorbeelden. Zij sluipen om de kippenhokken heen, want ook zij zijn in een hok gedrukt. Ze komen alleen 's nachts langs. Vele huisdieren krijgen van hen hondsdolheid en vergrijpen zich aan de mens, hun meerdere. Elkaar tot maaltijd, bekijken zij elkaar.

Heel klein van ons gezichtspunt uit, zien wij de vrouw aan het einde van haar weg verdwijnen. De zon staat reeds heel laag. Onhandig gaat ze omlaag richting rotswanden. Het hart van het kind slaat elders voor de sport. Deze mensenzoon, het kind van de vrouw, eigenlijk is hij laf, hij wijkt met zijn spullen uit naar het vlakke gedeelte, en je hoort hem al lang niet meer. Nu uiterlijk zou deze vrouw om moeten keren, daar verderop hangt alleen nog iemand aan het kruis – een lijden, dat sindsdien al het andere lijden grandioos heeft overschaduwd. Bij het zien van het mooie uitzicht weet je niet, of je het ogenblik eindeloos moet laten duren en in plaats daarvan moet afzien van de resterende tijd die je nog gegeven is? Foto's wekken vaak die indruk, maar later zijn we maar wat blij dat we nog leven en ze kunnen bekijken. Het is immers niet zo, dat wij de overige tijd die ons nog rest, kunnen insturen en daarvoor een relatiegeschenk ontvangen. Evenwel zou altijd alles moeten beginnen en nooit iets eindigen. Naar het veld gaan de mensen en willen een indruk meebrengen, die hun vermoeide voeten aan de grond hebben ontrukt. Zelfs de kinderen willen niets dan bestaan, en dat zo snel mogelijk op de skihelling, nauwelijks zijn ze uit de auto gesprongen. Wij komen onschuldig weer op verhaal.

Het kind van deze vrouw ziet immers nog niet verder dan de volgende trede. Zijn ouders moeten dat in plaats van hem, in zijn plaats doen, waar ze bij de uitvalswegen bidden, dat hun kind alle anderen moge overtreffen. Natgestemd wendt het soms nog zijn mond naar de moeder toe, het gezicht half afgetuigd, reeds van de ergernis van de fluit bevrijd. En dan zijn vader. Hij spreekt in de hotelbars van de districtshoofdstad over het lichaam van zijn vrouw als over de oprichting van een vereniging die zijn fabriek sponsort, hoewel hij spoedig naar de afslankingsdivisie moet degraderen. Over de lippen van de vader komen penetrant ruikende woorden, die in geen enkel boek staan. Dat gaat toch niet, dat je een levend mens op zo'n manier verfomfaait en dan niet eens leest! Eeuwen krijgen deze man niet klein, die komt steeds weer overeind. Jezus: die is ook niet dood te krijgen!

Vanmorgen vroeg nog is de vrouw met slaapgebrek, in een waakvertrek van haar huis, waar ze op haar man gewacht heeft, opdat hij de lucht zou krijgen en haar zou komen aflikken, zich geen raad meer wetend heen en weer gelopen. Wilde hij nu grapefruitsap of sinaasappelsap? Woedend wijst hij voorbij vliegend naar de potten met jam. Er staat gepland, dat zij tot vanavond op hem moet wachten, tot hij komt, om zijn hoofd in haar neer te vlijen. Dagelijks brengt hij zijn techniek in toepassing, zoals hij het sinds vele jaren doet, en hebben ze niet een schattig resultaat opgeleverd? Iemand mag zijn doel treffen zoals hij wil, de mannen worden met de schijf in de borst reeds geboren en laten zich door hun vaders de bergen over sturen, alleen maar om weer anderen af te schieten.

De grond is met een hele laag ijs bedekt. Vermoeide steenslag spat op de platen, alsof iemand in dit klimaat iets heeft verloren. De gemeente heeft de split hierheen gestuurd, opdat de voertuigen hun banden niet breken. Op de mensenwegen is niet gestrooid. Het nietsdoen van de werklozen op hun lichte zolen belast het budget, maar nauwelijks de sneeuw. En iemand wordt door hun noodlot getroffen, wiens handen al overvol zijn met wijnglas en bord van het zeer uitgebreide koude buffet. Zo moeten de politici hun overlopende harten nu eenmaal op hun tong dragen. De vrouw zet haar voet af tegen de berm. Hier heerst de wet van de katalysator: zonder de toevoeging van geld reageert de omgeving niet op ons eerzuchtige wandelaars. En zelfs het bos zou moeten sterven. De ramen open en gevoel naar binnen! Dan laat de vrouw zien, waardoor de mannenwereld ziek wordt.

Hulpeloos roeiend staat Gerti op een ijsplaat en biedt zichzelf aan. Haar ochtendjas waait om haar heen. Ze graait in de lucht. Kraaien schreeuwen. Haar ledematen werpt ze naar voren, alsof ze storm gezaaid heeft en de wind niet begrijpt, die op moederdag of bij de drinkplaats van haar geslacht om haar heen wordt gemaakt, als de mond van de man om af te romen onder het tafellaken verschijnt. De vrouw volgt altijd de aarde, waarmee ze vaak wordt vergeleken, opdat zij zich opent en het lid van de man verslindt. Misschien eventjes gaan liggen in de sneeuw? U zou het niet geloven, hoeveel paar schoenen deze vrouw thuis heeft staan! Wie spoort haar steeds aan, nog meer kleren te kopen? Mensen tellen voor deze directeur eenvoudigweg mee, doordat ze mensen zijn en verbruikt worden of tot verbruikers kunnen worden gemaakt. Op zo'n manier wordt tot de mensen zonder betrekking in deze regio gesproken, die als voedsel voor de fabriek bestemd zijn en toch zelf willen eten. Dubbel tellen ze voor de directeur, wanneer ze een instrument ontplooien of een slok kunnen zingen. Trillen en trekharmonika. De tijd vliegt, maar ze moet ook nog tot ons spreken. Geen ogenblik rust. Eeuwig zingt de stereoinstallatie, luistert u maar, als u over geduld, maar geen fluit beschikt! De kamer verheft zich, een lichtschijnsel dringt door naar ons, de kosten voor sport en vrije tijd groeien verrukt de hemel in, en de mensen worden op de operatietafels tot inschikkelijkheid toe weer gefatsoeneerd.

5

De artikelen die de mensen gevangen nemen, puilen de supermarkt uit. Op zaterdag zou de man partner moeten zijn en helpen ze in de netten binnen te halen; en de vissers zingen. Deze eenvoudig gemene wijs heeft de man intussen geleerd. Zwijgend houdt hij zich op onder de vrouwen, die hun kleingeld tellen en de honger bestrijden. Hoe moeten twee mensen deze eensgezindheid bewerkstelligen, als er niet eens mensenketens voor de vrede zijn te sluiten? De vrouw wordt begeleid, de pakketjes en tassen worden gedragen, zonder dat er getierd of gejammerd wordt. Zo doet de directeur gewichtig tegenover de mensen, hij ontneemt hen hun plaats en controleert wat er gekocht wordt, hoewel dat de taak van zijn huishoudster is. Hij, een god, spoedt zich onder zijn schepselen voort, die minder dan kinderen zijn en onder verzoekingen, onmetelijker dan de zee, in elkaar zakken. Hij kijkt ook in de andere goederenpakketten en in vreemde decolletés, waarin hardnekkige verkoudheidsaandoeningen blaffen en hardnekkige wensen door halsdoekjes bedekt worden gehouden. De huizen zijn vaak koud en vochtig, zo dicht naast de beek. Als hij zijn vrouw, wier hand onhandig langs dode, in cellofaan verpakte dingen in de vrieskist strijkt, aankijkt, haar geringe vermogen aan vlees, haar mooie kleding, wordt hij overvallen door een ontzettende mate van ongeduld, om aan haar zijn gewicht in vlees over te laten; zijn pik, waarvoor alles hier zo veil, zo geil, zo betaalbaar is als papiersnippers, onder haar krachteloze vingers tot zongerijpte glans te laten opzwellen. Onder haar dun gelakte klauwen wil hij zijn kleine huisdier zien ontwaken en in de vrouw weer ter ruste leggen. Zij moet eindelijk eens haar best doen in haar zijden hemd! Zodat hij niet steeds het werk moet doen, haar borsten er boven uithalen en op zijn handpalmen leggen. Eén keer moet ze zichzelf komen opdienen, zich toch tenminste aanminnig aanbieden, zonder dat hij eerst een half uur met zijn vingers de vruchten moeizaam van de steel moet afpulken. Het is tevergeefs. Hij blijft voor de kassa ietsjes achteraan staan en omvat de gapende leegte van zijn eigendom, waarvoor de artikelen op de achterpoten gaan zitten. Er dansen verscheidene medewerkers van de supermarkt om hem heen, van wie hij de kinderen heeft weggenomen, sommigen voor de fabriek, anderen, omdat ze nu wegtrekken of zich aan de alcohol moeten overgeven. Voor deze heer wordt de tijd niet te groot!

De plastic boodschappentassen, die aan hun verplichtingen voldoen, ruisen door de gang, voortgedreven door de voetstappen van de directeur. Soms staat hij in razende woedeaanvallen in het eten rond te stampen, zodat het tot aan de hemel opspat. Dan gooit hij de vrouw midden in het pakhuis en voltooit het beeld met haar, die zijn lucht mag ademen en zijn penis en zijn anus mag likken. Geoefend vangt hij in de vlucht haar tieten uit haar jurk op en bindt ze, die reeds verwelken, aan hun wortels met touwen tot keiharde ballonnen samen. Hij grijpt de vrouw bij haar nekkleed en buigt zich over haar heen, alsof hij haar wil optillen en in zijn zak wil stoppen. De meubels trekken net als bij een bliksembezoek voorbij. Zodirect liggen de kleren in het rond, en beiden steken meer in elkaar, dan dat ze aan elkaar zouden hangen. Deze route is sinds jaren reeds afgegraasd. Schokkend haalt de directeur zijn produkt te voorschijn, het is geen papier. Het is zwaardere waar, zoals je die in zware tijden nodig hebt. Het meest verborgene laten de mensen graag aan elkaar zien, ten teken dat ze niets te verbergen hebben en alles waar is, wat ze hun onuitputtelijk stromende partners te zeggen hebben. Ze zenden hun leden uit, de enige zendelingen die steeds weer naar hen terugkeren. Van het geld kun je dat niet zeggen, hoewel het meer bemind wordt dan de meest beminde onder de hoeven en horens van de minnaar, waaraan de honden al knagen. Schokkend en schreeuwend worden de produkten voortgebracht, de nietige lichaamsfabrieken malen en knarsen, en het bescheiden bezit, bezwaard slechts door het geluk, dat uit het eenzaam pratende televisietoestel tuimelt, stort zich uit, een straaltje, in een eenzame vijver van slaap, waarin je van grotere artikelen en duurdere produkten kan dromen. En de mens bloeit aan de oever.

De vrouw ligt verwijdend, verwijtend op de grond, met glibberige etenswaren over haar heen, en wordt opgevoerd met een effect en verscheidene effecten. Alleen haar man voert handelingen met haar uit en doet dit helemaal alleen. En reeds valt hij uit zichzelf naar buiten de gemeubileerde leegte van de kamer in. Alleen zijn eigen lichaam beantwoordt enigszins aan zijn eisen en kan zichzelf in de sport, desgevraagd, horen dreunen en weergalmen. Als een kikker moet de vrouw haar benen naar de zijkanten in een hoek buigen, zodat haar man bij haar zo ver mogelijk, tot in de arrondissementsrechtbank voor strafzaken, naar binnen kan kijken en haar kan onderzoeken. Ze is volgestort en volgescheten door hem, moet opstaan, de laatste omhulsels op de grond laten vallen en een smartlap gaan halen, om de man, deze onverzoenlijke vijand van haar geslacht, van zichzelf en het slijm, dat zij teweeggebracht heeft, te reinigen. Hij steekt zijn rechter wijsvinger diep in haar anus naar binnen, en met heen en weer slingerende tieten knielt ze over hem heen en schrobt, het haar in ogen en mond, zweet op het voorhoofd, vreemd speeksel in het kuiltje van haar hals, de bleke orka daar voor haar, zo lang, tot het vriendelijke licht naar beneden valt, de nacht komt en dit dier opnieuw met zijn staart kan beginnen met geselen.

Op de terugwegen van de supermarkt plegen ze te zwijgen als het graf. Enkelen spoeden zich, hun paardekrachten testend, langs hen heen en worden onverzoenlijk in het geheugen opgeslagen. De melkbussen aan de rand van de weg, waar de woeste adem van het atoom met veel kabaal doorheen is getrokken, staan klaar om te worden opgehaald. De landbouwcoöperaties jagen elkaar vanwege de concurrentie op, ook om niet te lang blootgesteld te zijn aan de aanblik van de kleinste boeren, die niet veel melk geven en die je niet eens helemaal kan laten leegbloeden. De vrouw hult zich in de duisternis van haar zwijgen. Dan weer kan ze, om haar man te vernederen, niet genoeg lachen over zijn pietluttige patriarchale spinsels, waarin zijn verstand rinkelt, als hij de caissière op haar vingers kijkt. En, zoals zo vele vrouwen van werklozen, mag die beslist geen foutje maken. De directeur komt heimelijk naast haar geslopen, en ze moet alles nog een keer intypen, opdat er geen post te veel wordt opgeschreven. Het is bijna zoals in zijn fabriek, alleen zijn de mensen kleiner en dragen vrouwenkleren, waaruit ze uitpuilen, omdat voor hen de kleding van hun gezinsstelsel op zijn beurt weer te nauw wordt. Ze doen de vleugels aan, en uit hun lijven schieten de kinderen, in wier pas geopende ogen de vaders hun bliksemstralen werpen. De wanordelijke kudden klanten banen zich een weg langs de door de artikelen betoverden, om spoedig weer in hun graven te kunnen verdwijnen. Als rotsen torenen hun koppen voor de koopjes. Geschenken krijgen ze niet, veeleer een vermindering met een deel van hun verdiensten, die ze in de fabriek hebben verkregen. Ontsteld staan ze voor hun superieur, die ze hier niet verwachten, ja, waaraan ze nauwelijks gedacht hebben. Vaak verrassen ons mensen aan de deuren, waarop we niet gerekend hebben, en we worden voor hun voeding verantwoordelijk gesteld. Kleine zoute stengels en vissen van deeg en spaanders van aardappelen zijn alles, waarmee we hen in onze arme schaduw kunnen stellen.

De afgronden van de winkelrekken hellen steil af naar de verre horizon. De drom mensen splitst zich op, reeds glijden de laatste wensen van de klanten, als bandjes van zweetdoordrenkte onderhemden, van de ochtendmoede schouders af. Zusters, moeders, dochters. En het heilige directeursechtpaar stuurt weer, in eeuwige herhaling, aan op de strafinrichting van zijn geslacht, waar het na verlost te zijn kan jammeren zoveel als het wil. Maar uit de flappen en gaten vloeit nu alleen afgrijselijke, lauwe kost de cel in en over haar uitgestrekte handen. Van het geslacht valt, net als van de natuur, zonder zijn aanhang, zijn kleine schare aanhangers van produkten en produkties niet te genieten. Het wordt vriendelijk omkranst met eersteklas produkten van de textiel- en de cosmetica-industrie. Ja, en misschien is het geslacht de natuur van de mens, ik bedoel, de natuur van de mens bestaat eruit, het geslacht achterna te hollen, tot hij, in het geheel en in zijn beperkingen gezien, precies zo belangrijk is geworden als deze. Een vergelijking overtuigt u: de mens is wat hij eet. Tot het werk hem tot een smerige hoop, een gesmolten sneeuwpop, in elkaar drukt. Tot hem, door zijn afkomst gestriemd, niet eens meer het laatste gat overblijft, om naar binnen te glippen. Ja, de mensen, tot die eindelijk ondervraagd zijn en de waarheid over zichzelf te horen krijgen... Luistert u ondertussen maar naar mij: deze onwaardigen zijn belangrijk en gastvrij enkel en alleen voor een dag, als ze trouwen. Maar al een jaar later als ze aan hun woninginrichting en voertuigen gehecht zijn geraakt, vindt er een collectieve inhechtenisneming van de hele familie plaats, wanneer ze de termijnen niet meer kunnen betalen. Die betalen nog hun bedden af, waarin ze liggen te woelen! Glimlachen naar de gezichten van vreemdelingen, die ze naar hun kribbe voeren. Zodat ze een paar halmpjes hooi in de adem van hun slaap kunnen laten waaien, voordat ze weer verder trekken. Wij echter moeten iedere dag op een onmogelijke tijd opstaan, zijn vreemd en in de verte en kijken alleen onze kleine straat door, waar onze schattige geslachtspartners intussen door anderen worden begeerd en gebruikt. En in de vrouwen moet een vuur branden. Maar het zijn slechts dode vuurhaarden, waarop de schaduw van de namiddag al in de ochtend valt, als ze uit de muilen van hun zolderkamerbedden, waar ze op het huilende kind moeten passen, direct in de maag van de fabriek kruipen. Gaat u toch naar huis, als u er moe van wordt! Men benijdt u niet, en uw schoonheid ontwapent al lang niemand meer, veeleer verlaat hij u met lichte tred en start zijn wagen daar, waar de dauw ligt en onder de eerste stralen opglanst, geheel in tegenspraak met uw doffe haar!

De fabriek. O hoe ze met de ongeschoolden, die bij haar naar binnen komen zetten uit onuitputtelijke buizen, om zich heen smijt. Hoe ze de stereo-installatie in onuitputtelijk lawaai overtreft! Het huis van deze man, het huis dus van de directeur op zijn paarceel, dat ons onfeilbaar verkwikt achterlaat, als we de cola-automaat bedienen! Een tent van licht en levende organismen, waarin papier wordt gefabriceerd. Hard pakt de concurrentie deze vestiging aan en schaaft alle werknemers tot zo gelijk mogelijke dunne planken. Het concern, dat de fabriek in de naburige deelstaat bezit, is machtiger en ligt aan een omvangrijkere verkeersader, waarin ze kunnen gaan bloeden en hun sappen verschieten. Het hout wordt onherkenbaar verkleind en gaat naar de cellulosefabriek, en dan gaat de cellulose naar de papierfabriek, waar zij, tot onherkenbaarheid verkleinde mensen, werken, dat heb ik tenminste gehoord en ik ben tevreden, dat ik, een vrij mens, in de hitte van de middag mijn echo in het stille bos kan uitbraken. Het leger van, net als ik, onverantwoordelijken, die op de wc hun krantje lezen, zij halen de bomen uit het bos weg, om zelf op hun plaats te kunnen gaan zitten en het eten uit het papier te kunnen wikkelen. 's Nachts dan drinken de mensen en maken zich zorgen. Mocht er zich een twist voordoen, dan stort de menigte, opgeblazen ende verblind, in de nachtelijke diepten.

De fabriek is naar het bos gekomen, verlangt echter reeds lang naar een ander land, waarin ze goedkoper kan produceren. De hemelse affiches aan de uitvalswegen drijven de mensen tot spoed aan, en reeds trekken ze eropuit op hun speelgoedspoorwegrails. De wissels worden gezet, en ook meneer de directeur bevindt zich in Hogere Handen, waarbij hij gemeenschapsgelden opslokt. Niet te overzien is het beleid van de eigenaar, die niemand kent. Om vijf uur 's ochtends sluimeren de mensen bij de verkeerslichten in, als ze honderd kilometer naar de fabriek afleggen en dan bij de laatste kruising ten prooi vallen aan het heilige rode licht, dat met hen speelt, en worden gedood, omdat ze met hun voet het gaspedaal en in hun droom de lol van zaterdagavond niet hebben losgelaten. De tedere bewegingen op het beeldscherm, waarvan ze, snuivend en trappelend, jarenlang hun voer hebben gekregen, zullen ze nu nooit meer terugzien.

Daarom laten ze al hun vrouwen nog een keer luid weerklinken, zodat ze de trompetten van de rechtbank in ieder geval tot de volgende eerste van de maand niet meer hoeven te horen. De geruchten en gerechten in deze plaats verstommen nooit, en de door de banken verlatenen tsjilpen in de voren en vreten de laatste broodkruimels op. En achter hen staat een vrouw, die huishoudgeld wil hebben en nieuwe boeken en boekjes voor de kinderen. Zij allen zijn afhankelijk van de directeur, dat grote kind van het milde humeur, die echter met een daverende klap kan omslaan net als een zeil, en dan zitten we allemaal in hetzelfde schuitje en vallen snel eruit aan de ene, de grote, de wilde kant, waar we ons op het laatste moment op hebben gestort, omdat we niet weten, hoe we beter gebruik kunnen maken van onze duizendstemmige sirenenzang. Ook in de woede zijn wij vergeten, alleen de zweer groeit in ons, en we rijzen de koekepan uit.

6

De vrouw doet, in haar verwardheid de nooduitgang uit haar herinneringen niet vindend, halteroefeningen langs het hek naast een oud brandspuithuisje van de vrijw. brandweer. Ze loopt los, onaangelijnd. Het ongewassen gareel is van haar hoofd afgestroopt. Nu hoort ze het niet meer, het vertrouwde gerammel en gerinkel van de bevestigingsringen aan haar hoofdstel. Ze lekt sprakeloos langs zichzelf omhoog, als vonken. Zo laat zij het fidele gezelschap van haar patente man, waarmee je eigenlijk door dik en dun kan gaan en die nog steeds groeit, achteloos naar de vlammen schoppend, die uit zijn genitaliën slaan, evenals het gezelschap van haar door de fluitleraar gepatenteerde kind achter zich, waar ze allebei met elkaar kunnen galmen en huilen. Vóór haar enkel de koude stormwind vanaf de berg; de ruimte is met enkele smalle paadjes bedekt, waaroverheen water stroomt en die naar het bos leiden. Het schemert. In hun cellen bloeden de huisvrouwen uit de hersenen en het geslacht, waartoe zij behoren. Wat ze zelf gekweekt hebben, moeten ze nu ook nog verzorgen en in leven houden met hun armen, die toch al overladen zijn.

De vrouw loopt in de richting van het dichtgevroren kanaal, daar waar het dal een inkeping maakt, onhandig wandelt ze over de bevroren aardkluiten. Hier en daar worden door een open staldeur dieren ontbloot, meteen daarna niets meer. De aarzen van de dieren zijn naar haar, pulserende slijkkraters, gericht. De boer haast zich niet bepaald hun behoefte van de achterpoten te schrapen. In de massale dierenstallen van de rijkere streken krijgen ze voor het foutieve schijten stroomstoten vanuit het juk om hun kop, de koeientrainer. Naast de hutten armzalige stapeltjes hout, die tegen de wanden leunen. Het minste wat hier van mens en dier valt te zeggen: door de sneeuw worden ze beide zacht ingebedeld. Nog altijd verdringen zich iele planten, taaie kruiden, om een plaatsje in het licht. Bevroren takken spelen met het water. Uitgerekend hier te stranden, waar zelfs de echo breekt, aan deze tot ijs gedwongen oever! In de natuur is haar grootsheid inbegrepen, iets kleiners dan zij zou ons welbehagen nooit kunnen opwekken en onze behaagzucht niet kunnen aansporen een dirndljurk of een jagerskostuum te kopen. Zoals voertuigen verre landen, zo naderen zij als hemellichamen het onophoudelijke van dit landschap. We kunnen eenvoudig niet thuis blijven, een hotel is voor ons neergespreid, opdat onze schreden houvast vinden en de natuur terechtgewezen wordt, hier is een omheind gebied voor tamme reeën, daar een bospad voor educatieve doeleinden. En we zijn alweer op de hoogte. Geen rots werpt ons nu nog vertoornd naar beneden, in tegendeel, we kijken neer op de oever, die bezaaid is met melkverpakkingen en conservenblikken, en leren de grenzen kennen, die de natuur aan onze consumptie heeft gesteld. Het voorjaar zal alles aan het daglicht brengen. Deze bleke vlek zon aan de hemel, en op de aarde nog slechts weinige soorten. De lucht is zeer droog. Dc vrouw – haar adem bevriest zodra deze haar mond verlaat, die ze met een hoek van haar roze nylon ochtendjas bedekt. Principieel staat het leven voor iedereen open.

De wind perst haar stemgeluid af. Een onwillekeurige, niet zeer wilde schreeuw wordt uit haar longen geperst, een dove toon. Zo hulpeloos als de akker van het kind, waaruit de tonen als bomen geveld worden, dat er echter goed aan gewend is geraakt. Ze kan haar geliefde kind tegen zijn vader niet bijstaan, want de vader heeft tenslotte de bestelbon voor de extra's zoals muziek en toerisme ingevuld. Nu ligt dat achter haar. Brutaal stort nu wellicht de zoon, een op zijn rug gedraaid plastic lieveheersbeestje in de plastic bak van een sleetje, waarin hij dampend wordt opgediend, het dal, de schemering tegemoet. Spoedig zijn ze allemaal thuis en eten, de schrik van de dag nog onder het hart, die ze schreeuwend op de planken vloer ter wereld brengen. Tenslotte zitten bij het kind de schalen nog nat achter de oren! Een stuk vuil. Dat de kinderen bestaan en als vanzelf aflopen, net als de tijd, daarvoor zijn de vrouwen verantwoordelijk, die het eten in hun kleine evenbeelden of die van hun vaders stoppen en laten zien, waar het er weer uitkomt. En met zijn stekel jaagt de vader de zonen naar buiten de piste op, waar hij de stuurlozen de baas kan.

De vuist slaat de vrouw zinloos tegen de balustrade. De laatste keuterboerderij ligt al lang achter haar. Kindergeblèr sprak er duidelijk over, hoe mooi het wonen is, als je je door de omstandigheden laat inpakken. Met open ogen moet de vrouw altijd op andere wegen lopen. Altijd al werd ze uit de tube van haar woning naar buiten de frisse lucht in gedrukt. Al vaker is ze vermist geweest en enige malen verward op het politiebureau beland. Daar werden haar de armen van de ambtenaren om uit te rusten aangeboden; met de arme mensen, die te lang in het café uitrusten, springt men anders om. Nu is Gerti stil temidden van de elementen, die spoedig onder de sterren zullen liggen. Het kind, dat haar nabestaande zal zijn, dringt brutaal in het spoor van de anderen en in de wind, die het bij het rijden zelf veroorzaakt. Mensen met intuïtie kruisen zijn baan liever niet, maar de moeder reist, getrokken door zijn wil, van dal tot dal, om voor hem iets te kopen. Nu is ze alsof ze slaapt. Ze is weg. De dorpelingen strelen haar beeld achter de ruiten en proberen haar te ontmoeten, opdat zij een goed woordje voor hen in de gleuf werpt. Haar Orff-scholingscursussen voor kleine kinderen, waar de kleintjes vaak genoeg zwaar ademend onderuit proberen te komen, zij garanderen de vaders hun arbeidsplaatsen. Het kind wordt als onderpand achtergelaten. Ze klepperen en ratelen met rammelaars, blokfluiten, tamboerijnen, en waarom? Omdat de hand van hun goedige jeugdherbergvader en zijn fabriek (dit onderdakje) hen in de kuil als lokaas aan een paaltje heeft vastgebonden. Soms komt de directeur langs en neemt de kleine meisjes op schoot, speelt met de zomen van hun rokjes en snoezige theemutsjurkjes, in wier ondiepe wateren hij nog niet echt durft te waden. Maar er gebeurt van alles onder zijn hand, de kinderen klepperen met de luchtwortels van muziekinstrumenten, en onder hen, waar hun lichamen zich openen, verschijnt zachtjes, alsof hij slaapt, een verschrikkelijke vinger op de open plek. Pas een uur later zullen de kinderen weer in de veilige adem van hun moeders gevangen zijn. Laat de kleintjes komen, opdat het gezin de avondmaaltijd in vriendelijke atmosfeer op een in de stralende zon gelegen weg en door goed gekgepoetste klassieke platen beschenen kan gebruiken. En de lerares wordt opgeschort, zodra de kinderen de kamer vullen, ze zit heel stil daar in haar coupé, achter het raam waarachter de stationschef de lippen beweegt, tot haar trein is vertrokken.

De directeur vindt alles goed, wat zijn vrouw doet, en zij duldt zijn gewillige vleesplantje in haar gezondheid. Hij lijkt bijna verbaasd, hoe zijn humusrijke mest steeds weer in haar stille gat, waaraan hij zichzelf toevertrouwt, verdwijnt, hoe keer op keer zijn lading op het dek van haar schip klettert. Geschrokken groeit er soms pianospel uit haar mouwen en verlept weer. De kinderen begrijpen niets, alleen dat hun buik en de binnenkanten van hun bovenbenen worden gestreeld. Deze onmuzikale mensen hebben geen vreemde talen geleerd. Ze kijken uit verveelde ooghoeken naar buiten, waar ze ongestoord op hun zij zouden kunnen gaan liggen. De directeur komt van zijn hemel. koor, waarin hun vaders wegkwijnen, en met zijn vingertoppen houdt deze donderende god de aardbeien vast, die reeds in de koude, stevig beklede wiegen opgekomen zijn.

Het prikkelt de man tot witgloeiende hitte, tot vliegen dooddrukken, dit hele kleine vooruitstekende gedeelte, dat kinderen al hebben, en dat hij, om erop rond te klauteren met twee vingers, uit het vlees van de vrouw te voorschijn heeft gehaald. Dat de vrouw er alleen maar is, is voor hem nog niet voldoende. Hij moet zich gewoon in haar uitspreiden, de benen omhoogdoen en in haar met zichzelf gaan smijten. Is het niet zo, dat hij zich ook een beetje in haar wil verbergen en wil uitrusten? Af en toe, nog schokkend van de klanken van zijn zware huidvleugel, biedt hij zijn excuses aan, bijna verlegen, voor dit milde dier, waar hij zijn stempel niet op kan drukken, hoewel hij iedere millimeter van haar huid al verslonden en weer uitgespuugd heeft. Zo ver komt het nog, dat je je schaamt over je eerlijke echtelijke produkten!

Het komt voor, dat sommigen, omdat het bijna al nacht is, met hun kleine voertuigen nog van dorp naar dorp trekken, en het eierlegsel van de stereo luidsprekers vlijt zich met muziek aan hun hoofden. Een automobilist, gast van zijn wagen, stopt naast de vrouw. Onder zijn banden spat het op. Het grove steenslag van de bosweg. De meeste mannen kennen de biografie van hun auto beter dan de autobiografie van hun vrouwen. Wat, bij u is het omgekeerd? U kent uzelf net zo goed als de eenvoudige persoon, die dagelijks bij u een nieuw loopvlak aanbrengt? Als levensbevrediger uw oude rubbers opruimt? Dan mag u zich gelukkig prijzen!

Allen die van plan zijn zich door de nacht heen te drinken, opstaan s.v.p. en naar de andere kant gaan! De rest voor diegenen, die de nacht zelf tot op de genegenheid voor een ander mens wensen leeg te drinken. De nacht, die alleen verrezen is om deze nullen allemaal te grijpen: de jeugd, die vanuit de luiers van haar geïllustreerde tijdschriften trappelt en brult. Nu kan ze eindelijk de glazen fles, waaruit de jenever druppelt en waarin ze als peer opgegroeid is, openbreken en zich de ruggen van de handen in de discotheken en de gezichten van de stalen brugleuningen laten beschrijven. Zo loopt het in de wereld. Direct bij ons naar binnen. Jonge werklozen drukken zich voor de weg naar buiten. Schichtig mishandelen zij kleine dieren, die ze konden bemachtigen, in stille stallen. Men neemt ze niet aan in de garages en de blinkende kapperssalons in de districtshoofdstad. De papierfabriek doet ook alsof ze slaapt, om verschillen (geschillen) in maatschappelijke achtergrond te omzeilen, als de dorpsknapen met hun vleugels aan, de hoofden ingetrokken, tegen haar aan beuken, omdat ook zij onder de vele anderen in de papierketel willen roeren. In plaats daarvan kijken ze alleen maar te diep in het glaasje. Hun beste kleren dragen ze al op werkdagen. Wie een klein boerenbedrijfje thuis heeft, die vliegt er bij de fabriek het eerst uit en is voor zijn vrouw thuis de grootste boer. Die schijnt zich autarkisch te kunnen onderhouden en goddelijke overvloed te kunnen oogsten. Wie als particulier dieren slacht, diens hart kan niet geheel aan de fabriek toebehoren, verklaart de personeelschef. Of het een, of het ander. De kinderen worden ziek. De vaders hangen zich op. Geen geld zal het goedmaken.

Deze passagier nu rijdt, persoonlijk daartoe uitgenodigd door zijn auto, over de bevroren grond dicht langs de vrouw heen. Zo jong hij is, heeft hij toch al een studie gerechtigheid en een opleiding voor vlotheid achter de rug. Zelfs ouders, waarover hij zich geen zorgen hoeft te maken, heeft hij nog op de droge weg, die hij, tot het hogere personeel behorend, tot aan zijn kloeke, vertrouwde plaats op het verkiezingsaffiche van de Oostenr. Volkspartij dient af te leggen. Deze weg is zo breed, als wij het van de deur naar verwarming en krant hebben, die het ons allen in deze staat van de modale inkomens zo gemakkelijk maken. De ouders hebben hier een weekendhuisje zonder noemenswaardige problemen via een bouwspaarrekening kunnen kopen. Het huisje is er voor de rust, de sport en de rust voor en na de sport. Deze jonge man is, integendeel, lid van een exclusief studentencorps, waar de adel de burgers de ogen ontdooit en meteen weer dichtplakt. Wat deze knaap niet bereikt, is de vermelding in het bonds-voorturnblad van de Weense Jeugd niet waard. In zijn studentencorps vinden geen duellen plaats, wel duetten, en ze hebben veel noten op hun zang. Harteloos storten de kleintjes zich op elkaar, maar de groten zetten hun lichten niet onder de korenmaat en stappen midden in de krachtige schaduwen, die hun komst bewijzen, de anderen op hun handen en hun hoofden. Dan openen zij hun darmen, en hun vleugels zwellen op door de wind, die ze maken. Je ziet ze niet aankomen, maar plotseling zitten ze in de regering en in het parlement. De agrarische produkten staan immers ook braaf in de rekken, tot ze, pas in de maag, hun gif laten werken.

De vrouw moet blijven staan. Dag en nacht heeft het gesneeuwd. De berglucht doet zeer. De stralen, die door de bomen neervielen, zijn nu verdwenen. De jonge man remt zo hevig, dat een paar boeken, die zich reeds lang tegen hem hebben gekeerd, op hem vallen. Ze storten zich in de beenruimte van de stoel voor. De vrouw kijkt zijwaarts in de ruit en tegen een hoofd aan, dat zich gisterenavond nog, net als de wanhopige mensen hier, wier grond onder de voeten dampt, heeft laten vollopen. Ze kennen elkaar vluchtig van gezicht, maar hebben elkaar niet in zich bewaard. De student noemt een paar dure namen, die zij zou moeten kennen. De bergen rondom glanzen onder de sneeuwkap, die tot in de diepte reikt, waar de wensen naar een nieuwe ski-uitrusting in de werkplaats van de mensen worden gesmeed.

Bestand tegen belastingen wacht de directeur in zijn kantoor en helpt ons niet verder, als we op zijn deur bonzen. Ze komen door hun vaders thuis geslagen en door het vee geschopt bij hem aan, de boerenzonen, en wagen de stap al in de laagste loongroep van de industrie. En tamelijk snel nemen ze dan de vrouwen waar en begroeten hen met luid geblaf, die bij de rode stoplichten hun nagels in de auto lakken. Zij zijn onze kleine gasten aan de gedekte tafel, opdat ze op tijd merken, hoe onwelkom zij in de maatschappelijke bestelbus stappen. Die kunnen van hun plaats uit niet eens de gedekte tafel vol met sociale lasten zien, gaan op hun leren broeken zitten en slaken kreten, omdat daar al eentje als hun afgevaardigde zit en hun geconcentreerde levenssap vers uit het blikje wil drinken. Zonen van de aarde lijken zij, gemaakt om lief te hebben en te lijden. Maar een jaar later prijzen zij al niets dan de vliegende vaart, waarbij hun haren tegen hun hoofd geplakt zitten, van brommer tot tweedehands Volkswagen. En de rivier ernaast, vermetel stroomt hij en neemt ze uiteindelijk zonder vragen op.

Zo moe is de vrouw, alsof ze in zichzelf compleet met haar nog acceptabele figuur, dat door de man meestal aan het gezicht wordt onttrokken, naar voren zou willen vallen. De ogen van de wereld rusten op haar, als ze ook maar een stap zet. Ze is onder haar bezittingen, met hoge golven en schuimend van de wasverzachters, van de ene lage horizon naar de andere, begraven. Dan komen de ijverige dorpelingen en hun moedige honden eraan en graven haar in duizenden gesprekken over haar doen en hebben weer uit. Hoe zij eruitziet, zou nauwelijks iemand kunnen zeggen, maar wat ze draagt, die lofzang moest de gemeente op zondag in de kerk eens horen! Duizend kleine stemmen en vlammen, die ten hemel fladderen uit de schaduwrijke werkplaats, waarin de dagbladen de mensen ervoor voorbereiden en uit leem tot kommen hebben gevormd. De directeur zorgt voor de levensmiddelen en onder zijn middel leeft het. De vrouwen van het dorp zijn slechts garnering bij het vlees van de mannen, nee, ik benijd jullie niet. En de mannen vallen, verdord hooi, op de computeruitdraaien naar beneden, waar hun noodlot samen met de overuren, die het moet maken, om vrolijk de betere snaren van het leven te mogen bespelen, genoteerd staat. Geen tijd na het werk met de kinderen gekheid te maken. De kranten draaien als windwijzers in de wind, en met gezang mogen de werknemers van de papierfabriek hun harten zelf luchten. Op school, ik weet niet, toen waren ze allemaal nog goed. Dat moeten ze vergeten, wanneer ze later vacatures in de nijverheid, de handel en in de industrie worden, of zwarte gaten in het weefsel van het sportwezen. Spelen voor de jeugd van de wereld worden voor hen georganiseerd, maar voordat ze het te horen krijgen, is het al te laat, en ze glijden nog altijd de lage helling voor hun huis af, die toch alleen maar op een gladde weg verderop richting kiosk uitkomt, waar ze te horen krijgen, wie er heeft gewonnen. Ze bekijken het allemaal op de televisie en willen ook zo fijn genept worden. De sport is voor hen het heiligste, dat ze met hun gebonden handen kunnen bereiken. De sport is net als de restauratiewagen in de trein, niet echt nodig, maar hij verbindt het onnuttige met het onaangename. En je komt verder.

Uit de duisternis kan de vrouw van de directeur maar beter in dit voertuig stappen, zodat ze geen kou vat. Ze moet geen scènes maken, zich echter ook niet afzonderen, zoals de vrouwen graag doen, als ze, slijmerige draden, hun gezinnen het eten eerst voorzetten en dan met hun geklaag vergallen. De man leeft de hele dag van haar mooie beeld, en 's avonds klagen ze en jammeren. Vanuit de logeplaatsen van haar borstwering onder het raam, waarop bloemen en bladeren een stekelig bastion naar buiten toe vormen, bekijken ze de boog, die door anderen te strak wordt gespannen, en laten uitgeput hun eigen gepees schieten. Ze trekken hun zondagse kleren aan, koken alvast voor drie dagen vooruit, verlaten het huis en storten zich, eigen schuld dikke bult, in de rivier of in het stuwmeer.

De student ziet de pantoffels van de vrouw. Helpen is zijn beroep. Deze vrouw staat op de papieren zolen van de pantoffelheldinnen, die urenlang wanhopig voedsel in zich laten ronddolen, dat door hun gezinnen werd versmaad. Ze drinkt een slok uit een fles als een pocketuitgave, die voor haar mond wordt gehouden. Zij en de vrouwelijke dorpsbewoners en wij allemaal: staan met onze gezichten, waar het vanaf druipt en dooit, naar het fornuis gericht en tellen de eetlepels, waarmee wij alles wat mogelijk is geven. De vrouw fluistert de jonge man iets toe, ze is aan het goede adres, want die is ook al vaak dronken van de stamtafel van de rechtse ballen, van de tafelvoetbaltafel gevallen. Reeds is hij ingeslagen in haar ogenblik. Nauwelijks beginnen de gevoelens te ruisen, of haar slaperige hoofd zakt op zijn schouder neer. Onder de wagen kraken de wielen, die voort willen maken. Een dier staat op, het heeft zijn inzet gehoord, en ook de jonge man is bereid, in het afgelegde omhulsel van deze vrouw naar wat kleingeld te wroeten. Een keer is er iets anders, iets nieuws, iets ondeugends, onverwachts gebeurd, waar je naderhand een flauw schijnend manteltje van gesprekken omheen kan leggen. De kameraden van het studentencorps hebben al lang hun eerste vijanden buitgemaakt en de huid, die eens door een liefhebbende moeder gestreeld werd, over hun schouders gehangen. Nu kan je de ongeduldig aan de ketting rukkende eigen wensen eindelijk ook iets voedzaams, dat je uit iemand anders losgesneden hebt, te vreten toegooien. Opdat ze groot en sterk worden en er ooit eens door grote vissen in de oceaan der directieetages om hen heen wordt gedanst. Ja, de natuur meent het serieus, en opgewekt doen we haar boeien om, zodat wij ook tegen haar wil in iets bereiken. Tevergeefs briest het element, we zijn al ingestapt!

7

In de omtrek vallen de terneergeslagen mensen, watermassa's, over de trappen en versierde voorgevels in het onzekere van hun gebieders naar beneden. Hun doel schieten zij niet voorbij in hun tamme vellen. Brutaal schreeuwt de radio in de ochtend, dat je wakker moet worden. En meteen wordt hun de warme bodem van de liefde, hun doorgezwete laken afgenomen. Nu klossen ze om hun vrouwen heen en maken de zorgvuldig onderhouden be-zittingen vuil. Zachtjes waait de tijd. De mensen moeten rendabel zijn, tot ze hun lijfrente kunnen ontvangen. Tot ze eindelijk uitbetaald zijn en afbetaald is, wat ze hun leven lang, met gesloten ogen, dachten te bezitten, alleen maar omdat ze, gasten, erin mochten verblijven, terwijl hun vrouwen door voortdurend gebruik de dingen leven hebben afgetroggeld. Alleen de vrouwen zijn werkelijk thuis. De mannen drentelen doelloos door de bosjes in de nacht en springen de dansvloer op. De papierfabriek. Deze gooit de mensen er weer uit, nadat ze jarenlang zinvol geweest zijn. Voordien gaan ze echter naar de bovenste etage en halen hun papieren op.

De vrouw van de directeur is temidden van hen, een stille witte. Niet eens een goed stuk gebraden vlees maakt, zoals bij mensen als wij, dat ze weer zin heeft om verder te leven. De kleintjes worden haar bezorgd, opdat ze leren roddelen en kletsen. Tot deze voedzame muziek eens verstomt en het gehuil van de fabriek zich over de bergen laat tillen. De vaders richten 's morgens vroeg slaperig hun klaterende fonteinen in de pot; grover ontwaken al de leerlingen, waarin de muziek wordt gelepeld, direct nadat de wekker hen gelouterd heeft. De halfnaakte lichamen komen voor de spiegels van de nieuw betegelde badkamer tot ontwikkeling, de boeien blinken, de kleine kraantjes schreeuwen brutaal uit de broeksgulpen, en hun warme water wordt braaf afgevoerd. Dit toilet is wellicht een spiegelbeeld van uzelf. Behandelt u haar derhalve zo als ook uzelf behandeld zou willen worden!

Een wagen staat voor de vrouw van de directeur geparkeerd. Een dier kijkt uit zichzelf te voorschijn en springt het bos in, waar het nu niet gestoord wordt. In de zomer evenwel hobbelen ook daar de zwaarbeladen levensvlotten, die de mensen in de natuur gaan lossen, waar ze zich van hun last bevrijden. De wagen is warm, de hemel lijkt meteen veel lager. De tijd neigt, en neiging ontstaat. In het bos ontplooien zich de reeën, die het 's winters nog slechter vergaat dan wij. Tegen het dashboard aan huilt de vrouw en zoekt in het handschoenenkastje naar zakdoekjes, om haar droefheid te stillen. De wagen start, vragen worden als wilde gaven uitgedeeld. Onmiddellijk daarna duwt de vrouw de deur van het zich langzaam in beweging zettende voertuig met een ruk open en rent het bos in. Haar gevoelens nemen haar geheel in beslag, en ze moet het uit zich slaan zoals de driften het doen, als je ze niet goed opgesloten houdt in de monitor van het lijf. Zo staat het in de boeken, waarin men goedkoop alles over zichzelf, omdat men zichzelf kostbaar vindt, te weten kan komen. Alsof hier muggen en ander vreemd gebroed zouden zijn, slaat de vrouw in de lucht en valt over een boomwortel, haalt haar gezicht open in de harde oude sneeuw en verdwijnt naar donkerder oorden in het bos. Nee toch niet, daar verderop rent ze! Struikelt over de zwarte krullen in de takken. Meteen daarna komt ze vrijwillig weer aan de lijn en gordels terug, stapt in, laat zich, werk lozend, op de bodem van de zitting stoppen. In zichzelf wordt ze groot en zichzelf van dienst. Ze hoort haar gevoelens als donder aan komen rollen en als een exprestrein door haar lichaamsstation razen. Alleen al door de turbulentie, dat het dunne spiegelei van meneer de stationschef maakt, wordt ze bijna omvergeworpen. Ze luistert naar zichzelf. Ze luistert enkel naar zichzelf. Als geweld uit de hemel is voor deze gevoelswezens allen het ruisen van de sterkstromen, dat haar vervult. Hoe fantastisch zijn die mensen, die genoeg tijd hebben om hun vliegbrevet voor hun stuurloos ronddwalende gevoelens te halen, zodat ze in zichzelf kunnen rondvliegen!

In het midden van haar leven gelooft deze vrouw dikwijls en graag, zich uit het alignement van de andere vrouwen, die met hun verzakte broed- en borstkassen aan haar hebben vastgekoppeld, te moeten begeven, om naar een overvloediger land, waar je tranen zorgvuldig worden uitgedoofd, te reizen. Ze is hartstochtelijk aan zichzelf gehecht en gaat als toeriste van geheel verzorgde reizen graag mee naar het bedachtzame van de passies. Ze komt zichzelf tegen, waar ze wil, en vlucht tegelijkertijd voor zichzelf, omdat ergens anders een schitterende ontmoeting met haar innerlijk zou kunnen plaatsvinden, waar je in de wolken kan zitten en uit zalige glazen nog meer van je gevoelzaamheden naar binnen kan gieten. Ze is zo vluchtig als een verbinding, die ieder ogenblik verbroken kan worden.

Net zo is het met de kunst en wat wij via haar gewaarworden, iedereen iets anders, de meesten niets, en toch zijn we het erover eens, het laatste uit ons te boren en het de ander, slechts halfgaar, om te verslinden voor te zetten. Als een binnenbrand slaan we uit onze kacheltjes. Als een ijsbaan volgen wij al te snel onze behoeften, de zon schijnt, en onze zalen, waar we koken van levenshonger, zijn bovendien nog goed verwarmd ook. Alles is heet en vol geest, dier, door vlammetjes verwarmd, boven ons opstijgt, zodat de anderen hem zien. Eens vallen we dan om, omdat wij de bodem onder onze voeten verliezen, verliefd worden en steeds onhoudbaardere eisen aan onze partners hebben te bezorgen. Hoe gelukkig maakt het ons, in vele afwisselende gedaantes door de bergen te razen, tot onze puntmutsen verloren gaan.

Op zijn hoge en dure paard zittend luistert de student, hoe de vrouw zich aan hem overlevert. Het is een uniek ogenblik, die haar de hal van haar gevoelens heeft binnengeleid, waar de stilte als een planten broedkas dampt van koortsachtige gesprekken. Tot taal gebundeld, schieten huiverend de dagen van haar jeugd en de leugens over haar leeftijd uit haar te voorschijn. De student wordt mee de helling afgenomen van haar gedachten. De vrouw praat verder, opdat ze belangrijker wordt, en haar taal maakt zich reeds los van de waarheid op het moment, dat deze haar duidelijk geworden is en een beetje mooi leek. Wie luistert er anders, als de huisvrouw een beweging landinwaarts maakt, omdat het kind schreeuwt of het eten aanbrandt. Hoe meer deze vrouw praat en praat, des te meer wenst ze voor haarzelf en de man, dat zij een raadsel voor elkaar mogen blijven, dus interessant genoeg om een weinig in elkaar uit te kunnen rusten en niet meteen weer te hoeven opspringen en ervandoor te moeten.

Maar wie voelt niet zoals de zintuigen de pijn? Wij produceren in klepperende pannen, waar de stoom zingt, het gevoel. Maar de door het dreigende ontslag geteisterden? Die slaan met hun voorhoofd tegen de papierfabriek, die door het concern wellicht moet worden opgegeven, omdat ze onbegaanrendabel is geworden. Bovendien verontreinigt ze de beek, en reeds groeien velen op die, onhandig de stompe klauwen scherpend, naar de stem van de natuur luisteren, die eindelijk de taal van haar kinderen heeft leren spreken. Zo begrijpen deze aan middelbare scholen opgekweekten, wat de natuur zegt en wat zich in haar lucht en wateren voltrekt. En een glimlach verspreidt zich over de gezichten van de strijdenden, want ze hebben gelijk. De natuur is het, net als hun gevoelens, met hen eens. Monsters van verwend, trappelend water worden door milieubescherming zorgzaam opgekweekt, maar ergens zal reeds een nieuwe wond in de natuur openbreken, waar ze zich allen naar toe moeten haasten. Van voren en van achteren komen dan, na enige tijd, die de broedmachine nu eenmaal nodig heeft, de menselijke afvalprodukten eruitgeschoten. Ze zijn er al als mest ingegaan. Ja, de fabriek heeft het met behulp van haar bewoners en bewegers vervaardigd, papier, onze meststof, waarop wij, bloedige vrouwen in onze banken liggend, onze gedachten ook nog kunnen neerschrijven. Wat wij elkaar ook te zeggen hebben, om onze dierbaren in niets en nacht op te lossen en ons op hun mest tot ongehoorde grootheid te verheffen, het raakt onze partner niet, want hij is met zijn eigen bedachtenissen bezig, die hij iedere dag moet uitwassen en opnieuw moet vullen.

Hoe dieper het geluk, des te minder wordt er in deze streek over gesproken, zodat je er niet in verdwaald raakt en de buren niet jaloers worden. Die door de fabriek verstoten worden, moeten vlijtig om zich heen kijken, opdat ze op rekening kunnen kopen in de winkel, waarbij ze zich in het hart van de winkelier storten. In het donker wonen hun bazen, de adelaars, die in staat zijn het lot van hun prooidieren met een hoofdknik van hun ballpoints van hen af te wenden. Maar nee, onverschrokken gaan de zonen der Alpen over de afgrond heen op licht gebouwde bruggen. Moeten zich bukken. Hun liefsten wonen niet in de buurt, daarom moeten ze hen bezoeken, gaan bezoedelen, alleen maar opdat ze bij hen een kopje koffie met een verschrikkelijke slag room krijgen. Maar ze merken niet wat ze voelen, en luisteren niet als je het aan hen uitlegt.

De jonge man buigt naar de vrouw toe, die met haar lieve familieleden, de verlangens, een beetje opzij is gaan staan, om te kletsen. Uit haar grote ogen dringen de tranen en vallen in haar schoot, waar de lusten wonen, wachten en hun nagels laten besnijden. Wij zijn toch immers geen beesten, dat alles altijd meteen moet gebeuren, wij denken erover na, of de partner eigenlijk wel bij ons past en wat hij zich kan veroorloven, voordat we hem terugduwen. Nu hebben we alle kopjes bij elkaar, er hoopt zich immers ook behoorlijk wat op in de loop der jaren. Je moet er alleen op letten, altijd boven op het water te drijven, zodat je in de verte de andere boten kunt observeren, wanneer die alles hebben ingeladen. En die kunnen op hun beurt weer rustig bekijken hoe u ondergaat. En dat in een badkostuum, waar waanwijs de lichaamsdelen, die beter verborgen hadden kunnen blijven, uitsteken. Niemand kent beter dan de eigenaar zijn lichaam, zijn huis, maar dat betekent nog niet, dat je gelijk mensen kan uitnodigen. Waarom zou een ander niet met ons de liefde bedrijven? En waarom doet hij het dan niet?

De jonge man schuift Gerti haar ochtendjas van haar schouder. Op haar zitplaats kan de vrouw zich niet ineendraaien, ze kruipt in het rond, alsof ze nog meer plaats wil innemen. Zo teder haar innigheden ook uit haar decolleté roepen, ze willen de hun toekomende zitplaatsen liever daar innemen, waar nu nog breeduit bomen, wat anders, staan. Nauwelijks is Gerti aan het veiligheidsgordeldier van haar huis ontsnapt, of er wil al een jonge advocaat in haar handschoenenkastje grijpen. Als je bedenkt, hoe veel holtes een gezond lichaam bezit, om van een zieke maar te zwijgen! De vrouw rijt haar borst met het mes van haar woorden open, en de student kan meteen de zaagspaanders van zijn mening en andere liefdegaven erin stoppen. Michael heeft eindelijk voor een voederplaats voor wild geparkeerd. Ja, de machtigen en hun bosbeambten vervaardigen graag kunstmatige paradijzen, waarin de natuur dan, onhandig en plomp zich overal stotend, binnen mag gaan. En de vrouwen wordt het paradijs beloofd, wanneer ze het hun mannen en kinderen op aarde weten toe te bereiden en op de juiste manier weten te kruiden. Door rust worden ze niet gekweld. Want daar gloeit wat in het kreupelhout!

Een smachtende beek moet er uit de vrouw vloeien, hoopt de jonge man, en peutert, tevreden op z'n buik liggend, de mieren met zijn stokje uit hun hol. De vlugge kleine diertjes worden aan haar ontlokt en stuiven onmiddellijk in alle windrichtingen ervandoor. Moeilijk te pakken zijn ze, maar soms komen ze, net als dromen, ook vanzelf. Men kan dan een lading erbij doen en zijn onbehouwen blok er helemaal in smijten. De lichamen moeten altijd branden. Daarvoor zorgen wij met alles wat we hebben, alleen maar opdat ons geslacht een beetje gaat sidderen, we kunnen het niet met rust laten, altijd moeten er met de aansteker vurige spelletjes gedaan worden. Stammen, die voordien veilig leken, moeten ook geveld worden, alleen maar opdat wij onze armen kunnen uitbreiden en het leven, dat we toch al cadeau gekregen hebben, steeds weer opnieuw aan de kook brengen en naar binnen kunnen werken. En de schamele levensstraaltjes van de vrouwen, die spoedig alweer eindigen, die zoeken zich trouwens altijd een tweede waterloop, als het kan een woeste, waarmee ze samen kunnen vloeien, een prachtige rij liefdestekens, neergelegd als vlaggen; en troggen, waarin de dieren hun tongen steken of elektrisch voor hun eigen vloeistoffen worden opgelicht.

Gerti wordt de stof, waarvan haar dromen waren gemaakt, van haar schouders gerukt en op de grond samengepropt. Ze schudt haar levensruïne over deze mensenzoon heen, die niets anders wil, dan zo snel mogelijk voelen en vullen. Hardnekkig blijft ze in dit nest van licht plakken, dat de interieurverlichting van de auto over haar uitspreidt. In de verleiding, toch nog op te staan, het leven in te huppelen, waar ze toch zojuist vandaan gekomen is. Op het dak, dat hun beider lichamen beschermt, is onwrikbaar een paar ski's bevestigd. Bij elkaar zijn de geliefsten, en steeds zijn zij bereid, van de ladder van hun gevoelens te vallen, omdat aan de gelukkige ogen van hun partner hen iets stoort, dat ze op de menukaart niet hadden uitgekozen. Zometeen zullen ze nader kennismaken en behendig met de borden van hun lot omgaan.

In de auto is het zo lekker warm, dat het bloed door het lichaam heen schijnt. In de natuur is het ondertussen gapend leeg geworden. In de verte geen kinderen die naar hartelust schreeuwen. Gekneveld brullen ze op dit moment in de barre bergruimtes in de woonkamers van de boerderijen, waar het door hun vaders helemaal volgehageld is, in de vroege duisternis, omdat de vrouwen het grote van de mannen om vast te houden contant in 't handje krijgen. Buiten vriest je adem tegen je kin. Deze moeder echter wordt door haar bloed(hond)verwanten reeds hevig gezocht. Haar almachtige, de directeur van de fabriek, dit paard met zijn reusachtige lijf, dat nog dampt van het gebraden vlees, wil onmatig armen en benen om haar heen leggen, ongeduldig haar fruit schillen en het krachtig uitlikken, voordat hij met zijn permanente stijfheid naar binnen dringt. Deze vrouw is er om aan en af te bijten. Hij wil haar onderste helft uit haar schillen rukken en haar, nog dampend, met zijn goede saus gekruid, verzwelgen. Bedreven wacht tussen zijn dijen het lid. Aan de zware zak verdringt zich het haar, zometeen zal hij zich in haar gebogen hoofd ontladen! Eén enkele vrouw is voldoende, als de man, door honger opgezwollen, de rechte paden bewandelt. Onstuimig wil hij met zijn pens tegen haar buik kloppen, of er iemand thuis is. En knorrig, maar toch, moeten de lippen zich openen, om zich, in een roze spoelbroekje geperst, met anderen, soortgelijken, vroeger gekenden te laten vergelijken. Bovendien geeft deze man aan het orale en anale verkeer de voorkeur boven alle andere verkeersspeeltuinen voor kleuters. Wat moet je anders, dan je afkoelen, de beschermkap eraf halen, het haar losschudden en vrolijk erin springen? Niemand gaat verloren, en geen geluid sterft weg.

De vrouw van de directeur wordt door de meeste andere vrouwen hier benijd, die hun brede bekken met zich moeten meeslepen, waarin de mannen, met hun benen in het hete water, hun sluizen en aderen openen. Deze zwaarlijvige ploegmerries hebben maar één mogelijkheid om uitverkoren te worden: ze koken voor het gezin van afval en puin een tehuis. Tot op de binnenplaats groeien haar pruimen, maar de mannen besproeien graag vreemde voren. En de vrouwen blijven thuis en wachten, totdat de geïllustreerde tijdschriften hun laten zien, hoe goed zij het hebben.

Aangezien ze toch droog gehuld zijn in de wegwerpluiers van hun onaangename huiselijke werkzaamheden. Maar wat een geluk – hun vriendelijke ruiters bestijgen hen graag!

8

Ik dring er serieus bij u op aan: lucht en lust voor allen!

De vrouw komt nu meteen naar u toe, een ogenblikje a.u.b. Eerst moet ze zichzelf nog halen: bij het kussen (vanuit de lambrizering van de schenker, waar ook u zich altijd wilt uitstorten) zou het toch goed zijn, als we alle zinnen bij elkaar zouden hebben. De student heeft zo'n mooie vorm aangenomen, dat ze zich laat betasten. Hij legt zijn arm bij haar tussen haar dijen. De blik op de richting van zijn rit gericht, zorgt hij voor zichzelf, door haar ondergoed binnen te rijden, dat hoofdzak. uit een eenvoudige ochtendjas bestaat, die niet zal blijven. Zoals velen verschrikkelijke bustochten moeten maken (en verschrikkelijke boetetochten moeten maken, als ze te lang op het verkeerde geslachtsdeel blijven zitten. De bezitter, beter gezegd: bijzitter van zijn drieënige wensen went te veel aan ons en laat ons niet meer uit zijn gelijkvloerse gastvrije woning weggaan. Dat met de drieëenheid moet ik nog uitleggen: de vrouw is in drieën gedeeld. Tast u boven, beneden of in het midden toe!), voordat ze zich in de vriendelijkheid van de verschillende sportstadions kunnen begeven, waar ze elkaar bezitten, maar niet begrijpen kunnen. Waar ze in het rond brullen en met hun pitten en schillen gooien. Zo, nu kan deze vrouw er niet langer meer op wachten, om in zichzelf een weinig rondgereden te worden.

De wc op de gang alleen kan het niet zijn, die ons, onbekend, nog op dit zeer nachtelijke uur de deur uit naar buiten jaagt, waar we sluw om ons heen kijken, of iemand ons ziet, met de hand tegen ons geslacht gedrukt, alsof we het meteen bij de volgende splitsing weer zouden moeten verliezen, nog voordat we het in zijn speciale handbeschilderde drukketeltje kunnen stoppen.

Onder vele woonmogelijkheden kiest de jonge man alleen deze, maar het zijkamertje houdt zich niet stil, nee, het snelt in de duisternis en koude zelfs voor hem uit! Deze Gerti is nog vóór hem bij de wildvoederplaats. Op deze plaats hebben er al velen over kussen gepraat, de zaklantaarns gespreid en hun reusachtige schaduwen op de muren geworpen, opdat ze tegenover een mens meer konden zijn, dan één enkel persoon, die scheef in de skilift hangt. Alsof ze zich van pure geilheid groter zouden kunnen maken en de bal nog een keer in de korf werpen en zelfs scoren! Een speler kan groot uitgevallen zijn. Ze hebben al hun voorzieningen eruit gehaald, om daarmee voor hun partner te verschijnen. Zo vele dringende verrichtingen – vuil en hygiëne verenigend –, om elkaar te bezitten, zoals het onjuist heet. In deze stoffige sigarenwinkel eindigen wij, omdat twee huishoudelijke voorwerpen van zeer eenvoudige geometrische snit op elkaar af komen, omdat ze aan elkaar willen zitten naaien (geheel nieuw worden!). Nu! Er staat plotseling een vrouw in haar dessous op de gang, een kruik water in haar hand: heeft ze noodweer veroorzaakt of wil ze enkel een kopje thee voor zichzelf maken? Onmiddellijk maakt een vrouw van de soberste koudste plaats een nestje. D.w.z. de vrouw kan iemand zich al geborgen laten voelen, voordat ze iemand door middel van verborgenheden of aanhankelijkheid er borg voor laat betalen. Met de jonge man is er eindelijk eentje, die de grootste intellectueel zou kunnen zijn, in haar leven gekomen. Nu wordt alles anders dan het gepland was, nu maken wij meteen een nieuw plan, blazen ons eerst goed op. Wat, uw kind speelt ook fluit? Maar zéker niet op dit ogenblik, aangezien niemand op zijn startknop drukt.

Kom, schreeuwt ze tegen Michael, alsof ze nog geld van een winkelier te goed heeft, die ons klanten haat. En toch kan hij het niet zonder ons stellen. Hij moet voor ons alles aanvoeren, opdat wij de moeite lonen. Nu wil deze vrouw zich eindelijk oneindig maken. Eerst storten wij ons, één twéé (ook u kan het nadoen, zoals u hier in uw auto zit, in uw snelheid net zo beperkt als in uw denken), op onze monden, dan op iedere andere vacature in ons, zodat we leren solliciteren. En reeds is de partner alles voor ons. Zometeen, over een paar minuten, zal Michael Gerti, die hij nauwelijks kent en ook alleen maar heeft aangekeken, binnendringen, zoals een slaapwagenconducteur van tevoren altijd met een hard voorwerp aan haar deur kloppend. Hij slaat nu de vrouw haar ochtendjas over haar hoofd heen en brengt met zijn mond in een zichzelf aanbevolen opgewondenheid deze tot nu toe woeste vrouw ertoe, dat ze zich achterlijk aansluit in de rij voor het loket, waarin ook wij staan, het geld achter de gulp gepropt. Wij zijn onze eigen hevigste tegenstanders, als het om kwesties van smaak gaat, want ieder schept behagen in iets anders, niet waar. Wat echter, wanneer omgekeerd wij iemand willen behagen? Wat doen we nu, in onze grenzeloze luiheid het geslacht erbij halen, opdat het ons het werk uit handen neemt?

Michael trekt de vrouw haar benen als twee bovenleidingen over zich heen. In zijn onderzoekingsdrang observeert hij tussendoor aandachtig haar ongespoelde spleet, een kraakbenige speciale uitvoering van hetgeen iedere vrouw in een andere lavendel- of seringentint bij zich heeft. Hij trekt zich terug en bekijkt precies, waar hij steeds weer in verdwijnt, om ongelikt weer te voorschijn te komen en toch te likkebaarden. Met al zijn fouten weliswaar, waarvan de sport niet bepaald tot de kleinsten behoort. De vrouw roept hem. Wat is er met haar verzoeknummer, haar verzoeker aan de hand? Zonder dat Gerti de gelegenheid werd gegeven, zich te wassen, lijkt haar kut troebel, als met een plastic hoes overtrokken. Wie kan dat weerstaan, zonder meteen het vingertje erin te steken (je kan ook erwten, linzen, veiligheidsspelden of knikkers nemen), onmiddellijk zal je hartstochtelijke instemming van de kant van haar kleinste en altijd aan het een of ander lijdende zijde oogsten. Het onbuigzame geslacht van de vrouw ziet er als niet gepland uit, en waarvoor wordt het gebruikt? Opdat de man het met de natuur aan de stok kan hebben. Maar ook voor de kinderen en kleinkindertjes, die immers ergens vandaan een hapje willen komen eten.

Michael kijkt in de gecompliceerde architectuur van Gerti en schreeuwt als aan het spit. Alsof hij een kadaver van ingewanden wil ontdoen, trekt hij haar naar ontevredenheid en afscheidingsprodukten stinkende flamoes aan de haren tot voor z'n gezicht. Het paard en zijn leeftijd herkent men aan zijn tanden. Zo jong is deze vrouw nu ook weer niet, maar toch fladdert deze driftige roofvogel nog voor haar deur.

Michael lacht, want hij is uniek. Zullen we ooit wijs worden uit deze activiteit, opdat de een naar de andere kan springen, tot hem kan spreken en hem kan gaan begrijpen? De gemeen in de berg gebouwde genitaliën van de vrouwen onderscheiden zich in de meeste kenmerken, beweert de vakman, net als de mensen in het algemeen, die de meest uiteenlopende hoofddeksels kunnen dragen. Vooral bij onze dames bestaan de meeste verschillen. Geen enkele is zoals de andere, maar voor de liefhebbende maakt het niet uit. Hij ziet, wat hij van de anderen gewend is, herkent in de spiegel zichzelf als zijn eigen god, die in het diepe water wandelt en gaat vissen, gluurt en kan al dadelijk de volgende cliënte om binnen te dringen en oorvijgen te geven voor zijn druipende geslachtsbundeltje hangen. De techniek is niet het zaakje van de mens, d.w.z. ze is niet datgene, wat hem zo zakelijk maakt.

U hoeft maar ergens heen te kijken, en de aan extase, deze geïntrigeerde, halfgeleide koopwaar verslaafden staan terug te staren. Waagt u toch eens iets, dat van waarde is! Of is het het gevoel, die ter plaatse onbekende reisleider, ontspruit het over uw uiteengespreide en over de schedel getrokken pezen heen? We hoeven niet per se toe te kijken terwijl hij groeit, we kunnen een andere kwekeling zoeken, die we wakker maken en met onszelf kunnen verblijden. Maar de ingrediënten zijn omgeroerd net als wij. Ons deeg rijst, door niets dan lucht in zijn binnenste gedreven, een paddestoel van een atoombom, over de bergen. Een deur valt met een dreun in het slot, en wij zijn weer alleen. Gerti's vrolijke man, die altijd zo onbezorgd met zijn penispenseel in het rond zwaait, alsof zijn druppels van een grotere stam vallen, hij is er nu niet, om zijn hand naar zijn vrouw uit te strekken of het kind het instrument af te leren. De vrouw lacht luidkeels bij deze gedachte. Met onstuimige kolfstoten probeert de jonge man, die voor een met hout betimmerde wand aangenaam zou opvallen, omdat hij niet stijf is als een plank, het binnenste van deze vrouw op te rekken. Hij is op het ogenblik opgewekt geïnteresseerd en kent de verandering, die zelfs onooglijke vrouwen onder de vlammende, vers bereide en aangenaam geurende geslachtshoop van de man door kunnen maken. Het geslacht is weliswaar onbetwist ons centrum, maar we wonen daar niet. We geven er de voorkeur aan, ruimer en met hulpapparaten, die we naar believen kunnen inschakelen en afslachten, te logeren. Reeds streeft deze vrouw innerlijk ernaar terug te zijn in haar huiselijke volkstuintje, waar ze zelf de bloemkolen en haar pruim kan plukken en binnen de gele lijddraden met eigen hand kan zitten te scharrelen. Ook alcohol vervliegt een keer. Maar nog steeds, bijna huilend van vreugde over de eigen verandering, die hij heeft gewild, doorzoekt de jonge man zijn comfortabele taxi. Ook onder de zitting kijkt hij. Hij opent Gerti en gooit haar achter zich meteen weer dicht. Niets gevonden!

We willen ook best wel hygiënische mutsjes opzetten, opdat we niet ziek worden. Verder hebben we niets. En ook als de heren hun been optillen en in hun vrouwelijke begeleiding wateren, dan mogen ze toch niet blijven, moeten zich verder spoeden, rusteloos, naar de volgende boom, waaraan zich hun geslachtswormen driftig vastklampen, tot iemand ze opneemt. De pijn schiet als een bliksemschicht de vrouwen binnen, beschadigt hen echter niet zo duurzaam, dat ze om verkoolde meubels en nasmeulende spullen zouden moeten huilen. Hij vloeit weer uit hen naar buiten. Van alles, behalve van haar gevoelens zal haar vrouwelijke partner afstand willen doen, ze produceert het immers eveneens heel graag, dit voedsel der armen. Ik geloof zelfs, dat ze specialiste is in het koken, om het hart van de mannen eindelijk in te maken. De armen draaien zich liever op hun zij, niet door een reisgenoot achter hun vodden gezeten. Hun lullen gaan zelfs nog voor hen liggen en hun druppels komen uit het hart. Zij laten slechts kleine vlekken achter op het laken, en wij gaan tegelijk met hen er weer uit.

In ieder geval zit in heel wat glazen als enige verstandige de wijn. De fabrieksdirecteur kijkt te diep in het glaasje, tot hij de bodem ziet, en zo wil hij neerstromen uit zijn machtige vat, rechtstreeks op zijn Gerti, die hij voor zich in de grond geplant heeft. Hij ontbloot zich meteen bij haar aanblik, en zijn weer stort uit zijn wolkenmassa, nog voordat zij zich in veiligheid kan brengen. Zijn geslachtsdeel is groot en zwaar, het zou een kleine pan vullen als je de eieren ernaast legt. Vroeger bood hij zijn stuk vele vrouwen aan, die er graag op graasden. Nu omspoelt het gras niet langer de bodem. Door zijn overvloedige vrije tijd vervormd, rust het geslacht van de mens in tuinstoelen uit en sleept zich voort over de grindweggetjes, waar het tevreden op neerkijkt vanuit zijn zakje, waarin het wordt gedragen en leeglopend en meelopend wipt als de bal van een kind. Zijn werk vormt de mens samen met zijn apparaten dan gauw weer tot het ruige dier om, waarvoor hij bestemd was. Een gril van de natuur zorgt ervoor, dat het geslacht van de mannen voor hen meestal te klein geworden is, voordat ze het goed hebben leren dragen. Ze bladeren reeds in exotische catalogi, om zich door krachtiger motoren te laten aansporen, die bovendien nog minder brandstof verbruiken. Ze hangen hun dompelaars in datgene, wat het dichtst bij hen ligt, en dat is het meest vertrouwde, dat zijn hun vrouwen, die zij echter ook voor geen cent vertrouwen. Ze blijven graag thuis, om hen te bewaken. Dan draaien ze hun blikken naar de fabriek aan de overkant, die in de nevel ligt. Maar als ze iets meer geduld zouden hebben, dan zouden ze in hun vakantie tot aan de Adriatische Zee komen, waarin ze dan hun spartelende spinnen kunnen dopen, zorgvuldig ingesloten in de elastische bandages van de zwembroeken. Hun vrouwen dragen dan krappe badpakken. Hun borsten zijn bevriend met elkaar, maar maken graag kennis met een vreemde hand, die ze echter alleen maar grof uit hun ligstoelen rukt, waarin ze zacht en nietsdoend schommelen, tussen de vingers verfrommelt en in de dichtstbijzijnde prullenbak smijt.

Wijzers staan langs de wegen, wijzen in de richting van de steden. Maar deze vrouw moet zich mengen in het leven van kinderen, die ritmisch op hun levensweg moeten leren wandelen. Laten we een beetje rustiger aan doen, opdat we in ons kunnen voortgaan! In deze ruimte is het altijd nog vorstrijk en bosrijk. Het ruikt naar hooi, naar stro voor het dier in ons. Dikwijls al heeft men het op deze plaats uitgelaten. Velen hebben hier met zichzelf in het rond gesproeid, alsof ze – waarvoor ze het hele geslacht van hun vrouw zouden weggeven, om op een andere plaats, waar ze het in de grond geboord hebben, nog veel meer vrouwen te kunnen oogsten – een autorace gewonnen hadden. Of wat weg hadden te geven. Eentje heeft een condoom weggegooid, voordat hij zijn voetstappen weer naar huis gestuurd heeft. De meesten hebben er geen idee van, wat je allemaal met de zingende zenuwzaag clitoris kan doen. Maar ze hebben allemaal al tijdschriften over het onderwerp gelezen, die bewijzen, dat er aan de vrouw toch meer zit, dan men oorspronkelijk gedacht had. Ja, een paar millimeter meer zullen het allicht zijn!

De student drukt de vrouw tegen zich aan. Het gesis, dat uit zijn ventiel komt, kan hij zelf met een kleine handgreep aan zijn kookpot, die overvol is, verhelpen. Hij wil nog niet gaan spuiten, hij wil er echter ook niet tevergeefs op hebben gewacht. Hij knijpt met vaardige handen de vrouw in het vervaardste deel van haar zachte in zijn gestoffeerde doos zittende vlees, zodat zij haar benen nog verder uit elkaar moet spreiden. Hij woelt in haar sluimerige geslacht, draait het tot een puntzak ineen en laat het plotseling weer terugklappen. Behoort hij niet zijn excuses aan te bieden, dat hij haar slechter behandelt dan zijn geluidsinstallatie? Kletsend slaat hij haar op haar kont, om haar onmiddellijk daarna weer op haar rug te wentelen. Hij zal naderhand beslist goed kunnen slapen, niet anders dan de wezens, die eerlijk gewerkt, elkaar geliefkoosd en een lief centje gekost hebben.

Met zijn handen haar omknellend, geeft de student de vrouw vlug een beurt, zonder de wereld daarbij aan te kijken, waarin alleen maar de mooisten verzorgd en onderhouden worden, iedere tweeduizend kilometer een stop voor een servicebeurt. Hij kijkt haar aan, om iets van haar door haar man vertrokken gezicht af te kunnen lezen. De mannen zijn in staat zich zo lang zij willen van de wereld los te maken, alleen maar om zich dan des te steviger weer bij hun vertrouwde reisgezelschap aan te sluiten, ja, aan hen is de keus, en wie hen kent, weet, wie we bedoelen: de mannenwereld, die circa tweeduizend personen uit de sport, de politiek, het bedrijfsleven en de cultuur omvat, waarin de anderen dan een bad mogen nemen, echter wie omvat liefhebbend al deze opgeblazen smoelen? En wat ziet de student, boven zijn vleselijk- en vreselijkheden uit? De mond van de vrouw, waaruit stromen opwellen, en de vloer, van waar haar beeltenis hem toelacht. Ze kunnen het zonder ordebewaarders en rubberen spermabewaarders stellen, en nu draait de man half weg, om zijn harde geslacht bij het erin en eruit gaan te kunnen bekijken. De kut van de vrouw staat wijd open, de gleuf van het spaarvarken gilt, ze is er om te incasseren, met het enige doel meteen alles weer te moeten weggeven. Beide zaken zijn bij deze daad even belangrijk, zeg dat eens tegen een moderne ondernemer, die zal z'n bierbrouwen optrekken van schrik en zijn kinderen hoog de lucht in tillen, opdat ze niet in de toorn van de ondergeschikten stappen.

Langzaam wordt het stuiptrekken van de vrouw minder, dat de man in deze vorm voor ogen had. Ze heeft haar portie gehad en krijgt er wellicht nog een. Rustig! Nu spreken alleen de zinnen, maar we verstaan ze niet, want ze zijn onder ons zitvlak in iets onbegrijpelijks veranderd.

De student morst zichzelf in het voederhuisje voor het dier. Nu zien ze hoe de nacht definitief, zwart gekleed, een inval doet. Anderen draaien zich nog een keer om, voordat ze liefdevol tegen elkaar aan gaan liggen en aan mensen van fraaiere bouw denken, die ze in een tijdschrift afgebeeld hebben gezien. Toen Michael zijn ski's uitdeed, had hij er nog geen rekening mee gehouden, dat de sport, die oneindige constante van onze wereld, met vaste verblijfplaats in het televisietoestel, niet ophoudt, alleen omdat je je schoenen al afgeveegd hebt. Het hele leven is sport, en zijn kleding blaast ons nieuw leven in. Ook al onze familieleden onder de 80 dragen immers joggingbroeken en T-shirts. De krant van de volgende dag wordt reeds verkocht, opdat je de avond al voor de volgende dag kan prijzen. Menig ander is mooier en intelligenter dan wij, en dat staat op papier. Maar wat komt er van degenen terecht, die niet genoemd worden, en van hun roerende, maar niet zeer roerige penis, waarheen moeten deze mensen hun kleine stromen leiden? Waar is het bed, waar ze dorstig afmeren, en waaruit ze getroost terugkeren? Op aarde zijn zij bij elkaar, de hele tijd, met hun zorgen om hun miezerige organen, maar waarheen spuiten ze de antivries, die hen beschermen moet in de winter, opdat hun motor niet stokt? Waar drijven ze handel met zichzelf en laten de vakbonden met hen handelen? Welke geurende lichamen stapelen zich op, ketens van bergtoppen, op hun weg naar het zelf gefokte vee, waartegen ze hun messen, en naar het zelf gefokte gezin, waartegen ze hun stormrammen gebruiken? Want: de roerenden, die meestal ook bij het werk de roerigsten moeten zijn, ze zijn enkel decoratiestof van ons leven, ze nemen hun leden en willen ze nu eenmaal ook ergens insteken. Laten we niet vergeten, hoe mensen zich, om iets te bereiken, in elkaar verbergen, opdat het atoom niet naderbij komt om ons te vernietigen.

Nog voordat de minutenwijzer van het geluk beiden streelt, is reeds een vloeistof uit Michael gelopen, die lieve deugd van zijn huis. Dat is alles. Maar in de vrouw, die het hoogste beleven en uitvoeren wilde, zijn atoomloze centrales in energie omgezet. Een brongebied is ontsloten, waarvan ze decennia lang heimelijk droomde. Zulke krachten worden door altijd hetzelfde paard, dat het lichaam van de man trekt en door aantrekkelijke vrouwen opgezweept wordt, uitgezonden en maken zich snel meester van de dwergachtigste twijgjes van het vrouwelijke wezen. Een uitgestrekte brand. De vrouw drukt deze mens immers al tegen zich aan, alsof hij aan haar vastgegroeid zit. Ze schreeuwt. Spoedig zal ze, vanwege haar gevoelens al helemaal ingebeeld, weggaan en dit drakenzaad in de kleine staat van haar huishouding afleggen, opdat overal, waar het zaad de aarde raakt, kleine alruinmannetjes en andere dwergschepsels om harentwille uit de grond schieten. En de vrouw behoort aan de liefde toe. Nu pas echt moet ze steeds weer naar dit mooie recreatiepark toe komen. Pas doordat deze jonge man zijn pik, die intussen bijna nutteloos is geworden, eruitgetrokken heeft en tot de volgende keer ermee wuift, krijgt bij Gerti zijn voorhoofd met het puistje boven een nieuwe, steeds aan een opknapbeurt toe zijnde betekenis. Voortaan is ze aangewezen op de welvoorziene wapenhandel, die deze geoefende versierder achter zijn broeksklep verborgen houdt. Van nu af aan moet hij er plezier in hebben, in Gerti te wonen. Maar de onweersbuien komen razendsnel naderbij, en spoedig, precies op tijd, want de vakantie ver boven de bergen krieuwelt de onderlijven van de vrouwen en meisjes dermate stormachtig, dat ze voortdurend geborsteld willen worden, moet hij zijn kwartier in het danscafé van de districtshoofdstad betrekken, waar de vrouwelijke vakantiegangers in dove loodzware zwermen heentrekken, bereid om te vallen, wanneer het avond wordt. Opdat hij zijn kruit kan verschieten, moet Michael zich in rubber kleden en een keuze onder de vrouwen in post-skikleding maken, waar hij dan in binnen zal stromen. Verzorgde natuurschoonheden, natuurchampagne en verzorgde natuurseks, dat heeft hij het liefst, weggeschminkte pukkels zoals hij er zelf eentje heeft, die zouden hem van een vreemd gezicht zonder meer kilometers vandaan kunnen waaien!

Lang voor de openingstijden zal de arme Gerti beslist morgen voor de telefoon staan en deze lastig vallen. Deze Michael, als de voortekenen, die hij ons geeft en die hij van diverse tijdschriften heeft gekregen, niet bedriegen, is een blonde afbeelding op het bioscoopdoek, waarop hij eruitziet, alsof hij lang met gel in zijn haar in de zon gelegen heeft, alleen maar om onze vingers zacht naar ons eigen geslacht te leiden, omdat we geen beter hebben. Hij is en blijft even ver van ons vandaan, ook van dichtbij. Het doet hem genoegen, in de nacht te leven en haar levendig te houden. Deze man houdt zichzelf niet graag in toom. De bliksem kan je immers ook maar moeilijk verklaren: op middelbare leeftijd worden wij vrouwen achter het hek tot weekend-arrangementen samengeperst, een van ons zal het nog wel treffen, voordat we moeten vertrekken!

Rijdt u voorzichtig. U heeft misschien nog wel iets, dat zulke mannen zouden kunnen gebruiken!

De dieren beginnen te slapen, en de lust heeft Gerti uit zichzelf losgerukt, heeft dit kleine vonkje uit een aansteker helder doen opvlammen, maar van waar kwam de tocht? Uit dit hartvormig kijkgat? Uit een ander liefhebbend hart? In de winter skiën ze, in de zomer reiken ze veel verder het vriendelijke licht in, waar ze tennissen, zwemmen, zich om andere redenen uitkleden of andere vuurhaarden kunnen uittrappen. Wanneer de zinnen der vrouwen zich eenmaal verspreken, dan kan je er zeker van zijn, dat ze zich ook bij andere kwesties vergissen, ze zijn tot iedere vuiligheid in staat. Deze vrouw haat haar geslacht, waar ze vroeger uit naar buiten is komen steken.

De eenvoudigen achter hun tuintjes bij het huis zwijgen nu gauw stil. Maar nu al schreeuwt deze vrouw om haar godenbeeld Michael, dat haar op foto's, die op hem lijken, toegezegd is. Tevoren is hij nog snel even in de Alpen een rondje gaan rijden. Nu brult ze en trekt het onderstel van haar lichaam in alle windrichtingen rond. Het gaat snel bergafwaarts, maar de verstandige huisvrouw plant al terwijl ze ligt, huilt en verdwijnt de volgende afspraak met deze held, die hete dagen van schaduw en koude van warmte moet voorzien. Wanneer zullen ze elkaar kunnen ontmoeten, zonder dat de trage schaduw van Gerti's man op haar valt? Hoe zit dat met de dames? De onvergankelijke weerspiegeling van hun pleziertjes betekent voor hen meer dan het vergankelijke origineel, dat ze vroeg of laat aan de concurrentie van het leven moeten blootstellen, als ze zich, opgewonden vastgeketend aan hun lichamen, in de tearoom met een nieuwe jurk en met een nieuw mens in het openbaar moeten vertonen. Ze willen de beeltenis van hun geliefde, dit mooie gezicht, in de rust van de echtelijke slijkkamer bekijken, zij aan zij geperst met iemand, die zich af en toe traag in hen verbergt, om niet voortdurend naar zichzelf te moeten kijken. Ieder beeld rust beter in het geheugen dan het leven zelf en, alleen gelaten, bladeren we ledig in onze galmende snaren en krassen de herinneringen tussen onze tenen te voorschijn: hoe mooi zou het toch zijn, zich eens helemaal echt opengesperd te hebben! Gerti kan zichzelf zelfs achter de piano klaar bakken en dan bij haar man haar verse broodjes gaan afleveren. En de kinderen zingen er tralala bij.

Wij verdienen allemaal het meeste, dat we kunnen dragen.

Op de weidevelden vriest het helemaal dicht. De bewustelozen denken langzaam aan het slapengaan, om helemaal te verdwalen. Gerti klemt zich aan Michael vast, al kijkt ze tot in het drielandenpunt, iemand als hij vindt ze niet. Deze jonge man heeft in de school des levens al vaker het licht mogen aandoen, en anderen oriënteren zich reeds aan zijn uiterlijk en zijn smaakzenuwen, die steeds de ware tussen louter onwaarheden eruit weten te halen. De huizen hangen hier meestal scheef in hun kreunpilaren. Met de moed der wanhoop grijpen de hokken voor de huisdieren zich vast aan de wanden. Die van de liefde weliswaar iets gehoord hebben, maar het daarbij behorende verwerven van goederen hebben nagelaten, zij moeten zich nu voor hun eigen beeldscherm schamen, waar een mens juist het spel om de herinnering, die hij bij zijn begeleiders en toeschouwers in hun tv-liefdesstoelen wenst achter te laten, verliest. Maar in elk geval: u heeft de macht, het beeld in het geheugen te laten of het te verstoten, over de rots heen naar beneden. Ik weet niet, of ik nu de verkeerde trekker aan het wapen van het oog of de verkeerde aftakking in het rijk der zinnen te pakken heb?

Michael en Gerti kunnen elkaar niet genoeg aanraken, of ze er nog zijn. Hun handen grijpen elkaar vast bij hun goed afgestelde geslachtsdelen, die ze feestelijk als voor de première hebben aangekleed. Gerti spreekt over haar gevoelens en tot waar ze hen wil volgen. Michael staat verbaasd, langzaam ontwakend, wat er voor hand in zijn schoot is gevallen. Meteen wil hij er weer op los gaan knallen, schuift de hand weg en toont zijn boeiende piemel. Hij trekt de vrouw aan haar haren naar zich toe, tot ze als een vogeltje erboven fladdert. Dadelijk wil de vrouw, uit haar geslachtsnarcose ontwaakt, weer ongebreideld haar mond gebruiken om te spreken. Ze moet zich in plaats daarvan wijd openen en Michaels lul in het vertrek van haar mond binnenlaten. Hij stoot in haar naar binnen, opdat mild zijn straal kan verschijnen. Aan haar haren wordt de vrouw tegen de stevige brutale buik van Michael gesmakt, vervolgens wordt haar hoofd weer weggeslingerd, om dan opnieuw, het gezicht voorop, op Michaels herdersstaf geschoven te worden. Dat gaat zo een hele tijd door, we houden het niet voor mogelijk, dat vele duizenden andere gevoellozen op hetzelfde ogenblik in hun zorgen liggen te woelen, door de verschrikkelijke god in zijn feestelijk verlichte fabriek gedurende de hele week tot permanente scheiding van hun dierbaren gedwongen. Ik hoop, dat hun lot een verstelbare taillewijdte heeft, zodat er meer ingaat!

Deze twee willen elkaar verspillen, want ze hebben genoeg van zichzelf in voorraad. Ze groeien aan tot een vloedgolf, deze wonder- en veranderlijken, die de nieuwste erotische catalogi in huis hebben. Maar dan diegenen, die dat allemaal niet meer nodig hebben, omdat ze zichzelf al kostbaar genoeg vinden! Die kunnen zichzelf aanbieden. Ze stromen over zichzelf heen, over hun dammen en dijken, want ze beweren van zichzelf, onhoudbaar te zijn, aan iedere belevenis overgeleverd, die voortdurend met hen verkeerd rijdt, omdat voor haar iedere bestemming even goed is. Gerti moet plotseling, onweerstaanbaar, eerst nog aarzelend, dan krachtiger pissen. De ruimte is te klein voor haar lucht. Ze frommelt haar frommeljas boven haar dijen in elkaar, maar de ceintuur wordt een beetje nat. Michael houdt om te spelen zijn handen eronder en vangt wat van de duidelijk hoorbare straal in het holletje van zijn handen op. Hij wast er lachend zijn gezicht mee en het geheel, duwt de vrouw met zijn vuist omver en bijt in haar nog natte schaamlappen, die hij krachtig uitperst. Daarna sleept hij Gerti in haar eigen plas, waarin hij haar rondwentelt. Ze heeft de ogen naar boven verdraaid. Maar daar bevindt zich geen gloeilamp, daar is het donker, het binnenste van een grijnzende schedel. Het is een feest, wij zijn alleen met onszelf en amuseren ons met ons geslacht, onze liefste gast, die echter voortdurend met uitgelezen delicatessen gevoerd wenst te worden. De vrouw wordt de hele net aangetrokken ochtendjas weer van het lijf getrokken, en ze trappelt zichzelf diep het hooi in. Op de vloerplanken een doffe natte plek als van een hoger wezen, dat niemand heeft zien voorbijkomen. Als verlichting slechts de maneschijn, moge hij zo vriendelijk zijn te blijven, om te rusten in een lieflijk tijdvak. En te blijven een lieflijke tijdfactor.

De bleke draagtassen van borsten, ze liggen op haar borstkas, alleen een kind en een man hebben vroeger en nu een beroep op hen gedaan. Ja, de man thuis bakt steeds opnieuw zijn onstuimige dagel. brood. Je kan ze ook laten opereren, als ze bij het eten op tafel hangen. Ze zijn voor het kind, voor de man en voor het kind in de man gemaakt. Hun bezitster ligt nog altijd in haar wegsijpelende excrement rond te draaien. Ze klappert van de kou met botten en scharnieren. Michael bijt zich heftig, in de diepte bruisend, in haar schaamhaar vast en trekt en draait aan haar tepels. Zometeen zullen zijn door God gegeven geschenken in hem omhoogkomen en uitgespuugd willen worden. Snel voor het bondgenootschap de lul gepakt en erin gestoten, of willen we nog wachten? Je ziet het wit van haar ogen, tegelijkertijd hoor je louter luid geschreeuw.

De jonge man krijgt plotseling angst voor de volledigheid, waarmee hij zich zou kunnen vergooien, zonder helemaal te vergaan. Hij duikt immers steeds weer uit de vrouw op, enkel om zijn loslopende vogeltje opnieuw in haar doosje te begraven. Nu heeft hij Gerti een keer helemaal afgelikt, meteen daarna zou hij haar met zijn tong, waaraan nog altijd de smaak van haar pis hangt, het gezicht kunnen aftuigen. De vrouw snapt naar hem, ze hapt toe. Het doet zeer en is toch ook taal zoals het dier haar kent. Hij pakt haar schedel, altijd nog bij haar haren, op van de grond en slaat hem met het achterhoofd daarheen, waar hij hem opgepakt heeft. Meteen spert ze haar bek open en wordt grondig met Michaels penis opgeschoond. Haar ogen zijn daarbij gesloten. Door middel van krachtige kniestoten schuin naar boven wordt de vrouw ertoe gebracht, haar dijen weer te openen. Helaas is het dit keer niet helemaal nieuw, want hij heeft het voordien precies zo gedaan. Nu zijn jullie eindelijk in jullie huid, en jullie lust blijft steeds dezelfde! Ze is een eindeloze keten van herhalingen, die ons iedere keer minder bevallen, omdat we door de elektronische media en melodieën eraan gewend zijn geraakt, iedere dag iets nieuws thuis bezorgd te krijgen. Michael scheurt Gerti links en rechts ver uit elkaar, alsof hij haar aan het kruis wil slaan en niet, zoals hij eigenlijk van plan was, gauw in de kast bij de andere zelden gedragen kledingstukken terug wil hangen. Hij staart in haar spleet, nu kent hij haar inhoud al. Wanneer ze zich afwendt, omdat zc zijn keurende en door knijpende, gravende handen ondersteunde blikken niet uithoudt, krijgt ze een paar oorvijgen. Hij wil en mag alles zien en doen. Vele details zie je niet, en, als er wellicht een volgende keer zal zijn, moet je met de zaklantaarn meer licht maken, voordat je stralend uit de nacht de garage binnentreedt. De vrouw moet de blikken van de heer in haar geslacht leren verdragen, voordat ze te zeer aan zijn lul hecht, want daaraan is nog veel meer gehecht.

Hooi valt over haar heen en warmt haar een beetje. Klaar is Kees, opgezwollen de wonde van de vrouw, en door het schoksgewijze trekken aan zijn apparaat maakt Michael duidelijk dat hij zich weer in zijn eigen opgeruimde lichaam wenst terug te trekken. Reeds is hij voor deze vrouw een podium geworden, van waaraf zij over haar gespierde verlangen en zijn gespierde bovenlijf zal spreken. Zo word je, zonder in je ondergoed gefotografeerd en ingelijst te zijn, tot een middelpunt in een degelijk ingerichte kamer. Deze jonge man heeft al dat prachtigs geschapen en klaargespeeld, dit witte rillende vleesgebergte, dat zich voor hem uitstrekt, en bij wie hij, net als de brave avondzon, een rode kleur op het gezicht geschilderd heeft. Hij heeft de vrouw gepacht en mag wat haar betreft altijd, wanneer hij maar wil, haar onder haar jurk in haar plooien grijpen.

Gerti bedekt Michael met donzige en wollige kussen. Spoedig zal ze naar haar huis en naar haar baasje, die ook zijn goede kanten heeft, terugkeren. Op in vuur en vlam gezette grond wensen we steeds terug te keren en ons cadeaupapier open te scheuren, waaronder we iets vanouds bekends als iets nieuws vermomd en verborgen hebben. En ons dalende gesternte leert ons niets.

9

De vrouw, die wegliep, komt nu weer, gebracht door een onbekende auto, naar haar huisel. harmonie terug. Ze behoort in de huisbioscoop te worden teruggelegd. Een echte huismus, die ook anderen de ogen uitsteek. Er loopt een straaltje speeksel van haar kin af, valt haar man het eerst op. De jonge man is nu bezorgd om haar, want hij heeft even een blik in haar verste verte geworpen en zijn vochtige handen tegen haar gelaat gedrukt. Nu is het weliswaar niet de goede tijd om in de zon te liggen en je lichaam luidruchtig te showen. Plotseling sneeuwt het weer. Heeft de directeur al zijn verzekering opgebeld, opdat zijn vrouw hem niet zomaar door een jongere burger kan vervangen? Vroeger kwam hij dikwijls zo uit het bordeel, waar hij ingespannen lui had rondgehangen en zich liet wassen, knippen en kappen. Ja, in de hoerenkast van de districtshoofdstad had hij de zware aak van zijn lid veilig heen en weer doen schommelen. Dat is voorbij. Tegenwoordig moet hij zijn vrouw alleen bezighouden, en wel met zijn klauwen, zijn twee stuks testikels, zijn anus, want met zulke voorwerpen wordt de thuiswedstrijd gespeeld, als het kind buiten bewustzijn is. Deze mens is log, zelfs als hij het beeld van zijn nieuwe stropdas in de spiegel werpt. Hij beweegt zich als een schreeuw onder zijn personeel voort, die zich dom houden, zodat ze steeds als laatste aan de beurt komen.

Het huis is reeds in zijn nauwsluitende nachtrust gehuld, als wij komen. Slechts in één kamer brandt een bezorgde lamp, voor het kostbare kind ter afwisseling, het kotst van het onderwijs in zijn bed. In de kamer van het kind durft de directeur alles woedend uit te spreken. Hij is hier niet op zijn gemak, houdt er niet van, het water van de wc-stortbak te horen. Bijna is hij in zijn sappen geëxplodeerd, wanneer hij alweer lege witte wijnflessen van de goedkoopste soort Veltliner ontdekt heeft. Kan ze niet mineraalwater drinken en vervolgens willens en wetens lief zijn voor het kind? Hij heeft haar de stormvlucht van het drinken verboden, toch giet ze verder vrolijk wijn naar binnen. Heeft zijn huisdier ergens anders zijn krachten verspild dan bij zijn huis-stier? Hij stulpt zijn mond over het kind, zo zacht, dat hij het niet ter sprake kan brengen. Het kind slaapt nu. Zonder iets te doen, legt het kind uit, waarom de directeur leeft. Het rust met open bek in zijn eigen kamerkist, dat is meer dan de kinderen van de dagloners hier ook maar gezien hebben, als ze ziek zijn. Wie in dit land is een kind en heeft een ruimte, waar het lukt om zijn lichaam erin te krijgen? Wie kan beertjes en sportposters daarbij bekijken en de popsterren? Dit kind is vanwege het seksgebrul van zijn ouders op een rustiger plek gelegd. Het is echter behendig genoeg, zich naar het sleutelgat te begeven en zelf te brullen, als het met de stok omwille van de oppervlakkigste vertroebeling van zijn broeksklep al geslagen wordt. Dan wordt er gehuild.

Helderziend geworden, duikt de zoon vaak uit de donkerste hoekjes op, want zijn ouders kennen geen reserves met betrekking tot de ontplooiing van hun lijven, ze geloven nog in lichamelijke arbeid! Zo werd aan hen door de christel. gemeenschap, die hen eens trouwde, dit genoegen toegekend. De vader mag de moeder eindeloos uitproberen, onder de gaten van haar bovenbelediging tasten, tot ze zich al lang geen zorgen meer maakt over haar geheimen.

Zij die ver van ons zijn, zij liggen in hun bedden, ongeroepen, opdat ze morgen uitgeslapen zijn. Te moe om door de vreeswekkende god op de toppen van de tijd naar hun liefsten, die te vroeg sterven, geroepen te worden. Morgen zullen ze haastig hun ontbijt naar binnen schrokken en in de bus stappen om naar hun kleine verrichtingen te gaan; en hun kleinste verrichtingen, de kinderen, zitten ernaast, omdat ze naar school moeten. De directeur van de papierfabriek loopt waardig naar het extreem grote koorgestoelte. En zij die in zijn fabriek op het bedrijfspensioen wachten, blijven braaf achter hem staan. Enkel met geweld zijn zij geen dieren geworden, leven alleen zo, zoals hun superieur aan zijn vrouw vertelt. Ze worden door hun vale, vette vrouwen niet aangevuurd, en dus brandt hij ook niet in hen, de gloed der zinnen, zoals wij heren haar noemen. Wie zou geloven, dat de directeur na de H. Mis het broekje van zijn vrouw naar beneden trekt en eerst één, dan twee vingers erin doopt, of haar het water al tot aan de lippen staat. Ik vraag me af, wat bij anderen in de diepte ontstaat en zich aan de bovenleiding zou willen vlijen.

Nu wordt nog een beetje tot God gebeden in dit r.k. land, opdat allen zien, dat wij het bloed der onschuld van onze vingers wassen, dat God in een daad van inspanning in zichzelf heeft veranderd: man en vrouw, precies, dat is Zijn werk. In de ingezonden brieven aan de krant zijn ze trouw aan zichzelf, omdat ze een onderdeel vormen van de christel. architectuur, die steeds naar omhoog streeft. Er valt niets tegen de paus, die aan de maagd Maria toebehoort, in te brengen. Hoe zou hij anders weten, hoe bescheiden en toch naar vele zieltjes hunkerend deze vrouw is? De vrouw bijv. kan vaak met haar mond een pijp vormen, waar ze het lid van de directeur knielend in opneemt. Doet u maar niet zo, alsof u dat nog nooit in uw heimelijke huisbioscoop heeft gezien! Zoals u liep, naar men zegt, ook Jezus, die eeuwig door Oostenrijk en zijn vertegenwoordigers verre reizen makende, door zijn omgeving en bekeek, of er iets te verbeteren of te bestraffen of te betrappen viel. En daarbij ontmoette hij u, en hij heeft u lief als zichzelf. En u? Enkel van het geld houden, dat de anderen hebben? Ja, u lijkt daarop, schrijft u derhalve een brief aan de *Presse* en scheldt u op diegenen, die geen God hebben resp. als ze hem zouden hebben, geen relatie met hem zouden kunnen aangaan!

Dat is allemaal van ons!

De vrouw past in het geheel niet op haar stemspleet, als de wagen knarsend stopt. Ze gaat tekeer, alsof ze geolied is, want de Veltliner werkt nog steeds en streelt haar van binnen. Ze blèrt en bakkeleit voortdurend, tot de nacht hoog en breed is geworden en menig licht aangaat. Zodadelijk wordt ook haar huis van licht voorzien, en de zware kerel, die een bedrijf runt, ontlaadt zich in zijn brutale lijf, waarschijnlijk van opwinding over hetgeen hij verloren waant. Hij staat voor dit warme berehol, waarin de spullen allemaal stukjes spelen, zelfs onder kindervingers nog. Gerti ben jij het, vraagt hij, waarbij hij aan zijn eigen beperkte horizon voorbij gaat. Wie, die bestaat, zou willen, dat hij wat verliest? Zometeen zal hij haar, goddank, weer in het centrum tussen haar benen kunnen grijpen, of het broodmandje nog hoog genoeg hangt, onbereikbaar voor anderen. Alleen zitten er nu meer kruimels in. Vervolgens zal zijn vertrouwde gereedschap daar, in zijn huis van na zijn huwelijk, door de eerlijke meester geleid, in werking worden gesteld, waar nog geen ander geweest is. Als je hem mag geloven. De man is langzaam, wanneer het om de keus tussen verscheidene goden (sport en politiek) gaat, maar zeer snel, wanneer hij, met de voorste hoeven eerst, het podium betreedt, waar alles om hem en zijn fabriek draait. De jonge man aarzelt niet met zijn blikwisseling en groet. Met haar ochtendjas en al wordt de vrouw zijwaarts uit de deur gekieperd en toont geen verlangen, opnieuw gepaard te worden. Ze heeft zich steeds omgedraaid en een kwajongen, een jong lichaam, dat nietsdoend thans aan eten denkt, onder zich begraven. Als haar man haar welkom heet, weet ze, dadelijk zal hij minstens aan haar oren zuigen. Gauw zal hij zich lekker voelen, want net als over de vrouw beschikt hij over de kunst, deze driftige jaagster, die in ons en onze stereotorens aan het jagen is. De directeur fluistert de vrouw al in het oor, een lekkere schunnige schuine opmerking, wat er zodirect met haar goedkeuring zal gebeuren. Wat is dat mooi, de vrouw weer in huis, en ook het kind heeft zijn moeder nodig. Ze laat hem belangrijke dingen zien, die het op de televisie toch al veel beter kan zien.

Met stemmen verschijnt God als natuur van buiten. Daar woont het personeel en opent wijd de armen, maar er valt hen niets in. Bij datgene wat ze eten gaan de wonden open, die het dier tijdens zijn leven opliep. Zij eten ook, wat ze tot klonten hebben gebakken, hopen, hun lichamen, lijkend op hun onaangename lachen. Vormloos ook als hun kroost, die driftige nalatenschap, die achter hen aan loopt als snot uit het gezicht. Hun kinderen! Die in een lange karavaan (op de calvarieberg van het leven) de mensen met datgene wat zij en de tv sport noemen, op hun zenuwen werken. Af en toe valt een klein deel van de mensheid in stukken, heeft u dat nog nooit gemerkt, als u naast iemand, geheel van natuur gemaakt, in een openbaar verkeersmiddel zit, omdat u, net als hij, niet de middelen voor een auto heeft? Zo ja, heeft behalve u niemand het gemerkt. Sommige van hun nakomelingen, die ze in de nacht gemaakt hebben, deugen zelfs niet voor de fabriek. Ze zijn de lucht, die ze als alcohol uitademen. Zelfs niet hun ernstige ziektes schijnen hen te raken. Het lieve samenzijn, zoals u het hier bij meneer de directeur kan gadeslaan, als men met vrouw en kind warm samenwoont en de schaduwen van de lijven over elkaar heen schuiven, de middag verduisterend, terwijl anderen moeten zwoegen: dit en nog meer ziet u op het beeldscherm voor uw arme nieuwsgierigheid afgebeeld (en u wilt toch uzelf zien, alleen eindelijk in een andere rol – indien mogelijk niet van karton!). Onder de kaasstolp van zijn verlangens zien de mensen in het dorp hun directeur rondlopen en constateren, dat er onder hem nog plaats voor: minstens 1 persoon is overgebleven, die hij voor zichzelf heeft uitgekozen. Ze gaan allemaal naar zijn fabriek om te werken. Deze beesten in de forensentreinen, in slecht passende hokken, waarin ze worst eten en wachten tot de staat hun schade berokkent (hen overschaduwt). De nacht is nu langzaam neergedaald en heeft in ons plaatsgenomen. Nu slapen we.

De directeur gaat zijn vrouw half uit de wagen tillen, half tilt ze zichzelf reeds uit de vochtige handen van de student omhoog en naar de oppervlakte van dit land. De jonge man, die in zijn leven verder zal komen en die geen papierfabriek nodig heeft, dit snelle jonge lulletje zien we hoffelijk helpen, opdat de vrouw als vloerbedekking naar haar stalletje kan worden gebracht. Nu is het volbracht. Hij hoort zichzelf vertellen, dat deze vrouw door hem dronken van de weg is opgepikt. Nog altijd lijkt ze in de war, is haar oriëntatie kwijt, rilt van de kou. Vlak bij de ingang wordt haar de inspanning bevolen, over de drempel te treden. Dat is haar hondehokje, daar opduikend, waar haar dierbaren, die ze door middel van haar werk ervoor gemaakt heeft, liggen uit te rusten. Ze leggen, nauwelijks onder de ogen van God vandaan, al hun handen tussen de bovenbenen. Ja, ze kunnen hun geslacht niet kalm laten rusten, hun kleine pistolen moeten voortdurend vuur schreeuwen. Hun behoort datgene wat ze (in hun eeuwige verhalen) tot een stilletjes voortglijdend roofdierlid opgeblazen hebben. Zelfs het kind heeft al de wens naar tweevoudige aanwezigheid en brult in het rond (het schreeuwt twee keer hier! Als persoon en diens plaatsvervanger in het klein, maar dan ook precies!). De directeur laadt onmatig dit wapen aan zijn pens. Het kind luistert, behalve naar kunst en sport, ook nog naar popmuziek op de radio, daar gaat het uitstekend. Eigenlijk heb ik geen medelijden met het kind, want zijn moeder is naar de vaderlandse kusten en kasten teruggekeerd. Zwaar kleeft ze aan de schouder van haar man vast, half vloeibaar teer. Van binnenuit tast zijn apparatuur al naar de broekswand en zijn plaatsje in haar reet. De vrouw leunt slap in de vaat, die ze vandaag niet heeft afgewassen, want daarvoor is het personeel er. Huisbedienden zijn goedkoop, de vrouwen vinden in de fabrieken geen plaats meer, waar ze, zonder meteen oorzaak van levende dingen te moeten worden, aan de oppervlakte van de wereld kunnen komen. Deze vrouwen worden onafgebroken in open groeven afgegraven of in de nacht naar buiten gesmeten. Ze baren kinderlingen. Het is ons al eens opgevallen, dat in de nacht alleen de rijken het rijk der genoegens betreden, ja, dan werken zij namelijk, eindelijk! Ooit moeten zij het immers ook doen, daar ze nu eenmaal ontstaan zijn en in hun Mercedes zitten: alleen zij hebben het recht van verovering.

De schatkamerjas (in het rijk van de mode der rijken gekocht. In Wenen!) floddert om de doodmoede vrouw heen. De alcohol in haar is koud geworden. Wat heeft het lawaai nog voor zin, dat de directeur nu maakt? Waarom heeft de vrouw zich, onfatsoenlijk gekostumeerd, in het speelhol der natuur begeven? Honden lopen niet los! Ze hoest, als de man op haar nek en geweten inslaat. Hij laat de bezorgdheid prevaleren en drukt zijn vrouw tegen de borst. Hij slingert zich om haar heen, die ochtendjas hebben we nu niet meer nodig. Ging dat jongmens nu eindelijk maar eens weg, die een vergelijking mogelijk zou maken tussen een lichaam en hoe dit oorspronkelijk gepland en bij bouw- en woningtoezicht was ingediend. Tezijnertijd, geduld, kunnen we ons er allemaal mee amuseren, uit onze slechte vorm uit te breken.

In zijn originele versie heeft ook deze chef van een papierfabriek er beter uitgezien, dan wij in onze onmenselijke wreedheid het ons nu kunnen voorstellen. Deze vrouw bemint en wordt niet bemind, dat onderscheidt haar van niets. Zoals ik nu met mijn vinger naar haar wijs, zo kan ook op het noodlot niet vooruitgelopen worden. De vrouw is minder dan helemaal niets meer. De jonge man lacht over de dankbare directeur, wiens hondje hij weer heeft teruggebracht. Hij leest brutaal in de gezichtstrekken van een mens, die gelooft zijn rivaal te zijn. Maar hij zou liever ook een papierfabriek willen hebben, dan dat men hem moeizaam rechten en wetten bijbrengt. Hij kan zich niet gelijk en verbonden voelen met de mensen die in de fabriek wankelen op ontoegankelijke trappen met verzaligde ogen, want ze moeten diegene aanschouwen, die hen en hun ledematen en dierbaren aan het werk houdt. En wat denkt de student? Tegen wie hij morgen moet tennissen.

Meneer de directeur raakt al pratend in een warm vuurtje. Daar zitten en zieden diegenen die pikante lingerie dragen en hun partner daarmee het bloed onder de nagels vandaan prikkelen, dat in hun motoren schiet, zodat ze permanent met zichzelf willen gaan werken. Het boos zijn van de wereld geldt toch vooral voor de armen, die het niet graag horen, terwijl ze met hun kinderen naar de scherpe oever gaan, waar de chemie de beek opvreet. Het belangrijkste is, dat we allemaal werk hebben en dat we een mooie ziekte daarvan oplopen.

Als een zware uit de hengsels gelichte deur zakt Gerti in het scharnier van haar man. De vrouw is: houdt het, als het stormt en sneeuwt in onstuimige tijden? De jonge man moet nog een keer een slok van haar nemen, als het kan morgen al. Maar nu zal dadelijk een ander, met oude rechten, aan haar zekeringen draaien, tot het donker wordt. Er is hem door de directeur in zijn taal te verstaan gegeven, dat deze vrouw enkel op die plaats zal rusten, die HIJ als haar graf heeft aangewezen. Opdat hij op haar beste snaren (links en rechts) kan tokkelen, ja, dit wezen behoort hem nu eenmaal toe, als gewoonte, net als zijn glaasje waarin hij neerslaat. Ze is er altijd, al tijden, vandaar ook de opwinding, als ze een keer verdwenen is en niet is te vinden. Alles wat de fantasie bedenkt, kan met een levend lid, dat opzwelt en gauw verdwijnt, worden gedaan, de vraag is alleen met welk lid. Van liefde worden de ogen van de vrouw helder, alsof je tegen het landschap klopt: je houdt de staf tegen haar wand en controleert, of er eindelijk water uit de rots stroomt. Vliegensvlug doen de dienaren hun werk. En zijn ze gelukkig? Neen.

En het kind doet oehoe bij dit alles, want het kan niet in slaap komen, als de moeder niet haar eigen ideeën erover heeft, hoe het kind na het leven zijn voeten moet vegen. Mammie mammie dringt het door de ramen, een klein, boos hoofd, de vrucht met de wurm erin, waait te voorschijn. Het zou beter zijn, als dit kind nu zou slapen, opdat het niets hoeft aan te zien. Lang genoeg is zijn deeg door elkaar gekneed, om tijdens de nacht te kunnen lopen en zwerven. En 's ochtends vroeg zwerven dan de vermoeiden, bij wie geen schoonheid om de hals hangt, dolen in het rond als de herten. Het kind is er nu. Morgen vroeg zal het met jam volgesmeerd zijn zoals zijn moeder met het slijk van zijn vader en de H. Geest. En snel warempel (over de drempel) komt de zoon naar binnen geraasd, die zijn moeder heeft gemist. De vader moet iets uitleggen en doet de deur vlak voor de student dicht, om zich goddelijk voor te komen en zich minnelijk te schikken. Opdat hij de dijen van zijn vrouw in alle rust kan gaan openen en kijken, of er iemand is geweest, op de heilige koe wei. De moeder meet de afstand in het vertrek tot haar kind, dit niemandsland (waarin vaatvernieuwingen aangeven: we zijn thuis, helemaal alleen, maar we moeten allemaal nog worden afgewassen), hartelijk welkom. De directeur wil zich om zijn vrouw heen winden, als het jaar om de zomer. Het ontbreekt er alleen nog aan, dat ook de dag nog ontwaakt. Ja, en het kind heeft er recht op, dat het fatsoenlijk is omringd. De binnensluipende dief liefde, wie hoopt niet op hem elk uur?, een lam van stof zult toch ook u hebben, die moet zich bekend maken! Wie heeft hier wie gemist? Deze berg bestaat alleen om een enkele reden: het dal moet een eind hebben, en het moet eindelijk weer omhoog gaan. De sneeuw is bleek. De man is veel aan zijn fabriek gelegen, waarin papier wordt gefabriceerd, opdat het ons goed gaat. En opdat wij weten waarom. Ik schrijf het nu duidelijk op: ik ben als was in de hand van het papier. Zo'n mens zou ik ook wel eens willen ontmoeten, die de macht heeft, mij in datgene, wat ik zeg, opnieuw te maken.

Maar wat willen we meer: ons loon ontvangen in de zak van ons falen, d.w.z. zeker willen we iets worden en zeker willen we ook een beetje meer, tenminste op papier, mogen zijn. En het gevoel mag niet ontbreken, dat wij door onze eigen schuld in onze woning zitten en alleen maar de telefoon te gast hebben.

Hij heeft geen hart, deze man, als vuurt verteert hij zijn huis en sleurt zijn vrouw rond. Het kind begint te brullen. Buiten strijdt een eenzame uitlaat om de aandacht van de slapers, die, net als een dier, de lucht krijgen, het echter niet durven te zeggen. Die zijn niet eens overdag onder mooie mensel. lijfjes verborgen, waar hun spieren kunnen gaan spelen. Ze dragen een last op hun vreugde, d.w.z. de armen (de armen) zijn noodzakelijk. De jonge man rijdt nu weg. En de vrouw bonst, terwijl hij de domme vormeloze massa van het nachtkastje, waar ze gevogeld hebben, nog maar nauwelijks verlaten heeft, tegen het deurtje, dat ze sinds jaren al met de bijl van haar verlangen in de muur heeft geslagen. Oogloos staart ze naar het dwaalspoor, waar kan ze hem ontmoeten? Maar de mannen zijn zo geweldig, dat ze achteloos hun huizen in brand steken, waar hun gezinnen nog slapen en de getallen op de bankafschriften niet begrijpen. In plaats daarvan schrijven wij onszelf af, om een mens met onze genitaliën te misleiden. Ja, de mannen bedekken alle paden met zichzelf. Maar het laat u koud, dat hier een mens gevoelens heeft en zich aan de verkeerde bindt!

Het verlangen is een stuk hout, dat deze vrouw voor zichzelf gerapporteerd heeft. Ze heeft de opwinding nodig, want haar huis is mooi aan kant noch wal, dus zoekt zij haar doelen buitenshuis, om constant aan ze te denken en ze, als soep uit een pakje, in hun weerbarstig kokende water te roeren en een onbekend hart te beroeren. De Dag der Katholieken heeft immers ook de verre paus nodig, die een reis naar ons toe moet maken. Maar is hij eenmaal in ons vaderland, dan is het plotseling iemand als wij, een mens, die ken ik! Voor die komt een ieder op de laatste plaats en moet opgaan voor zijn doel. Met de liefde is dat anders. Een man kan zich tenminste aan zichzelf vasthouden. De vrouw echter kan wat gevoelszaken betreft nooit zichzelf afhouden. Zo waaien voor dit gistende geslacht de wensen heen en weer, wat het voor zichzelf zou willen kopen.

Waar was je, zo wordt er op Gerti ingeslagen. De vader neemt het kind gelijk mee, dat zich, aan hem verwant, aan het lijf van de moeder vastgrijpt. Laten we nu eens afzien van de uitvoering van deze laocoönische groep, waar de een aan de ander hangt en er fantastisch groot op wil staan.

De woede van de man is nu uitgegroeid. Oproer komt uit zijn pijp en wordt met een schuimende straal geblust. De vrouw moet zich onmiddellijk helemaal uitkleden, opdat ze voor zijn afmetingen groot genoeg wordt. Hij wil zijn bliksem in haar afleiden, maar zijn vuur zou zich nooit door haar gevangen laten nemen! Hij heeft genoeg lucifers, om zichzelf altijd weer opnieuw te kunnen doen ontstaan en zijn wortel door de vrouw, gebakken, gekookt, gemarineerd, te laten consumeren. Het kind wordt in bed met een glaasje sap behandeld. Het moet stil zijn! De vrouw alleen aan de vader overlaten. Niet met schelle stem tegen haar opspringen en aan haar lichaam trekken. De moeder is er immers weer, dat is voldoende. En de vogel van de vader zingt reeds boven haar vore. De man sleurt haar naar het bad, om zich met geweld toegang te verschaffen en op haar te zeiken. Wat fijn, dat ze er weer is, ze had wel dood kunnen zijn!

Als een schommelende stinkstok staat de directeur voor het hooi van zijn bed en werpt zichzelf weg. De angst laait op, waar het Heilige geschiedt in dit nachtelijke Oostenr. stro, waar de wagentjes rondrijden en over het heilige dier wordt verteld, dat zich om de ruif en de sociale uitkeringen staat te verdringen. Kerstmis is nog lang niet voorbij, dat het kind blij was met zijn ski's, die de planken van zijn doodskist kunnen zijn. Nu komen al de voorjaarswensen aan de beurt. In de overvloed van zijn beroep en behoefte staat de vader daar en gaat van het ene naar het andere. De vrouw zou al lang iedere minuut weg willen zijn, ze kent de jeugd en weet, wat ze verloren heeft en waar ze niets meer verloren heeft. Zo gaat het, als mensen ondergaan, die met het leven spotten! De vrouw wordt een vreemde tong in haar keelholte gestoken, en dan bezat men zich eens goed, om de smaak weg te spoelen. De man slaat vanaf zijn lichamelijke springschans op de vrouw in. Ze bedekt haar gezicht met schaduw, en toch, van knechten neem je met geweld het hunne. Geen kracht zou het tegen het geweldige geslacht van de directeur kunnen opnemen, hij moet er alleen aan geloven. Ons gehele nationale skiteam leeft er immers ook van! Maar voor de vrouw is het al, alsof hij uit haar leven is weggehaald net als een paar van onze huidige prominente personen, wier namen over tien jaar alleen nog maar lachwekkend zullen klinken. Deze vrouw wil niets anders dan jeugd, van wier mooie lichamen ze direct-klaar-opnames zou maken, zodat ze zelf door hen opgenomen wordt. Als uit de lucht gevallen ontstaan bij haar zulke denkbeelden, terwijl de armen haar reeds van haar gezicht worden weggerukt en het gezang van de vader op haar wangen neerkomt en helder rode vlekken achterlaat, van de wijn en van het wenen. Waarvan de mensen verder nog leven (behalve van hun hoop), zou ik willen weten. Ze schijnen alles in fototoestellen en hifi-apparatuur te investeren. In hun huizen is er al geen plaats meer om te leven. Alles is voorbij, als de handeling van het kopen zich heeft voltrokken, maar niets is beëindigd, anders zou er immers niets meer zijn. De inbrekers willen ook nog iets te vieren hebben.

De man wacht, tot zijn water kookt. Dan gooit hij zijn vrouw, van wie hij de ochtendjas heeft afgetrokken, erin. Zijn sein staat op de bovenste stand, het baanvak is vrij. En alles spreekt naar zijn fluitsignaal. Hij trapt zijn vrouw in haar schoot. Opmontering van haar kant heeft hij niet nodig, hij is nu heel monter. Het is, alsof zijn lul geen rust meer kan vinden, omdat er misschien een ander zich in haar flamoes heeft ingegraven en haar grond met zijn homp worst verontreinigd heeft. Van woede verslijt deze man zichzelf en zijn werk reeds voortijdig, te veel energie wordt met gebrul verkwist, zijn gewelf dreunt. Buiten is alles met ijs en sneeuw overweldigd. De natuur doet het in de regel wel goed, maar soms moet je haar een beetje helpen, zodat ze haar eigendom rustig en zwijgzaam aan onze tafel kan consumeren. De man regent van voren en van achteren de vrouw binnen, waarmee hij aan het slepen is. Haar kleine matten van borsten worden krachtig uitgeklopt. Als steen hangen zijn paar kilo hebben en houden aan hem. En zonder vrees bestrooit hij de vrouw met zijn grove steengruis en wandelt in haar rond, met vaste grond onder de voeten.

Het slaperige kind, dat weer is opgestaan, moet niet zo aan de badkamerdeur rammelen, anders zal het met het badwater worden weggegooid. De man buigt het hoofd van de vrouw aan de rechte stengel ver naar achteren, omdat ze wil gaan schreeuwen. Zijn vogel is wakker en wordt in de kooi van haar mond opgesloten, zo vergaat het hem goed, en hij fladdert ordinair in het rond, tot een gekokhals uit de hals van de vrouw opstijgt, het gewas ruist, en haar kots langs zijn schacht en over het bungelende gewelf van zijn zaadballen loopt. Niets aan te doen. De eikel wordt uit haar strot getrokken en de vrouw half over de badkuip gekanteld. De lul staat als een riet om haar bedding, waar hij eindelijk voorgoed in wordt gelegd, haar klokken van borsten worden geluid, alcohol loopt als water uit haar, en krachtige druppels springen haar flamoes in. Nee, de directeur zal deze vrouw niet in staat stellen, zomaar eenvoudigweg uit haar nest te vallen. Niet naar haar zinnen moet ze luisteren, maar naar hem, de haar gelijkgezinde.

Slechts minuten is de vrouw in de arena opgetreden, waarin de consumenten leren zwemmen. Nu zit ze in het badwater en wordt ingezeept. Haar ochtendjas is al lang verfrommeld, hij zal gereinigd, geknipt en gestreken moeten worden. De man rukt zijn vrouw bij het wassen en poetsen hele bosjes haar uit haar pruim, Hij grijpt zich vast in de kieuwen van haar schaamstreek en gaat met zepige vingers diep haar grondwater binnen, waar hij voorheen nog zijn geweldige pakket heeft neergelegd. Ze trappelt en kermt, want dat brandt! Voor aan haar borst, waar de begeertenissen met haar takken behendigheidsspelletjes zitten te spelen, wordt onderzoekend naar haar worsteindjes, die iemand anders over heeft gelaten, gegraaid, die met drie vingers een keer om hun as gedraaid en dan langzaam weer losgelaten worden. Hard als knopen kijken de koude ogen van de tepelhoven ons aan. En nooit bevalt het de heren, zelfs niet als je koningin zou zijn. De verschrikkelijke vaten, die de inhoud der mannen moeten opnemen klapperen reeds. En gierend zwaaien de deuren heen en weer van de wachtzalen voor de stapels botten van de werklozen. Ook deze golven zullen we nog weten te bedwingen.

10

Ze zouden kunnen rusten in veiligheid en vrede. Maar voordien nog zou de zonneschijn, die door hun lichaamsvertakkingen loert, zijn doordringende licht op haar moeten werpen: ze kunnen iets, waarvoor een lichaam de moeite waard is! Ze kunnen elkaar hun hoeden afrukken en met verscheidene stoten doorkruisen. Hun woning is als in de hemel, en voordat ze, net als jachtluipaarden, met een paar sprongen bij de drinkplaats der machtigen zijn aangekomen, hebben ze al verscheidene keren, vluchtig stof in de zonnestraal, met elkaar gepaard. Ja. Waarvoor hebben ze zichzelf immers en verzorgen zich met water en douche-emoties, alsof ze heiligverklaard behoren te worden? Voor ieder stukje van hun lijf hebben ze liefde en aandacht bij hun partner gevonden. Zoals de parttime boeren, die de voormannen op hun zenuwen werken, omdat ze tijdens het werk altijd in slaap vallen, hun beesten afranselen, ze dan de strot doorsnijden en het vel over hun oren halen, zoals ze het tientallen malen met zichzelf hebben zien gebeuren. Met rubber laarzen, de mooie schoenen blijven thuis bij de mooie vrouw, die haar oksels boven een wastafel houdt, komt de kleinhuizige uit de stal. Het bloed van het konijn, dat de kinderen hebben liefgehad, druipt van de mouwen van zijn jack. Maar ook deze man, die zich in de wereld bevindt om te leven, is af en toe een vriendelijke gedaante achter een struik, waar hij een meidje van de dansvloer naar toe trekt, dat bijna in het geheel niet merkt, waartegen het zich verzet.

Maar zij die in het licht wonen, dat door hun jaloezieën valt, dat is toch iets heel anders: zij houden elkaar voor de gek, zelfs als ze stil de tijd op hun lichaam laten verstrijken; je ziet haar nauwelijks, de tijd – deze zonnecrème der schepping, waarin menigeen zich, beschermd tegen louter stralen, comfortabel en kalm kan bewaren. Aan vrouwen als deze, die hier op de foto staat afgebeeld, schijnt de tijd zonder sporen voorbij te zijn gegaan in de kluis, waarin haar man haar voor zijn genot goed heeft opgeborgen.

De groten, die al op de school van de winst zitten, hebben niets dan zorgen over de staatsindustrie, die zwaar aan onze geldzakken hangt zoals deze directeur hier aan de melkbuidels van zijn vrouw. Men heeft hem van de zijde van zijn eigenaren te verstaan gegeven, dat concerns, wonderbaarlijk in zowel hun hebzucht als hun gramschap, met de plaatselijke bevolking graag een partij om hun leven zouden spelen. De kinderen van de inferieuren weten immers al vroeg, aan welke kant hun brood is besmeerd: altijd de dunne gegarneerde sneetjes braaf tegen elkaar aanhouden! Opdat het voor het bouwspaarfonds de moeite loont, dat het de superpremie kan uitbetalen. En de directeur mag misschien meespelen en erbij zingen.

Zo heeft hij dus andere zorgen, want niemand draagt het leven alleen. Hij draagt boven zijn scheiding en beneden zijn zakje genitaliën, dat hij voor zijn vrouw heeft meegenomen, tot haar ogen zullen glanzen, let maar op! Met zijn hoge maandinkomen komt er een onblusbare vreugde over zijn door de zegen van het geld afgesleten kop. Maar wij knechtpersonen, wij zijn herkend! Wij zijn erkend, want in de diepte is het levendig, daar stromen de mensen het café binnen. Spoedig hebben we ons dier op het droge gebracht, waar giftige dauw van de centrale bank op zijn centrale behoefte valt. Onder onze al te heftige groei lijden de nietigen, die hun voeten niet verder voor zich uit kunnen zetten dan ze zien, het aantal uren rijden moeten bepalen, voordat ze blootshoofds voor hun voornemens en voormannen staan. Hun wensen kunnen niet worden ingewilligd en verdwijnen onder het mes der bezuinigingen (o, de zuinigheid van de mens!). Ja, deze directeur is geheel in zijn element. Onmetelijke stappen perkt hij in, want hij is mateloos rijk voor die mensen, die naast hem zachtjes als bladeren leren vallen. Opdat ze hem bij het fluitspel niet storen. Hij ziet geen reden, waarom hij zich zou moeten laten tegenhouden achter de slagbomen van zijn gordel, die hem goed staat, want: wellicht heeft een ander in zijn vrouw gewoond, zoals hij het alleen gewend mag zijn. Hartelijk dank, dat u mijn beledigingen hebt willen aanhoren.

Teergevoelig, helemaal de getemde donder, die hij kan zijn, als hij goed bij zijn vrouw is neergelegd, buigt hij zich over haar dierachtig geurende huid. Ze wil nu gaan slapen. Maar ze was op dat moment niet vriendelijk geleid, toen deze wens haar gelukkig stemde. Ze is vol van haar recente verleden; en als we heel dicht tegen elkaar aan gaan zitten, merken ook wij het: de jeugd heeft de toekomst, indien ze gestudeerd heeft en haar ouders geleerd hebben, hen op de vrijbank tegen elkaar uit te spelen. De kinderen van de buurman moeten vallen als rot fruit. En deze vrouw staat reeds open voor een hopeloze liefde, vredig als het konijnehok op de dag na de slacht, ze heeft immers al haar meubels naar binnen gesleept, en men heeft voor haar bloemetjesbehang op de muur geplakt! Van haar poesje vandaan voert alleen nog maar een smal weggetje, waar hij, de student, met al mijn lezers staat en wacht, totdat hij, met niveau, mild in zijn reukzin, weer naar binnen mag. Wanneer we elkaar allemaal bijstaan en overal bij blijven staan, dan zouden onze vermoedens kunnen uitkomen. Wij zijn niet nodig! Als we al een goed leven mogen leiden, dan hoogstens in de herinnering van een dierbaar dier, dat we het voer gebracht hebben, of van een dierbaar mens, waaraan we onszelf hebben opgevoerd.

De directeur zou zijn vrouw op ieder tijdstip met haar schedel eerst de tuin in kunnen slingeren, ze moet maar oppassen, als ze haar wenkbrauwen weer eens aanzet. Dan zet hij eens goed aan, dan verroert zich zijn behoefte als een bron in het bos, en nodeloze tranen zullen haar gezicht tot onkunde toe besmeuren, en purperen vlekken (Gerti!) zullen op de heide van haar lijf bloeien. Behalve door armoede kan iedereen ook op een andere manier murw geklopt worden, als de dag 's ochtends vroeg ontvlamt en de koffie je strot in glijdt. Het gaat niet goed met ons, als wij vrouwen behalve het schoonmaken van onze kamers niets liefhebben en door niemand iedere dag opnieuw geopend worden voor controle, of er iets bijgekomen is bij onze imposante organen. Maar wees niet bang, wij blijven dezelfden. Spoedig zal de afgrond met ons toegedekt worden, zoals wij onze eengezinshuizen met nieuw eterniet proberen te bedekken, en de rentebetalingen van de hypotheken vallen er als schaduwen bovenop. De baas gaat dan gauw de stal in naar ons beesten, die aan de ketting van onze wensen liggen en schoppen krijgen. Wie een kleine boerderij met een klein huisje erbij heeft, die zal als eerste de werkloosheid proeven: zo spreken de mensen, die in een hemelse boetiek hebben ingekocht en dan ijverig achter hun bureaus plaatsnemen, waar niemand hen meer tot bedaren kan brengen. Zelfs niet het zachte gewrijf, waarmee het water op hun geslachtspenseel loopt, waarmee ze elkaar hun wensen schilderen, maakt ze zo mild, dat ze goed zouden zijn tegenover hun levende goederen, deze angstige arbeiders in hun dodencellen. Die moeten vaak urenlang rijden, voordat ze thuiskomen bij hun lieve mensenpartners en de stroom, die als een schok door de stoelen heen gaat, kunnen inschakelen.

Je eet niet in vreemde restaurants, als je een prachtig huis gebouwd hebt, waar je bij je nekschotplooi gegrepen en door elkaar geschud wordt. Op de straat valt schaduw. Zij die de terugweg van hun werk afleggen, willen aanleggen, in dit arme huis een biertje drinken. Het voorhoofd van de directeur is niet getekend door vermoeidheid. Als fluitartiest is hij slechts een klein zitvlak, maar zijn vrouw doorkruist hij desondanks binnen vijf minuten. Hij heeft een goede vering, zoals hij daar behendig met zijn warme gamel tegen haar uier staat te slaan, heeft u gezien, hoe hij hem zojuist bij haar in haar mond heeft gestopt? Zijn vleugels hebben nog een paar probleempjes met het parkeren. Maar de heren storten immers graag als een waterval de kleine winkel binnen voor een kleine boodschap en hebben haast. Er brandt ook bij hen een driftig vuur, als er iedere dag in hun koker gepist wordt! En buiten loopt bedrijvig de politieman langs en maakt aantekeningen. Sommige van hen hebben een sterke kerel smachtend gezien voor een verbodsbord, maar hun vrouwen in het warme oord, die mogen ze achterna zitten! (Dit wild is altijd in stelling. De gordijnen strijken over zijn koude handen, die niets dan veel ondergoed onder zich hebben gehad.) Als een teken van de dierenriem verschijnt deze heer, waarin een behoefte naar opwinding zich heeft opgewonden, boven de vrouw. Zijn tong brengt een polsslag voort in haar sapdoosje, dat ze tussen haar dijen geklemd heeft. Je moet ook de vuist kunnen tonen, waarmee je op tafel slaat. Ergens anders moesten knetterende mensen maar beter hun uitlaat afstellen en zitten te piekeren boven hun motoren, opdat ze niet te laat op hun werk komen. Die laten echter 's avonds als vlammen aan de andere kant van hun omtomingen van zich horen, als hun vrouw slecht gekookt heeft! Dan is het hallo, en de vrouw kijkt ver de hoogte in, alsof ze rechtstreeks over de Alpen geklommen is met haar wonden en barsten. Veel tijd hebben deze mensen niet meer, om door verlangens naar een mooi doel, dat van voren een borst heeft (waar het zin heeft, dat het brandt) te worden verteerd. Zelfs onze auto's verteren immers nog onze laatste brandstof.

De directeur klemt zich vast aan zijn bedbuurvrouw. Wil hij haar afschaffen, die zo lang naast hem afgehandeld werd? Ze woont hiernaast, kijkt u maar, ze wordt kunstzinnig gevoed en moet niet in vreemde gebouwen gaan lopen zoeken, of iemand de man voor haar speelt en zijn tong in haar poesje steekt. De directeur gebruikt geen voorbehoedmiddelen, want hij zou zich het liefst nog verscheidene keren terug willen zien, maar altijd in het klein, zodat niets en niemand boven hem uit groeit. Hij gaat naar buiten de brede lichtsleuf op en spreidt met zijn boor de mond van de vrouw wijd open. Ze moet hoesten van de kneep, die hij aanwendt en die zich duidelijk op haar aftekent. (Hij loopt haar hele goede figuur door.) Het schijnt deze man te fascineren, dat hij de gehele lengte van zijn ding alleen kan baren, dus hij verandert zo, dat hij met de vrouw ruzie krijgt vanwege zijn vulkachel. Wat een werkzame stof, half god, help God dat die zijn eigen vergroting, zonder als heilige gemarteld aan de muur te hangen, bewerkplaatsen kan! Wat een man! En dan op de zijnen neerregenen! Nietwaar, ergens anders zijn weer trappen aan de huisjes gebouwd, hoewel geen mens vrijwillig erin wil wonen. Ja, de armsten maken kleine passen, om eindelijk tot zichzelf te komen.

Schreeuwend boort meneer de directeur zich in Gerti's mond. Daarvoor moest hij nog buiten zichzelf raken, d.w.z. hij moest aan de dag worden gelegd, evenwel, al in zijn jeugd werd hij van alle kanten (ook als muzikant) gestimuleerd. Zijn klanken staan onder zijn commando, de dienenden ook. Moeilijk is dat niet, ook zijn zoon speelt al een instrument, en de hellingen schudden immers als handen zure bomen van zich af naar beneden. De vrouw trapt en wordt getrapt, tot ze schreeuwt. Nee, nu wordt er niet in huis rondgelopen, sigaretten gerookt, gezopen en het personeel met woede bedreigd. Haar nachthemd wordt weer uitgetrokken, opdat ze in verschillende richtingen bevoeld kan worden. Wij gebruiken vaak het bed, waar wij de oorlog der geslachten verslapen. Daarbij zouden wij daarin makkelijk onze loef eindeloos kunnen afsteken, om ons als gemenen zeer verdienstelijk te maken. Op geen ander gebied maak je zo snel carrière, als het eigen gezicht je (als een van ons vrouwen) redelijk goed staat. De rots gaat immers ook niet de weide op, de dieren komen naar hem toelopen en wrijven hun koppen ertegen. De vrouw slaat nu om zich heen, alsof ze zich temidden van haar elektrische apparaten onsterflijk wil maken. Ze sterft weg als een schreeuw, die men uitstoot, als de bliksem zich op klaarlichte dag niet kan beheersen en in het televisietoestel slaat. Je moet het apparaat, de proviand voor de avonden, laten repareren. Zijn jachtgeweer wil de directeur vandaag nog een keer afschieten, om weer zeker te zijn van zijn vrouw, als ze daar bloedend ligt, omdat ze hem op een ongelegen tijdstip in de weg liep. Ze ademt en kokhalst. De slaap waait uit haar ogen. Bijna zou ze moeten overgeven van degene, die daar in haar suizende, bruisende huis inbreekt.

Natuurlijk, met zijn kolenschoppen kan hij haar reet meteen comfortabel wijd uiteen laten gapen! Die is zijn eigendom, zoals God het onze is. Haar spier piept als een oude schoen, over minder dan vijf minuten zal zijn rolluik weer gesloten zijn. De oprit moet altijd vrijgehouden worden, want tenslotte verdraagt deze man het leven niet alleen, ook anderen moeten dagelijks hem verdragen. Met haar lichaam dient de vrouw de man de meeste tijd, maar spoedig schijnt weer de zon te schijnen. Deze mensen moeten verdwijnen, waar de boer de vore op een kier heeft laten openstaan! Ik heb ze voldaan verlaten en tref ze voldaan weer aan, en geen licht schijnt voor hen op de grond. Zo vergrijpen ze zich aan hun vrouwen en worden gegrepen door de raden der machtigen, de ondernemingsraden, die tegenwoordig ook al zeer weelderig, maar volledig machteloos zijn geworden. Soms is, in een oogwenk, een nieuwe vakarbeider klaargestoomd en kan in de werkplaats ingezouten worden. Zijn terrein is beperkt tot aan zijn eind. Enkele vrouwen zitten aan het ontbijt, dat een huishoudster opdient, tegenover de man, de zonnebril boven de getekende ogen. Exact één plaats houden ze bezet. In de nacht werden ze bewogen als de hemels. paarden, waarop de kinderen leren paardrijden. En die zitten nog steviger in het zadel! Bijna net zoveel als onze president veroorlooft deze man zich en bijna net zo zwaar weegt hij op de schouders van ons wandelaars, die ver boven ons uit durven grijpen en onze jas nog net bij het haakje te pakken krijgen. Hij zegt dat Mozart prachtig gecomponeerd heeft. En hij speelt eveneens tamelijk graag, alleen kleiner, als je hem met zijn kader vergelijkt. Er blijft nog een ruimte voor hobby's over. Bij de Salzburger Festspiele kan hij zich in de duurzaamheidstest laten controleren. De vader stemt met zichzelf overeen. Opgewekt wuivend breekt hij door de sluitspier van zijn vrouw heen, die, tenslotte is ze niet meer ongebonden, de aan zijn lijn trekkende schreeuw onderdrukt. Niemand leert tenslotte lezen zonder te lijden.

De directeur hangt zichzelf in haar koele water, en dan weg uit die schemertoestand de zon in! Dat wil zeggen, hij woont in ieder opzicht goed in zichzelf. Laat hem zwijgen! Je kan in een huis leven als sneeuw op het weiland, uiteraard, maar je kan de schakels aan zijn ketting ook bezighouden, zodat het rammelt. Er zijn vele vrouwen, de man is echter alleen. Hij hangt boven de achterbenen van de vrouw en fluistert over erotiek, die het bordeel hem te allen tijde zou kunnen geven, maar hij investeert in HAAR. Erotiek – dit woord is naar een Erika, niet naar een Gerti genoemd. Dat geeft zin aan deze plechtigheid. De man moet rekening houden met het dier in hem, en wat komt er recht vooruit uit? Een gesprek met de wereld en haar pas geoliede machinevertegenwoordigers, in een gang, waar ze wachten tot de vrouwen hen met hun muffe gaten, die de hagel erin geslagen heeft, te hulp te komen. Het werk dat menigeen z'n leven lang gedaan heeft, zal door de aarde volledig worden vergeten. Maar trouw vindt de man beneden zich zijn ejaculaat en wentelt zich in deze zekerheid: zijn kind zal na hem verder leven en andere mensen in zijn kleine stad verder lastig vallen. Laten we onze ogen daarvoor sluiten. Wie verwoest alles en wil desondanks steeds weer opnieuw beginnen? Juist. Hij koopt voor het kind nieuwe kleren, en de moeder, beperkt als natuur nu eenmaal is, moeten ze wassen. Dat laten ze op de televisie zien. Deze moeder speelt piano, voor zover haar pedalen haar dragen.

De directeur heeft zijn vrouw nu genoeg in haar koker geneukt, nu kijkt hij voor zich uit, bekijkt zichzelf en zit, zeer vriendelijke vreemdeling, die zich over een motor buigt, die niet meer overal hoeft rond te hangen, aan zijn huisdier te draaien. Zoals je een hond aait. Hij gooit met speeksel naar haar, sorry. Je thuis is niet, waar voordien al iemand was. De vrouw is voor de man een duurzame (duur aangeklede) constante, want ze blijft met haar benen op de grond, terwijl hij direct op het hart mikt en computerprogramma's als hobby schrijft, waarbij anderen eenvoudig stil moeten zijn. Het licht schijnt op het veld, en morgen is Gerti er beslist ook nog. Er mag geen andere man bij haar verwijlen en haar opgeilen, als ze zich een keer verveelt. Nu schiet de directeur uit zijn dode hoek. Hij werkt zich naar voren waar zijn plaats is, zoals de beek het dal in stroomt. Zo zou hij het graag zien, deze formule I. Stilstaan en zich toch onrustig bewegen aan de start! En rondom reinigt dezelfde nacht de armelijken nooit van zichzelf, in tegendeel, zij hebben het koud, en ze moeten zich door de kutten van hun vrouwen laten opwarmen. Morgen willen ze niet te laat komen, waar ze niet gewenst, maar door ons geweldigste goed, de fabriek, verwacht worden. Tijdens het vliegen worden ze neergehaald. Velen moeten door de vorst gebroken takken van hun fruitbomen afzagen. De directeur spuugt zijn vrouw verschrikkelijke klonten drek in het oor. Ze zou zo kunnen worden vergeten, als een rugzak vol ranzige boterhammen, ze mag het uitzoeken. Altijd! Ze leeft, ja, en goed, zolang ze het in haar onderbroekje niet te nauw laat worden. Zolang minstens een weg bij haar naar binnen sneeuwvrij is gemaakt en er gestrooid is, zodat de man die weer kan afleggen, als het hem daar niet meer bevalt. De bal moet in het doel. En u? Hij trekt aan haar haar, alsof hij het stuur nog in zijn hand heeft. Ten einde lopend, schokkend beukt zijn lul in haar bosjes. Hij glijdt op het laatste moment eruit, omdat ze zich samenknijpt. De man slaat haar met zijn vuist in haar nek, richt zijn stem machtig in haar richting. Zou deze vrouw aan de vredige lucht boven een geliefder lid denken? Zou dat kunnen? Zo komt het, dat de zwaargevulde kelk van de directeur aan haar voorbijgaat en zich met de vuilstortplaats van haar huid verbindt, een hoopje afvallig afval. Deze vrouw verdient het niet, dat de man ongeveer 45 graden naar haar overhelt. Laten we ons nu voor tweekwart, nee, voor driekwart vol drinken! Vroeger werden die vrolijke veroveraars nog niet zo vaak gestoord. Tegenwoordig waait er een scherpere adem.

De bewoners van het land zullen gauw wakker moeten worden, verjaagd van het ene oord naar het andere, nog voordat ze weten, waar ze eigenlijk zijn blijven steken. Maar ho eens even, één voordeel hebben ook zij: de lente zal hen net zo goed als ons bereiken met een zucht en veel frisse lucht. Maar wij zullen intussen veel meer hebben bereikt, want WIJ gaan verder, wij durven: naar een theater, een concert of een tentoonstelling, waar we ons herkennen, gedragen door niets anders dan door de schijn, die uit HUN arme ogen is gevallen. Ja, wij staan op de lijst! Naar beneden kijken s.v.p., daar is de wilde heuvel van werkloze gelovigen, die op de goedheid der banken zijn aangewezen. Het licht in deze ogen, ach, aan het eind van de provinciale weg heeft het niets anders verguld dan voor een fabriek het dividend. Maar ze vergaten hun richting aan te geven en zijn, verdwalend, geschrokken van de glans van de eindelijk behaalde arbeid, in de rivier gegleden. Je mag aan het stuur nu eenmaal niet inslapen 's ochtends vroeg. En wat gebeurt er ondertussen met ons belastinggeld? Het wordt over de balk gesmeten, net als mensen, en wel met een dure sportwagen in een slank, begaafd land, daar vooraan, waar de industrie stevig door de bocht gaat. Ook ergens anders wonen mensen en worden overreden. Nu zetten wij onze rusteloze weg voort, laten slechts zwakke sporen achter op het asfalt van de provinciale wegen en voor onze kinderen ieder een kleurentelevisie en een videorecorder per persoon.

II

Bij het ontbijt smaakt het hun aan een stuk door. Het kind komt naar beneden gerend en huppelt als een kwajongen voor zijn vader heen en weer. Zo'n zonnetje levert zakgeld op. De vader wil zijn zoon moedig hebben en dat hij niet vastloopt. Maar dit kind loopt hoogstens gemoedelijk te slenteren langs de winkels met schertsartikelen in de districtshoofdstad. De knaap zal altijd alleen voor zichzelf iets aankopen. De kameraden uit de verte zullen nauwelijks door hem worden herkend, ze moeten toekijken, hoe het geld van de zoon van de directeur opraakt (zoals hun tijd, waarin ze nog aan de half geopende deuren van de economie kunnen aankloppen). De zoon zit met de kinderen van de armenhuisbewoners aan de tafel van de basisschool, dat is pedagogisch logisch, maar bij ons is het oorlog in de hutten! Sommige zonen en dochters stinken naar stal door hun lange ochtend bij het vee, dat in zijn loodzware stront staat tot aan de enkels. Uit gesloten huizen zijn zij neergedaald, nadat ze om vijf uur opgestaan zijn. Daar hokken de lichamen samen, tot ze door geldgebrek verjaagd worden de fabrieken in. Heeft u daar nog nooit van die bloemen zien bloeien en verwelken? Dit kind loopt brutaal over een veld, om de relatie tussen natuur en natuurrecht te verstoren (het kind heeft immers het recht, om met een stok op een mol in te slaan en met zijn ski's over de helling te stuiven. Uiteraard heeft ook u het recht, om vanwege uw gezondheid in natuurechte wollige wolken gekleed, te gaan wandelen!) Af en toe schiet een geweer in de ingewanden van het bos. De beerputten moeten de natuur tegen de mens en zijn nalatenschappen beschermen, maar wie beschermt hem tegen zijn schuldeisers, het bankemployés, die vroeg opstaan, alleen maar om tegen de Alpen op te zien? Afgelopen nacht is het gelukkig een beetje gaan dooien, waardoor de skiër zijn adem inhoudt in verband met de lifttarieven. Het ijs is om de voeten der bomen heen gestrooid als piepschuimwormen uit de verpakking van een mooi apparaat, waarbij ons de schellen van de ogen vallen. Menigeen zou dat heel anders zien. De huishoudster komt er met het winkelwagentje aan. De op sommige plekken nog flink bevroren grond onder de wieltjes dreunt, alsof het hol is. Er moet onder ons ook wel iets zijn, niet alleen boven ons. Heeft u misschien een goede relatie, waarmee u naar de film kan gaan? Nee? Wacht u dan maar, tot ook aan uw voordeur wordt gebeld, misschien uit de nood der brodeloosheid in deze slanke goed gebouwde wereld, waarin men aan u een abonnement wil verkopen. Opdat u de behoeften van uw vertegenwoordigers in de kunst, de economie en de politiek beter leert begrijpen.

Als man kan de directeur naar zijn vrouw overhellen, want ze zit op de plaats die ze zich erg heeft aangewend, waar geen licht uit het raam op haar kan vallen. Het is nog donker. Gerti draagt een zonnebril. Het kind komt, opgewekt van louter afschermen en beeldschermen, waar het naar heeft gekeken, wild aanrennen, het krijst van hebzucht, dat deze keer bepaald alleen iets bepaalds moet worden gekocht, waarmee het deze mooie wereld kan ontvluchten: snelle apparaten en bijpassende kleren, opdat zijn dagen vol van geluk zijn. Want het wil met vloed weer uitvaren, het kind. Zijn vader spreekt uit de machtige donkere ster, die zijn hoofd is, een machtwoord. Hij heeft voor zichzelf deze ochtend uitgezocht, om de moeder van dit kind nog een keer en niet bij vergissing op te zoeken. Zijn nachtelijke prestatie verbeterend, heeft hij zich kort en klein aan haar opgedrongen. Zoals je in een fauteuil plaats neemt, slechts een ogenblik in de gespeelde eerlijkheid van het avondjournaal, zo heeft hij zich zwaar in de vrouw laten vallen, van achteren vastkoppelend aan de pompplaats van zijn station des levens, waar hij de vertroostingen van het sakkermente sacrament gaat halen. Ze moet hem eens in alle rust laten voltanken! Super! Hij is met woorden haar oor binnengedrongen, ze moet hem wegens de overtreding van gisteren nog een keer rekening en verantwoording afleggen. Hij is de hoogste accountant, die baren in golven kan omvormen. Het echte gras zal hopelijk ooit eens te voorschijn komen, daar we het verkeerd geplant hebben onder autokerkhoven en motels, waar zelfs voor het kapotje de kachel wordt aangemaakt, voordat je hem weer afdoet. Ja, daar waar wij zo fatsoenlijk zijn ons te verkwisten, ons geslacht te laten wegzakken en het onze mensenpartner dan naderhand te verzwijgen, om alleen te kunnen genieten. De dijen van de vrouw behoren alleen voor hem, de directeur, de verschrikkelijke passant, te worden toebereid, uitgebakken in de kokende olie van zijn begeerte, en zo zal hij ook voor haar bezig blijven, zich schokkend aan haar laadplatform laten ontladen en daarvoor een milde broche of een stalen armband voor haar meebrengen. Zometeen is het voorbij, en wij zijn weer vrij, bij ons thuis, waar we horen, maar rijker nog dan voordien toen we over de buurman lachten. U bent uitgenodigd, dat eens te komen bekijken! Er zal u echt niets gebeuren, als deze meneer van de sekte der genieters met Sekt tegen haar deur klopt! Integendeel, de vrouw moet blij zijn! Het ontbreekt er alleen nog aan, dat hij zichzelf zou hebben verpakt in een doos! Het blauw van de hemel meent het serieus met het landschap, de zaken gaan goed.

Beslist is deze vrouw bij de eerste de beste gelegenheid er vandoor, om zich voor Michael opnieuw bij de kapper te laten verkleinen. Ja, de verantwoordelijkheid draagt zij, opdat ze zich als lekker hapje kan presenteren, geheel onder ons, mooie zon! Vol liefde sluiten de ouders zich dreunend boven de zoon, die zich uitput in zijn speelgoed, zoals de vader in de schoot van de moeder, waar hij alleen speelt. Het kind moet zo worden afgehaald. Vroeger groeiden hier halmen, nu omsluiten banden het hart, niemand kan rustig op zijn pad blijven en ernaar kijken. Ze moeten allemaal met hun lijden in het rond smijten of een vruchtbare straal voor zich uit pissen, opdat je ze onmiddellijk ziet en aardig moet vinden. Men vraagt de zoon van alle kanten naar zijn meerwaarde ten opzichte van de kinderen van de dagloners. Bijna zou de vermoeide moeder de moedermelk uit haar borsten gutsen van schrik, dat dit kind geen onsterfel. ziel schijnt te hebben, want het maakt de moeder niet gelukkig. Het wil meteen weer gaan skiën, waar de anderen door de liften goed en kwaad geleid worden. Als ze zich bij de afdaling het dal in maar niet overschatten! De moeder kust nu gretig het kind, dat zich van haar loswringt. Goedmoedig veegt de vader het tapijt bijeen. Als hij maar weer gauw met zijn vrouw alleen is, om met zijn hekpaal (zijn laatste stukje worst) te kunnen zwaaien! Soms, als het kind is afgeleid, schuift hij bij haar een paar met huid bevleugelde vingers in haar spannendste gedeelte, in die kier, die hem zo aantrekt, dat hij voor deze vrouw dure dingen koopt om aan te trekken, om haar te overstemmen. Stiekem ruikt hij aan zijn hand, die zegevierend is net als hij. Zo scherp als het licht is. De moeder bemint ondertussen het kind verder en almaar verder en almaar stroomafwaarts de beek af, dit kind, waaraan ze met speelgoed en rommel verknocht is als een minnares. De vader slaat goedgehumeurd op tafel. Hij had de moeder vandaag al eens nodig, waarom zou een kind zijn moeder dan niet eens nodig kunnen hebben? We moeten niet overdrijven! De zoon moet leren zich te matigen, als hij aan de uit noodzaak bescheiden mensen zijn mooie nieuwe ski's voor een pover bedrag verhuurt, om bij de banketbakker nog meer verrassingen in zijn mond te kunnen stoppen. De zoon, een kleine trage lokaaltrein, heeft reeds een levendige handel in zijn spullen opgezet, opdat het geluk ook naar de onverstandigen kome (die geloven, dat rolschaatsen een bijdrage kan leveren bij het zoeken naar een vacature in het systeem, waar de Alpen voor staan). Maar deze kinderen begrijpen alleen, dat het iets kost om de verantwoording over een wedstrijdski op je te nemen. Deze man en deze hemelse vrouw, zij voelen zich simpelweg wakker bij elkaar. Hun ogen zijn met grote steken aan elkaar genaaid.

Het kind zou voor zijn handige zakelijkheid door zijn fluit spelende eigen vader geprijzigd worden. U kan een voorbeeld aan hem nemen, u gemeentelijke sneeuwexploitant, die voor het gebruik van de sneeuwvlokken, van dit kazige sportwitje, nog geld vraagt ook! Blijft allemaal liggen op de akkers van deze streek, waar u, één van de talloze slaven van de sport, een uur geleden nog het leven op uw bonte overall verdroeg, waarmee u overal komt, van de afdalingsrace de disco in. Het is allemaal eender, en u bent de eerste. U moet zich alleen van tevoren omhoog laten trekken naar de nabijheid van God, waar de tijden hoger staan aangeschreven dan uw tijd in de afdaling, getimed door uw eega, die lopend is meegegaan. Het leven wordt plotseling bekender voor u, als u voor de afgrond van sneeuw staat en een apparaat tegen uw lichaam drukt, dat eveneens afwasbaar is. De armen, die kunnen het water niet ophouden, dat onder hen bevriest, en er zit voor hen niets anders op, dan voorzichtig er overheen te stappen ten overstaan van de verhevenste bergen, waar geen hulp vandaan komt hoogachtend. De bont geruite mensen komen vanachter hun kantoorruiten naar buiten, mooi aangekleed, die laten vreugde in hun kleine cafés weerkeren en glijden, volkomen over hun latten heen gebogen als over een dierbaar mens, nou ja, die glijden gewoon naar beneden. En daar verontenigen ze zich dan met andere in slechter tijden aan lager wal geraakten, tot een zending geslagenen, tot een pakketje leven, waarin humor heerst, bijv. in het schlagerfestival. De armsten kijken er ook naar, maar ze kennen het niet. Want ze weten niet, hoezo deze sterren uit het beeldscherm voor hen de hoogte in rijzen. Het weer waait hen in het rond.

De moeder laat zich door de huishoudster met koffie behandelen. In de tussentijd heeft ze al lang een ongebroken fles in de kleerkast verstopt. Het zou beter zijn, als de groep kinderen vandaag niet zou komen, om zich uit te leven. Nee, die komen pas morgen, om hun zangkunst en hun geknip en gelawaai voor het brandweerfeest te kunnen oefenen. Op rustdagen gaat van alles op de draaitafel zo mooi samen met de Matthäuspassion of een ander lied, dat kan bestaan in aanwezigheid van onze oren. Met ontzetting kijkt de vrouw naar haar handen, die haar geheel vreemd zijn. De taal richt zich bij haar op zoals de penis van de man daar vooraan, waar je aan de ketting rukt en het gierend bergafwaarts gaat. Op haar rustdag heeft een gevoel haar overvallen, waar wit de natuur heeft geglansd, was 't slechts natuur? We willen ons allemaal mooi maken, om daar een mens te leren kennen en ongestoord in hem zichtbaar te blijven, alleen voor hem. Of de jonge man, die haar in een half uurtje heeft doorkruist, eigenlijk nog wel aan haar denkt? Hij heeft op het hoopje getrapt, dat zij afgezonderd heeft, want het is de moeite waard, iets bijzonders te zijn. De vrouw zal gaan natrekken, hoe het is om als godin voor een ander te leven. Misschien gaan ook wij naar de kapper en kijken de arme werkkreupelen in de werkkribbetjes van de kersttijd naderhand naar ons?

De directeur grijpt de vrouw in het voorbijgaan diep in haar decolleté, waarin het belangrijkste verschijnt, dat voor haar verschijning nodig wordt geacht. Zo hoort het voor een foto. Deze vrouw springt niet uit de rails, die moet zijn lul bekijken, aflikken en zich laten introduceren. Ze moet zich niet laten ontvoeren door zomaar een vreemd iemand. Somber glanst het land, maar zij, die het zouden kunnen zien, zij zien niets, omdat hun arme schaduwen op die van de vrolijke sporters botsen, die zich tegen hun eigen lichamen aandrukken, zodat ze in de wind glibberiger zijn. Ergens anders is het niet zo gastvrij, vrees ik, waar niet met de onstuitbaarheid van het toerisme geleefd en gelachen wordt. In smerige keukens spettert een koud vuur in de ogen van de mannen, die om vijf uur 's ochtends moeten gaan werken. De walgelijke houthakkersworst in hun maag begrijpen ze al helemaal niet meer. Hun vrouwen vallen schaterend de werkelijkheid binnen en verlangen, eveneens door het werk te worden geaccepteerd in plaats van het kind (anderen weer gaan de stad van het kind in Wenen Hadersdorf bezoeken, de huisjes daar zijn heel klein om mee te spelen. Zo leert het kind als ondergeschikte ten onder te gaan.) Die willen er allemaal wat bijverdienen, zodat ook zij op hun latten als idioten naar beneden kunnen glijden de idylle in. Daarna is het met het frisse gevoel, waar ze moeizaam vertrouwd aan geraakt zijn, weer afgelopen. Maar er is niets te halen in de gevangeniscellen van deze fabriek, het papier moet veeleer nog met getallen worden gemerkt. De directeur is in de Vereniging der Machtigen overeengekomen, eerst de vrouwen af te vloeien, om de mannen bij het werk in ieder geval niet af te leiden. En opdat de mannen toch iets hebben, waar ze hun lading kwijt kunnen, als de voorman onverhoeds te voorschijn komt, een prachtige poster.

Ongestoord bekijken de arbeiders elkaar in de kantine. Als het licht er is zingen ze als vogeltjes, om hun leven te vervolmaken en de directeur te vermaken. Waar is hier de zin verborgen? In hun zinnelijke vrouwen, waarin het leven zich volmaakt tot uitdrukking heeft gebracht?

De directeur heeft behoefte aan zijn eigen vrouw, want: ieder het zijne, niet waar. Het licht van de dag heeft zich reeds laten zien, en de winkels gaan open, terwijl anderen ondoorzichtig worden. De man bekijkt zijn vrouw, die nerveus een oorlog voert om een afspraak bij de kapper, van de zijkant, waar hij zojuist opgemerkt heeft, dat haar borsten al een ietsje stilgelegd zijn. In zijn herinnering leven ze, alsof hij ze net als zijn kind geschapen en gevormd heeft. In ieder geval, hemel, waar is nu mijn pik weer, zal men aan de vrouw weer kunnen gaan zitten kneden. En zij is van hem, zij is van hem, zoveel vruchten schenkt ons de aarde telkens weer. Het kind zal naar school over een hemelse berg naar beneden roetsjen, sneller dan u kunt ademhalen, zo zal u vandaag door dit kind, dat zichzelf van zijn vader heeft geërfd, omvergehaald worden, of in ieder geval steeds door hem worden ingehaald. Zo wordt dit kleine schepsel verwend, dat bij de moeder woont en gelooft, dat het altijd zo verder gaat. Maar deze vrouw wenst jeugd uit een nieuwe winkel te betrekken, vandaar ook het nieuwe kapsel. Om gezien te worden en langs te kunnen gaan. Bij het huis van deze mens, die gisteren het wilde in haar gevoederd heeft, waar anders het wild tegen de winter komt om te vreten. Heeft ze niet al andere jonge mannen gezien, die in de cafés staan? Of ze nu blijven of gaan, ze zijn zo mooi, totdat ook zij zijn vergaan. Ze hebben met zichzelf te doen, want ze moeten veel regelen, voordat ze een weekendje skiën opentrekken en met hun vriendinnen lopen op te scheppen, waar je met lege handen voor staat en verbaasd staat, hoe deze vierkleurige diepdruk op de gladdere kant van het leven ontstaan is en een zo diepe indruk kon maken. Ansichtkaarten gaan milder met de omgeving om dan de tijd met de vrouw, geloof ik. Kalmerend zwijgt het landschap op haar rustdag op het kleine fotootje, dat u in de sigarenwinkel koopt en volsmeert, maar de tijd gaat gewoon te ver! Ze graaft zich in als een storm in de al lang afgegraven groeven in het gezicht van de vrouw. O nee, die schuift verschrikt haar hand voor haar glanzende spiegelbeeld: in de wijde omtrek zou gewerkt moeten worden, niet alleen aan haar kapsel, dat op verschillende tijdstippen verschillend uitvalt. Moeizaam een kleine afwisseling bewerkstelligen voor niets dan een kleine Nachtmusik. Haar gedaante breekt uit het kader van de spiegel, wordt verreikend net als haar gedachten. Ze kent zijn huis, daar wacht een met prijskaartjes onderscheiden skiër. Wij allemaal verwachten, dat het in de zak ooit meer wordt, in het loonzakje der zinnen, waar de wolken in 't rond zwermen. Ja, meestal is het klimaat daar bewolkt. Laten we erover nadenken, hoe we ons mooi kunnen maken, om meer te worden en in ieder geval tot aan onze kruin te reiken.

De vrouw wacht erop, dat de man ordelijk opbreekt om naar zijn kantoor te gaan. De man wacht erop, dat hij de spleet van zijn vrouw nog een keer een beurt kan geven, voordat ze voorlopig een poosje in de ijskast van de dag wordt gezet. De arme arbeiders, die zijn al lang naast de lawines naar beneden gekomen, de knapzak op de schouder. Rust nu maar een beetje uit! De bus is vertrokken. Het kind is afgevoerd, verheven zal het zich boven zijn medescholieren verheffen. Zijn levenslijnen zijn kunstig uitgesorteerd (door de kunst van het lot waarschijnlijk, waarmee het kind over de hellingen glijdt en al ettelijke buitenlandse steden heeft gezien). Zo gaat het goed met hem, sinds zijn wieg heeft gestaan, waar een weldoener woont. De medescholieren gunnen zichzelf ijs, waarop ze dan eindeloos blijven staan. Het licht schijnt op dit grote huis, alsof het daar is opgeschoten, op een verschoten parketvloer. Vandaag hebben we een keer zon, bepaal ik nu. De vrouw wil zich, zo gauw het gaat, om er aangenaam uit te zien, in de districtshoofdstad naar een boetiek begeven. Waarom is ze voor de jonge man niet voldoende voor de hele dag, waarom moet hij over de rails van de bergen glijden, waar ze het meest onaangetast zijn, deze specialist van de diepe sneeuw! Te zijn waar nog niemand anders voor hem is geweest! Behalve vorig jaar, toen daar een ander jong mens met zijn vriendinnen en vrienden tekeer is gegaan. De vrouw denkt aan niets anders dan aan wat ze moet aantrekken, om sneller, hoger, verder te worden. Gewoon zover als haar gevoel vliegt, laten we het maar weer inpakken! Haar man kan haar rust niet stillen, hij gaat nu naar zijn fabriek. Voor 80 procent, om eerlijk te zijn (en tot de bezittenden te worden gerekend), is hij voor haar geluk verantwoordelijk. Hij doordrenkt haar ermee. Komt u ook eens bij ons langs, als u, tot nadenken gestemd en veel op reis geweest, storm in de ogen van een ander mens wenst te zaaien. Ja, komt u dan maar en vraagt dat men van u geniet!

Om een van goede vering voorzien uitzicht op de tijd te hebben, vanuit een logeplaats (slechts op de armste plaatsen ligt geen tapijtbalg onder je voeten), gaat de vrouw het huis uit, en ze heeft haarzelf en haar vingernagels met kleuren volgesmeerd. Hoe wonderbaarlijk groot de natuur toch is, waarin de armen slechts de borden voor de maximum snelheid zien en zich er niet aan houden, voordat zij en hun ondeugende auto's door ons voer worden gemengd. De vagina van deze vrouw is volgezogen met het gistende produkt van haar man. Aan haar dijen kleeft onder de panty slijm van de dagelijkse gewoonten van de directeur. Die zet graag zijn paraaf, als teken dat hij zich kan vermenigvuldigen, ook als de inkt al bijna op is. Die zou de kruidkoek van een veel jongere vrouw nog rustig en graag ter consumptie onder zijn waakvlam kunnen houden. In de bergen koelt het snel af. Dat mag u gerust als omstandigheden typeren, als het bos zich in het stuwmeer spiegelt en het gras voor het raam de hoogte in groeit, om de herinneringen aan huiselijk slachten te sussen. Wat kunnen de armen toch woedend worden, als je ze knijpt of een kneepje op hen toepast, zoals de belastingwetten het ons leren. De directeur van de papierfabriek is nog altijd verbaasd, dat de bij hem ingezette horden mensen allemaal hetzelfde in de supermarkt inkopen, ook als ze verschillende maten en gewichten hebben en heffen. De kleine winkels in de plaatsjes zijn al lang opgeheven, opdat de bewoners door middel van broodjes worst en bier niet te zeer opleven. Door fabrieksgezang (de goede klank van onze industrie in het buitenland!) en het koortsige geschreeuw wenst deze mens ons wakker te schudden, zodat we opdringen tot aan zijn borst, deze luide borstwering tegen ons. Met een schop kan je makkelijk afwenden, dat de lust, die witte afgevaardigde van de mens, met alle geweld zijn doordringende stem wenst uit te brengen. Dan is de vrouw stil. Uit de kamers, waarin ze alleen vanwege haar geslacht, deze unieke delicatesse, wordt bejaagd, is geschrei tot in de hemel hoorbaar, tot aan het hek hoor je het gebrul ter nagedachtenis van de slacht. Lang al werken man en vrouw op elkaar in, spoedig moeten ze weer opstaan en zich van elkaar af gaan wassen.

Sommigen zijn weer eens niet verschenen in de kerken, waar het druipt van de beelden, anderen wederom zijn niet eens uitverkoren. De houthakker onder zijn weerbericht en zijn weerhuid ontplooit zich voor een kort leven in de vrouw, die in het warenhuis werkt. Haar loopbaan leidde van de school naar het hooi, en reeds waren ze met z'n drieën en verheugden zich in de keuken, hun levenswerkplaats, waar ze gepolijst en ongeschaafd mogen zijn, want een andere ruimte hebben ze niet. Ze moeten bij elkaar blijven. De natuur klopt de mens tot zijn natuurlijke afmeting ineen, en leidt hem dan het café binnen, opdat hij weer buiten zijn oevers kan treden. Thuis staat hij star voor de produkten van zijn zinnen, de kinderen, en zinspeelt erover, hoe hij hen terloops kan opjagen en tegen de muren smijten. Soms komen hier de kinderen sneller aan hun eind dan men, om hen te maken, aan elkaars slijmvliezen heeft zitten scharrelen. Daarbij moeten duurzaamheid en voortbestaan gegarandeerd worden, terwijl de heren des lands de bomen onder hun kont vergiftigen, en het papier, dat de arbeiders vervaardigen, over vijftig jaar als tekenen aan de hemel in rook zal zijn opgegaan. Voor niets net als hun woede. Tevergeefs net als de keus, of de vrouw broeken of rokken moet dragen, ze mag de broeken alleen niet thuis aan hebben. Zoals hun blessures, die het werk hun toebrengt, tot ze voor consumptie niet meer deugen, dan vervliegt ook hun genot maar al te snel. Bij de fontein houden ze een hand in de straal. En de voelende borst van de vrouwen gaat in vormeloze onderlijven over, waar zich gezwellen bevinden, die de arts driftig te pakken neemt. Voor niets ga je niet in het ziekenhuis liggen. Tot de woedenden een keer honger krijgen en zich met de jachtgeweren, die in geheime hoeken van hun huizen ontspruiten als schimmels, voor hun kop schieten. In ieder geval hebben ze een keer een eerlijke meester aan u gehad, opdat u het kind, totdat het zelf de hand aan zichzelf kan slaan, in automechanica onderwijst.

De vrouw van de directeur maakt zich, deze advertentie staat haar in het gezicht gegrift, mooi. Ze takelt zich op. En de natuur levert een deken daarvoor. De vrouw doorkruist onder haar make-up, waar ze mens is, grotere ruimten, dan door het gebergte ooit ondergebracht zouden kunnen worden. Daarom vertrouwt ze immers niet op natuur, wat haar gezicht betreft; die geweldige macht wordt haar te benauwd om te ademen, en ze moet in haar wagen stappen. Reeds ziet ze haar nieuwe schildknaap in het vaderland van haar hoofd, waar ze ook zichzelf met heel andere ogen ziet. Mogen haar vermoedens hun doel treffen! Rondom wordt ze door de vogelkoppen van de verlorenen bekeken, die aan de palen van haar hek zijn gespietst. Deze vrouwen in het dorp, die kijken, alsof ze nog geen andere landen hebben gezien dan hun kleine koninkrijken, waarin hun heersers 's avonds adem blazen. Van hun moeders al hebben ze geleerd, altijd het geld in de gaten te houden en zich te verwonderen over het gelaat, dat zich daarop openbaart. Wat een verschil tussen het honderdje en het duizendje! Een hele wereld ligt ertussen, om de afgrond te bedekken. De vrouw maakt zich met haar voertuig meester van de haarspeldbochten van de rijksweg. Ze wil de jonge man, van wiens voordracht ze de vorige dag heeft genoten, zo gauw mogelijk binnen in zich een machtwoord laten spreken. Ze zal onder ons verschijnen, aan de voet van de ontoegankelijke trappen. Kloven doorsnijden de bergen, wij echter blijven beneden, wij zijn te onbeholpen voor het wilde in ons. De jonge man zal zijn ogen opensperren, als hij het nieuwe kapsel ziet. Zo ongeveer vergaat het de mensen, die hier precies het midden houden tussen hun dieren, waarover ze zich zorgen maken – honderden dode forellen in de beek, omdat ze het stuwmeer te plotseling hebben laten vollopen – en hun werk, dat ze zichzelf bezorgd hebben. Het is een vluchtig geschenk van een fabrieksbaas. Zo beschrijven we het kind van een geest.

Op de hellingen dartelen ze rond. De liften trekken hun waterdicht beladen last, waaraan de invitatie van de natuur bungelt, luchtdicht verpakt in een plastic omhulsel, over het hard gereden landschap naar boven. Ja, vrees verwekkend schijnt het land onder de latten gedijd te zijn, waar het oorspronkelijk veelvoudig of eenvoudig alleen maar vol vouwen was. De sneeuwkanonnen braken het voor de dolle dagjestoeristen uit Wenen uit. Ieder van hen denkt dat hijzelf een sneeuwkanon is. Hier blijven we misschien wat langer, eeuwenlang zijn we al op de wereld, om deze aan te passen, en nu is zij onder ons spoedig passé. De skiërs flirten slechts met het landschap, wees niet bang, al te verlegen zijn ze niet. Ze wandelen op de aarde met hun geweldige gevallen en trappen ieder vuur uit. De stedelingen worden voor de lust van de snelheid omhoog getrokken, en de snelheid zelf smijt hen weer naar beneden. O, konden ze zich maar meteen nog eens helemaal zo laten gaan! Onder de zon zouden ze rondvliegen, eerlijke meesters, die tonen, wat ze van zichzelf en anderen gemaakt hebben. Ze hebben zich met anderen vermengd en nieuwe sportmensen verwekt. Een skicursus zullen hun kinderen doorlopen, de zwijnvlekken van hun ouders nog in hun gezichten. De sport, deze pijnlijke nietigheid, waarom zou nu juist u ervan afzien, als u ook wat het overige betreft niet veel te verliezen heeft? Meubels staan hier niet, maar aan de waardestrijd van de overalls, de artikelen en de pracht en praal inclusief bijpassende absurde hoofddeksels is paal noch perk gesteld, en wanneer dit toch zo is, dan gewoon erover heen springen, over het bergje! Er zit beslist een ander achter, dat alles moet bevatten, wat er bij ons ingaat. In de Alpen zijn al lang de tanden van mode, moord en gebruiken gezet, en 's avonds lachen we ons slap over een idioot met een trekharmonika, die voor onze ogen ronddoolt. In de hele omgeving slapen de dorpsbewoners. Voor hen uit splitst het gebergte zich niet, als ze 's morgens naar hun werk rijden, ze moeten op hun fietsen of met hun gordels om in hun autootjes over iedere oneffenheid springen, tot ze eindelijk de poort van het wildpark der werknemers mogen openen. Ja, sommigen lukt het op te klimmen, als ze goede ijzers aan hun voeten en gevoelens hebben zitten. We verzoeken om kalmte. Er werken tenslotte ook mensen hier in aanwezigheid van hun dieren, ieder in zijn eigen kooi.

En niemand strekt zijn hand uit en grijpt een van die ski-schepselen, die kraters in de grond boren, om dit te verhinderen. Niemand is van de wetten der aarde vrijgesteld, die daar luiden, dat het zware altijd naar beneden moet, of je moet het zelf aan den lijve ondervinden. Sommigen zetten zonnebrillen op, elkaar bekijkend en voornemens elkaar als gerecht te nemen. 's Avonds wordt er een bijslaap naar de regels van de nouvelle cuisine gepland, weinig maar lekker. Rood dampt het weer in zijn schaal, onze vorken kletteren, de gouden hoofden zakken, toch staan de bergen stil. Duizenden ordinaire mensen gooien zichzelf van de hellingen naar beneden. En een paar honderd overtolligen produceren papier, een artikel dat nog sneller waarde verliest, dan de mens door de sport slijt. Heeft u nog steeds lol in het lezen en leven? Neen? Zie je wel.

De vrouw waagt zich de districtshoofdstad in, waar haar man vroeger zijn wagen parkeerde en heet water in de sauna inademde. Maar dat doet er even niet toe. Het hangt aan zijn kloten en klippen, scheef aangebracht aan de trap van zijn geslachtsapparaat, de eigen vrouw, naast wie de slaap hem vindt, als hij hem gaat zoeken. Deze vrouw is zijn overvloed geworden, hij giet zich leeg in haar, tot ze overloopt. De man is er, om een kleinigheid aan zijn lijfje te laten bewerkstelligen, en, om hem te renoveren, daarvoor hebben de vrouwen zich gewaagd gekleed! Het etablissement heeft rode lichtjes uit de ramen hangen, maar het wordt niet meer zo frequent bezocht als vroeger. Om adem te halen, nemen de mannen steeds vaker behendig de pruimen van hun vrouwen in hun holle vuisten en persen ze uit. Van tevoren binden ze de voeten van hun huisdieren bij elkaar, opdat ze hen terugvinden, waar ze onder een nieuwe jurk werden weggelegd. Nu moeten ze met hun vrouwen vertrouwelijk omgaan, zonder in hen hun gelijke te zien. De zon schijnt op de weg. De bomen staan er maar. Nu zijn ook zij uitgeput.

De ziekte effent voor u de weg naar het vertrouwde geslacht, mijne heren, waar u vroeger steeds maar vandaan wilde. Nu is het een levenszaak geworden, dat u uw partner kunt vertrouwen, anders rest alleen de weg naar de specialist, en van tevoren schenen het toch nog alle wegen te zijn, die u, populaire reiziger, bent ingeslagen, in het geluk van uw onsterfelijkheid alle stukken op uw zakharmonika spelend. Hoe ontstemd was u niet dikwijls over uw dove instrumenten! Nu draaien we allemaal, elkaar bekijkend, aan de stemschroeven en dienen onszelf, dampend van begeerte, op in ons eigen vet. De verschrikkelijke vaste gast van het geslacht, ja, die eet nu thuis, waar het het beste smaakt. Eindelijk stemt de man met zijn zaakje, dat aan hem bungelt en bokkig is, overeen. Vroeger snoeide hij zijn vrouw bij iedere gelegenheid net als een heg, nu groeit hij zelf in het wilde weg voor haar. Koud kunstje! Eens moet iedereen leren hoe het te hanteren, opdat hij bij zijn vrouwelijke partner in eeuwige rust en in eeuwige vrede de anusopening kan doorstoten, want er is geen partner meer in de wijde omtrek, deze vrouw is wijd genoeg! Nu zijn de mannen opgeblazener en blazen hun zinnen nieuw leven in, waarvoor ze niet meer zo ver hoeven weg te gaan. Vroeger werd iedere vrouw voor de man naar wens toebereid. Nu ledigt hij zichzelf in zijn eigen vrouw, ze zal zijn vaat wel weer doen. Deze verschrikkelijke gast geniet met volle teugen aan haar bedhete billen. Hij is er immers zelf geheel op geconcentreerd, de erectie in de begroeide weide van zijn bekken, waar het ruist en bruist, vast te houden. Hij moet voortdurend vrezen, dat hij zijn vorm verliest en door een vriendelijke vreemdeling wordt vervangen. Ja, de lust, kon je zelf maar helemaal uit haar zijn opgebouwd! Maar op haar bouwen, dat zou ik, als ik u was, liever niet doen.

Als roofdieren sluipen ze door hun bloeiende straten, rondtrekkende handwerksgezellen, rotsen werpen ze naar beneden. Met hun machtige geslachtspakketten zijn ze op zoek naar een lieve schoot, waar ze duurzaam in willen wonen, deze mannen. Nog zijn ze tam in de kudde, nog zijn hun vleespakjes met het zweet van plasticfolie bedekt, overduidelijk zichtbaar, maar spoedig, als de zon hen steekt, willen ze opengaan, sap welt op uit het spleetje, dat snel groter wordt. En dan slaat de zon brullend in, de vochtige stortplaats barst, scherp waait de geur van dit geslacht over de parkeerplaatsen, en scherp worden de ogen om te vergelijken met z'n tweeën samen voor de wagen gespannen, tot de kar in de greppel landt en de wensen onbeheerd ronddwalen, op zoek naar een nieuw dier, dat hen zou kunnen voorttrekken. Niet voor niets zullen de mannen hebben geleefd. Zij worden op verzoek in hun gezicht gepist, en stil liggen ze onder het geslachtsboompje, waarvan ze bij het planten zelf het toezicht in handen hadden. Nu worden ze als dank door hem, het boompje, begoten. Voor een nieuwe broche doet dit ook de koele Gerti thuis, als je haar met de gebalde vuist in haar bemeste bloembed slaat, tot haar aarde zich opent, zij zelf ontdooit en de sluitspier zich eens flink laat losmaken. Zulke genoegens kan ieder van ons zich veroorloven, zonder dat we ons zouden moeten verbergen in onze kommer, in ons kamertje, door niets dan meubels omsingeld. Als mensen die steeds boven zich kijken, zodat ze hun levensstandaard niet hoeven te verlagen.

De tijd verteert de lust, waarmee we elkaar doordringen en doordringend tegen elkaar schreeuwen, daar het zaak is, op een ochtend een nog ruimer lichaam naast onze vuilnishoop te storten. Maar de vermoeiden, die worden met huid en haar verteerd. Die hebben het aan de andere kant beter, die hoeven niet slank te zijn of hun haar te laten bleken, die zijn zelf bleek van de machine, waarnaar ze terugkeren en waarvan ze de omgeving keer op keer moeten aanvegen. En als ze naast zich kijken, daar vervuilt afvalwater van de waterleidingsbouwput de beek. En hun hele bedrijf, en hun hele bedrijvigheid, moet aan hun borst droog- en stilgelegd worden. En de directeur van deze door de staat opgevulde en door het buitenland leeggehaalde installatie, die wil niets dan zichzelf in aanwezigheid van de besmettelijke ziekte, zijn vrouw, steeds maar leegspuiten. Van 's avonds laat tot 's morgens vroeg vormt ze een gevaar voor hem. Hoe kan hij zich bij haar daar, waar de timmerman zijn recht verloren heeft, in haar achterste werken? Wanneer mag Hubertus, zijn jagermeester, direct in het sterk ruikende vossehol, waar hij werd gepakt, inslapen? Wie buiten hem zou voor zijn vrouw neerknielen, de zinnen laten toesteken, en haar plooien, één voor één, openslaan? Ze leent van boven haar gelaat, terwijl hij van onderen vanuit zijn kamertje van koophandel met de dubbele tong van zijn geslacht toezeggingen doet. Het veld is omgeven door lucht, en de vrouwen zijn overal om ons heen aanwezig. Wij eten van en met hen. En het verkeer stoort de omwonenden niet, hij gaat daarheen, waar hij zijn eigen verkeer kan regelen.

De directeur houdt zich vast aan zijn auto en staat te pissen. De nobele schijnwerpers stralen op zijn gedaante. Zijn vleesextract kan hij in de vrouw pompen, zo vaak als zij zich vanaf haar spitsberg naar hem toebuigt. Dit paar kan overal parkeren in zijn grote huis, om juridische stappen in elkaar te doen. De vrouw gaat weg om zich te laten kappen. Achter het gebergte wordt het licht, de weilanden omringen zich met dag, die alles beter laat uitkomen. Alleen deze vrouw liegt zich haar muurscheuren binnen, die de tijd voor haar erin gehouwen heeft. Wij zijn toch allemaal ijdel, dames. Laat de tanden in uw mond en de kleren in de wind waaien en stort u zich op uw partner, alsof hij u sinds uren geen schade meer berokkend heeft! Houdt u uw taal in bedwang!

Voor de paren behoort de droom niet af te lopen. Zij gaan naar hun werk en tillen hun gezichten van de weg, die ze kennen, om naar een ander mens te kijken, die ze ook kennen. En daar staan ze dan, de een naast de ander, iemand moet deze afgeprijsde joggingpakken immers kopen, om ze helemaal waardeloos te maken. De weg verlept onder hun voeten. Hun vrouwen vertonen een wijde gaping, waar ze aangeraakt werden, maar vandaag gaat er geen één meer onbedachtzaam met ziekteverlof. De firma, waar wij een plaats voor het leven en een partner voor het liefhebben hebben gevonden, fronst anders gelijk de wenkbrauwen. Hoe ontstaat het beeld, als wij op de knop hebben gedrukt? Geen idee, maar bij onweer kunt u 'm beter uitzetten en uw eigen evenbeeld uit de verschrikkelijke gleuf te voorschijn halen, waar niemand, om het te mogen bekijken, ook maar een cent in zou gooien. En toch leeft u en woont vaker dan u het zou verdienen, van de genegenheid van een vrouw, die u moet plakken en kitten. Alleen omdat ze hoopt, om de hoek iets liefs gewaar te worden.

Samengekomen onder de wolken, gaan ze de poort binnen en zijn verdwenen. Daarvoor zijn ze nog net goed genoeg, en in de fabriek worden ze terechtgesteld. Gaat u nu naar huis naar uw vrouw en rust u uit, terwijl op de autokerkhoven het rubber rookt en de autogene lasapparaten hun eigen last afscheiden. Het blik kreunt, en de stalen ingewanden uit de wonden van de auto's, waarvan eens meer werd gehouden dan van de vrouwen, die ze met een bijbaantje verdiend hebben, puilen eruit. Maar een ding nog: laat u zich vooral niet door uw smaak leiden, want, voordat u het in de gaten heeft, is er een nieuw model op de markt, dat alleen op u, op u en op niemand anders heeft zitten wachten! En dan zou u er al een hebben, dat u vroeger, lang geleden, met woorden en spaarbankboekjes heeft weten over te halen. En voorbij, naar huis, niet dan?!

12

De vrouw klimt, onder haar kapsel voor haar minnaar volledig vernieuwd, de oever van het stadje op. Slechts haar handtasje drukt ze tegen zich aan. Haar noodlotszoon heeft ze op school gelaten. Bijna escorteren politieagenten, die bij haar aanblik ogenblikkelijk moeten blozen, haar over de straat. Ze wankelt. Maar ze zijgt niet neer, een lichte zwemster, onder wie de bron van al het kwaad ruist. In haar klauwen, de nertsmantel, peddelt de vrouw in het werk van andere papieren tijgers rond, waarboven tweeduizend meter hoge toppen dreigen. Dat zijn mensen, die dit taaie, tandeloze landschap de cellulose en het papier afhandig hebben gemaakt. De kleding van deze vrouw: in een eenvoudiger versie moet een naaister ze te allen tijde kunnen kopiëren. Och jee, wat die allemaal aanheeft! Kleingehakt stapelt zich het hout rond de fabrieken en zaagmolens heen op. Waarom heeft de vrouw van de directeur schoenen met hoge hakken aangetrokken, nu overal bevroren water moeizaam de grond en ons in bedwang houdt? Wij durven niet te lopen, als het stoplicht het niet wil. De vrouw heeft onzin als kleding aangetrokken! Ze gaat achter het stuur zitten en drinkt een slok. Ze sprayt een middeltje tegen zichzelf op haar tanden. Haar geleende geliefde zal in de sneeuw niet vallen, hij is een kunststuk op zichzelf. De jeugd is loon genoeg, ook als je je been breekt. Lacht over de eigen kracht, waarmee je brutaal om je heen slaat, in je modieuze jasje, dat de jaren nog niet te boven weten te gaan. Laten we de armen zowel als de rijken een vrolijke dag op de golven van de sport gunnen, beiden moeten vaak rijkelijk ver ervoor rijden. Om maagdelijke sneeuw en een beetje opwinding mee te maken. De rijken willen evenwel dichter naar de oorsprong der elementen rijden (waar ze het reine element met hun achterwerk aanraken). Het stuift verblindend over hen heen, ze zijn voor de aarde als aangeboren. De anderen echter hangen aan hun lijnen in de fabriek en aan hun liefsten thuis en beleven ook plezier aan de sneeuw.

De vrouw van de directeur neemt achter het stuur plaats, nadat ze haar loef braaf afgestoken heeft. De muilen van de stad drukken zich voor haar tot een glimlach tegen de ruiten van de banketbakkerijen. Ze is immers dronken van zichzelf, heeft een fles uit haar bontmantel gehaald! Haar mond lacht in de kou. De rangen en stakkers achter de ramen buigen krom, alsof ze zich meteen beneden aan haar borst zouden willen werpen. Jonge vrouwen, waaraan vreemdelings hun kinderen en kleren hangen, moeten uitgerekend nu boodschappen gaan doen. Ze willen wat zien. Ze willen wat zijn, zoals deze vrouw, wat zouden ze er niet allemaal mee weten te doen! Op klaarlichte dag een debâcle bij de kapper meemaken zoals onze afdalers bij de Olympische Spelen, bij zichzelf de apparaten uit de haren trekken, waarmee wij vrouwen om de vingers moeten worden gewikkeld. Ze durfden nooit! Zonder angst naar de eigen afbeelding te kijken, want in ieder geval het haar laat zich toch werkelijk makkelijk wijzigen, als wij onszelf niet meer bevallen, dames.

En we zijn een nieuw mens, mild en ontroerd door onze schoonheid. Dan vinden we gewoon in andere opmaak plaats! Iedere ouder wordende vrouw betaalt haar prijs voor wassen knippen gaan liggen en genieten. Opdat ons haar op meer lijkt, dan wij nog op onze rekening hebben staan. Al die daden, al die taarten, waarop we zo ons best deden, ach ja, als het werk voorbij was, gingen we met ons nutteloos geworden vorken doelloos de avond in, aten, wasten af en zegen neer op een lieve borst, die ons op vier kleine wieltjes om de pannen met de levensresten af te krabben de rommelkamer in schoof. En als 't al niet is gebeurd, dan zal men ons spoedig inruilen, nadat iemand medelijdend zijn hoofd geschud en de woede zich over het gezicht van de strijdenden zal hebben verspreid. Dan moeten we in de ontruimde kamer mooi rustig zijn, alsof we zelf al leeg zijn. Wij vergeven nooit, wij geven onszelf echter ook niets, als we met geweld ons in de klepperende zinnen van een mens willen storten, het is eenvoudigweg zinloos. Een jonger mens zal ons spoedig volwaardig vervangen, hij is immers al met de nieuwe volwaardige voeding opgekweekt! En waarom ik? Waarom ik van boven de 40 moeilijk te krijgen en moeilijker te wegen ben dan een kind, in de boeien van de waagbalken, die zich van mij afwenden? Aangezien ik voor ieder onverwacht pleziertje geprobeerd heb mij te veranderen en nieuwe kleren gekocht heb.

Tegen haar wagen schopt de vrouw van de directeur en rijdt omslachtig weg, om Michael in te halen, waarvan het intussen op de piste weergalmt. Lachend en schreeuwend als een politieagent haalt hij zijn vrienden in, ja, stort zich voor de lol over hen uit. Zijn geheugen bevat ook 's nachts al die plaatsen, waar hij naar toe gaat. Dat en niets anders wordt bedoeld, als men voorwendt, mensen van gelijke golflengte te ontmoeten, die de verschrikkelijke mode kapper je pas gegeven heeft. Maar opgepast: daarbij niet de volgende mode ongepast laten passeren, die ons eerst twijfelend met het hoofd laat schudden en dan, vaak ons om- en omkerend, een stuk ver mag begeleiden. Kijkt u naar boven naar mijn hoofd en schuwt u het kostelijke niet! Het kost niets. Ja, we dragen onszelf rond in een zakje met de opdruk van een sportzaak, waarin belegde broodjes liggen, ongebonden net als wij. Daar hebben we niets aan. Wij moeten niet op de weg letten, de weg moet op ons letten, voordat we zijn vegetatie voor de volgende vijfhonderd jaar ruïneren. Deze Michael, bij een valpartij zal hij niet de aarde splijten, zoals wij onhandiger mensen het zouden doen. Wij zijn geen bloemen, willen echter desondanks met het hoofd door de muur van de natuur! Maar Michael, die zal alleen maar zijn aanhang splijten! Hij vertelt hun al de helc tijd lachend over zijn belevenis met die vrouw, die hij gisteren op de kant getrokken en weer in het water teruggesmeten heeft. Op vele andere schouders rust de last van het falen, opdat wij het warm hebben. Wij hoeven ze alleen nog maar aan te steken, en in liefde schikt zich een mond met een adem, waarin iets vers werd gekookt. De vrouw heeft geen mooi helder bewustzijn meer. Ze grijpt in haar haar en verwoest het werk van mensen, onder wier hete kap ze heeft zitten beven. Er wachten op het moment wellicht kinderen voor haar huis, die lid zijn van een ritme-knuffelgroep en door hun familieleden met harde vuist gedwongen werden daarheen te gaan. Maakt niet uit. Het is immers maar een hobby. Deze zonen en dochters van diegenen, die gebukt gaan onder de armoede. Die zich nog zelf in de handen moeten spugen, alleen maar om door het noodlot van het ontslag te worden gegrepen. Reeds heeft de vrouw zichzelf en hen vergeten. Rijdt daarheen, waar de piste eindigt, nadat van het recht van de snelste gebruik gemaakt is. Waar, gevangen en geduld, de toeristen hun ski's uitdoen of, tot een paar geduldige dieren samengebonden, hun zware door het leven en zijn gepaneerde, nimmer gerepareerde misslagen getekende achterwerken geduldig weer op de liftbeugel hangen.

Voorwaarts, steeds maar voorwaarts, achterwaarts willen we niet kijken, want aan de achterkant hebben we geen ogen. De vrouw hakt zich op haar deftige hoge hakken in de grond vast. Verbaasd schommelen de wintersportgangers als boten voor dit poster-landschap, waarin alles in orde is, er eentje echter niet met hun vrolijkheid wil meedoen. De mensenstroom stort zich onafgebroken van de helling naar beneden. Des te lichter verteerbaar en eetbaarder willen wij worden! Die toeristen. Onder het eterniet, in het zenit van hun kostuums, in de zomer wegdrijvend van de berg naar het strand en, nauwelijks gestrand, weer winter hebben en helemaal boven willen zijn, waar ze hun zoete gebakje hopen te vinden: erbij zijn is alles! En hoger, zichtbaarder, aangenamer zich in de ketel van het dal leeggieten. Maar in het bijzijn van hun meerderen zouden ze het liefst onzichtbaar zijn, als die voor hen opvlamt en brult als een propaangaskookstel. Schattig, zo'n lichtblauwe overall met die bontgevoerde capuchon en van boven is een oorvijgenrode pullover zichtbaar! Wij zouden verleid kunnen worden om te vergeten, dat niets aan ons bij elkaar past, niet onze bovendelen bij onze onderdelen, niet onze hoofden bij onze voeten, alsof we, ieder apart, bij verschillende mensen horen (zo zijn wij vrouwen van de oudere generaties nu eenmaal gebouwd. Op een of andere manier verliezen we onderweg onze vorm, ja, om verliefd op te worden zijn we dan niet meer!), die op hun beurt weer hun afschuwelijke verschillen hebben, zoals alleen de gekruisigde lagere klasse ze kent. Zo hangen we allemaal aan het gedenkkruis, maar in onze beste uitrusting. Dat ziet er uniek uit!

In groepen staan ze, zijn bronstig, roken en drinken zich leeg, deze onderdanen van de sport. Want ze hebben weinig over elkaar te zeggen, hoe ze daar lachend in het dalstation voor anker gaan. Het meeste, dat ze beleven, is: eten om te leven! Ze praten daarover. Met hun ontstekingsvonken verlichten ze zichzelf en het land helderder dan diegenen, die het moeten bebouwen. Ja, aan het vreemdelingenverkeer, daaraan hebben we meer! Nu zoeken ze meteen hun spullen en stukjes weer bij elkaar, terwijl zwaar de takken onder de sneeuw hangen en een dapper licht, nauwelijks gevoeld op de nylonkleding, zich baanbreekt de mooie sneeuw in, die kalm op dat, wat eens weiland was en water dronk, ligt. Nu kan het water spoedig niet meer de grond in, wij hebben hem vlak getreden en gelakt met onze loopvlakken. Ze argwanen ieder van zichzelf, de beste skiër in het veld te zijn, zo heeft ook hun bestaan een goede afloop gekregen. In de winter, als het land behoort te slapen, wordt het pas echt gewekt. Lawaai komt uit de gezichten. In seconden doorkruisen de mensen trajecten, die hun werden aangemeten, strekken zich uit naar landstreken, waar ze geen plafond boven zich en geen grond meer onder zich voelen. Onschuldige kinderen vallen. Laten we ons niet nog een keer in onze originele verpakking stoppen en de benen onnodig breed doen, we hebben intussen een onberispelijke parallelschwung geleerd! We kunnen wereldkampioenen in onze zak steken, en dat geldt ook voor onze voertuigen in hun klasse, waar onze uitgegraven aarde met onze grootte wedijvert. Wat een dag. De jongelui ontbloten hun hoofden. Sneeuw valt op hen neer, maar ze hoeven niet bang te zijn, die blijft niet aan hen hangen. Voor onze zielen siddert de Oostenrijkse bond niet, hij slingert om onze in hun eer aangetaste ledematen en trekt ons hals over kop naar beneden. Hij legt om onze bovenbenen nog meer bandages, en volgend jaar komen we weer en verder! Hopelijk worden we dan niet vanwege gebrek aan sneeuw net als insekten van hot naar her gejaagd!

Zand in het wereld uurwerk, zo glijden we naar het dal. Scherp snijden onze kanten, waarvan men vaak geprobeerd heeft ze af te slijpen, in de harde firn, in de sneeuw, waar zich de tekens verenigen: iedereen tegen iedereen, op deze witte feestjurk, waarop we onszelf morsen als vuil. Het meeste ervan behoort het Oostenr. staatsbosbeheer toe, de rest, een nectar van vele duizenden hectaren, behoort de adellijken en andere huizenbezetters toe, die als zaagmolenbezitters met de papierfabriek in voortdurend duurzaam, met bloed ondertekend contract staan. Stoelen, waarop het gezegde zijn betekenis krijgt! Fantastisch. We willen allemaal verandering, daarvan komen alleen maar goede dingen, en vooral de skimode verandert ieder jaar ten goede. Haastig ontvangt de aarde de sportvrouwen en sportmannen, geen vader neemt ze in zijn armen, als ze moe zijn, maar daar is nog steeds die vrouw van de directeur van de papierfabriek: komt u wat dichterbij, als u zich op uw onderzetters snel genoeg kunt bewegen, er zal zodirect een beetje licht uit haar mond komen!

Michael lacht, en de zon houdt zich aan hem vast. Het landschap is in tientallen jaren zo veranderd, dat het alleen nog maar zulke mensen wil opnemen, die haar goed bekomen. De boeren zijn geen boeren meer en zitten thuis voor het televisietoestel. Lange tijd waren ze onvriendelijke redders voor het land en hebben de landbouwcoöperaties brutale antwoorden gegeven, dat is nu voorbij, ja, de verandering, dat is ons nieuwe pak, dat buurman en buurtcafé tot aan de grenzen van hun bevattingsvermogen teistert. In onze bonte kleding zijn wij te genieten geworden, als we her en der verspreid in de bossen met gebroken ledematen op onze latten liggen, die oorspronkelijk aan het knagende wild toebehoorden en vandaag de dag in knagende pijn erg gewild zijn. Maar nu: wild willen we zelf zijn! Hard schreeuwen, zodat men van ver naar ons luistert: en schrikt: lawines, waarin we onszelf bewaren, als we eens uitgelaten willen zijn. Uit onze eigen huid kruipen en bij de rotsklippen op schoot zitten! En de berg smijt met steenslag naar mensen, die onvoorzichtig zijn geweest. Van zulke mensen voedt het land zich nu en heeft er plezier in, en ook de horeca-gelegenheden worden vlijtig en vaak met de door ons gebruikte smaak bezocht.

De vrouw gelooft – en daarmee is zij op een dwaalspoor net als wij in onze dorre bossen –, dat ze de dag ervoor een verschrikkelijk smeulend net op deze jongeman heeft gegooid. Haar vreselijke beeld heeft ze over hem heen geslagen, en nu heeft hij het in een vouw van zijn borst (een behoorlijk korte figuurnaad) zitten en kijkt steeds naar zichzelf. Hij moet zich niet langer voor haar verborgen kunnen houden. Steeds stilletjes aan hem te denken, is voor haar niet voldoende, onophoudelijk weerklinkt de doffe toon van begeerte in haar. En de helling gooit de jodeler meteen weer terug, omdat zij hem niet kan gebruiken. Zij heeft haar eigen stereofonie-installatie, want van alle kanten schreeuwen de mensen als magere varkens, alsof ze rechtstreeks in de storm snijden met hun scherpe smalle flanken. Niet meer door de nacht alleen vastgehouden, waarin je niets ziet, wil de vrouw voor Michaels blikken beginnen te stralen. Hier in je echte, oorspronkelijke gedaante op te treden, dan word je alleen door de uiterste moed nog in de teugels gehouden, waarin je werd gegespt door de skipunten en de hominachtende blikken van de afdalende skiërs. De hoge hakken van de onpraktische schoenen van de vrouw boren zich in de sneeuw van de helling aan de finish. Ja, merkt ze niet, hoe ze, door het gevoel gedragen, bijna al bergop aan het klauteren is? Waarheen en hoever haar gevaar, ik bedoel haar vaardigheid, op deze ongeschikte loophulpjes haar nog zal brengen? Reeds is ze helemaal nat, de hoge hakken rijten gaten open, die moeilijk te dichten zullen zijn. Wij dames moeten ons met harde hand op de weide uitzaaien, op het parket van de horeca-gelegenheden, waar we ons onder gieren en spookrijders, die de richting van onze smaak in het geheel niet waarderen, moeten bewijzen. Maar ook bij de sport willen we meer dan gelach oogsten! Voor iedere plaats moeten we eerst onze geldigheid aantonen (afstempelen het plaatsbewijs, ja, zo is het goed!), voor iedere gelegenheid moeten we op passende wijze zijn op(en)gemaakt, opdat men ons met een smak weer kan dichtgooien. Het scheppende schopt het spoedig niet ver meer, en wij ervaren, wat we moeten ervaren, namelijk of we passen in de vore op de akker, waarin het ons heeft gestrooid.

Geen hand haalt deze met zichzelf ingenomen en dronken vrouw aan haar nieuwe lokken uit de sneeuwkuilen, die ze voor zichzelf gegraven heeft. Mevrouw, wij treuren om onze vrienden, die reeds naar huis moesten rijden! Maar wij zijn er toch nog, de abonnementen, waarmee we over de bergen heen willen komen, hangen tegen onze warme borst. Wij willen u niet beledigen, maar uw veilige hut heeft u op de onveiligste plaats neergezet, dat is net alsof u helemaal geen huis heeft. Door de zon worden deze jonge mensen belazerd, omdat ze te vroeg zal ondergaan. Maar ook in het donker zullen zich onmiddellijk weer paartjes vormen. Het is ons recht, dat we over de bergen heen mogen komen. Hoe we ons daar gedragen, regelt geen wet behalve die van de zwaartekracht. Vol verbazing wijken we voor elkaar uit, maar soms de verkeerde richting op, waarin je niet behoort te spugen of te pissen, want anders krijg je alleen jezelf weer terug.

En de anderen, haalt u maar eens het willekeurige personeelslid uit zijn kluis! Op de skihelling verheft zich de knecht, dat schepsel der gehoorzaamheid, een wezen zonder nut, maar desondanks gemaakt tot een eigen stem bij de verkiezingen, en die meent, lachend te mogen doen alsof hij deze vrouw niet ziet. Met niets anders dan zijn stem van de jeugd, die tegen haar lambrizering trapt, mag hij te allen tijde over haar spotten. Op kantoor moeten de jonge heren omzichtig met zichzelf en hun baas omgaan, maar hier verdwijnen ze compleet met huid en hanengedrag de natuur in, alsof ze genereus genoeg zouden zijn, om zichzelf weg te geven. Door gouden medailles onsterfelijk worden! En wie bij de slalom tussen de stokken valt, zoals in het leven tussen alle stormachtige wallen en schepen, die kan eens goed meemaken, dat men niet om hem treurt!

Onder het ijs van de beek hangen hele bossen forellen, in de winter zijn ze slecht te zien. De vrienden van Michael zitten bij elkaar, begroeten elkaar en kijken onder hun zonnebrillen vandaan. De sneeuw hoog opspuitend maakt Michael op de helling na de finish een bocht en remt af. Alles zal goed komen, want ook zeer goed uitziende meisjes zijn gearriveerd, om aan te leggen en te schieten. Ongeïnteresseerd staan ze tegenover ons, wij, die niet opbloeien als de ontoegankelijke sneeuw daar verderop tegen de rotswand. Ze wonen nog te dicht bij de oorsprong, waar ze vandaan gekomen zijn. Aan nieuwe spullen hebben we allemaal plezier, maar alleen zij zien er goed in uit. Ze zijn zoals ze zijn. Ontrukt aan de weiden, waarop wij vette koeien grazen, wij, die ons voor onze eigen dijbenen schamen. Ons begin is zoek geraakt, geheimzinnig in zijn glorie ligt het aan gene zijde van onze herinnering verborgen en herhaalt zich niet. Ja, niet alleen in de sociale laag, daar liggen we vast.

Maar laten we ons liever verlustigen in het opsnijden en uitnemen van de ingewanden (de uitnemendheid) van mensen: de vrouw gooit zichzelf uit haar christ. sociale milieu voor de voeten van de student. Aan hem hangen op het ogenblik nog de skistokken als nageboortezakken aan zijn polsen. Wat in de nacht nog met een rijkelijke ejaculatie werd beloond, dat denkt nu, op een mens gelijkend, voor de dag te mogen komen. Dat de lucht zo om ons heen suist, dat zijn we niet gewend, wij wonen in een tweeëneenhalfkamerwoning! Op deze lastige steile bergpaadjes komen we nooit bij de pieken, vanwaar de beken naar beneden komen en het skiën pas echt piekfijn wordt! U en ik, wij treffen elkaar alleen maar aan in de bergrestaurants, waar behalve ons al ontelbare mensen zitten te wachten. Geen geboortestreek, waarin het avond wordt. Tijd, waarin velen gemeden, weinigen echter opgezocht dienen te worden, opdat wij net als het weer wederzijds bij elkaar als tegenstanders zwaar op onze schouders kunnen rusten.

Traag werpt de vrouw van de directeur zich in haar mantel van nerts en alcohol aan de borst van haar huidige baasje. Met hem wil ze de wereld verlaten, de pitten uitspugen en een eigen zondagsbijlage meteen erbij openen. Ze wil nog een keer opnieuw beginnen, lichtjes door de winderige Michael omgeven. Daarbij zullen we de dingen maar nemen zoals ze zijn: deze

Michael kan de vrouw niet geboren laten zijn, in tegendeel, wat stoort, is de tijd, die sinds haar geboorte al verstreken is! Vooral hier, waar het licht is en de teugels van de sportman kraken in de kou. Maar het licht van de liefde – van het begin af aan loopt het naast ons, maar zelfs onze sigarettenaansteker schijnt helderder – is op haar gevallen, heeft haar als een in de val reeds opengebarsten zakje afval op de grond gegooid. En de plaatselijke bevolking lacht. In de verte dreunen de vrachtwagens, hoort u ze? Gaat u maar een beetje opzij voor ze!

Nauwelijks hebben deze mensen behoefte aan wetten, of ze worden toch nog door hun gevoelens bestraft. De vrouw wordt van het voortdurende gebruik niet beter, maar als ze zichzelf aan een jonge man wil vergrijpen, die in haar gemeente woont: nee alsjeblieft! Dan strekken de handige zonen van het noodlot hun handen uit naar voren en houden zich volkomen bedekt. De vrouw bloost zeer, haar gezicht glanst, en ze bestaat niet. Ze ontstaat niet in de zoeker van deze jonge man. In zijn ogen is ze niet mooi. Zoals de dag groeit de jeugd op zichzelf, geeft zich met elkaar af en vervalt, aan hun ski's hangend, in de streken en de omstreken van het dorp. Het doet er niet toe wat er komt, al het tegenwoordige is haar even lief. Ze laat zichzelf uit. Alles behoort haar toe, ons niet eens het plein, waar wij zitten in de restaurantjes en door de kelner, die weigert ons te behoeden, over het hoofd worden gezien. Gerti klampt zich aan Michael vast, maar vindt geen grip op zijn geplaagde plastickleding. Welgeleid door zijn leeftijdsgroep, is hij een stuk van de vrouw vandaan gesleurd. Hij is ongecompliceerd, hij is er graag. Mensen als hij worden als geschenk, als gift voor bewezen trouw aan de prospectussen doorgegeven. Waar hij zich ook in de horeca-gelegenheden ophoudt, stil ademen ventilatoren en koelinstallaties boven zijn hoofd. Wij echter, wij figuren, laten ons zo moeilijk bewegen, als lood hangen wij aan onze catheters, waardoor ons warme arme water wegloopt. Onvriendelijk zijn reeds de straten. Wij bergenwandelaars, in zakken gedaan, tot zakken opgevoed, proviand van de natuur, waarin we ham en kaan kanen. Ja, de natuur, opdat die ook eens een pleziertje heeft, als wij een keer onszelf vergiftigen. Je sterft anders toch eerder aan haar steile straten en haar koude produkten.

Michael is al voor de helft weggegaan. Het licht schijnt ook voor de doden, maar vooral hangt het aan hem. Onze hemelse olympische atleten, nu hebben ze al twee medailles mee naar huis gebracht, die bij hen om hun nek hangen, terwijl wij de keerzijden bekijken: de lusters van de roem, die zich op de televisie van het plafond naar ons uitstrekken, zonder ons ooit te bereiken. Zo oppervlakkig Michael ook is, door niets geraakt, niets gevoeld, hier jubelt hij toch eerlijk met onze jongens en meisjes mee. De vrouw waggelt in de diepe sneeuw naast de afrastering en gaat zitten. Dit stevige touw, waaraan balen stro vastgeplakt zitten, dient ertoe de vrouw samen met de overigen die niet en niet uitgelaten willen zijn uit hun hokken van het sportieve volk dat op de latten leeft, die zijn grafzerk betekenen (en skiërs op de heldenpleinen toejuicht: Karli Schranz! Karli Schranz verdient een krans), gescheiden te houden. Het lichaam van de vrouw spant zich samen tot een architectuur van verlangen, om de afstand tussen zichzelf en de verloren jeugd te verkleinen. Misschien kunnen we dan toch in ieder geval met onze vrienden sleetje rijden! Maar nee, Michaels groep is reeds samengesteld. Ze staan elkaar steeds voor ogen en blijven af en toe ook graag thuis, om in de tijdschriften over het onderwerp te leven en elkaar op hun foto's lang zal die leven toe te zingen. Deze jonge mannen, waarin de vrouw slapend graag zou zijn ondergebracht: in plaats van te spelen, hopen ze, spoedig in de directie-etages aan de oppervlakte te komen. In de diepten van het bos wandelen ze vandaag nog lustig in huid en haar rond en de jagers lusten er wel pap van.

De vrouw staat op, tolt in het rond en gaat weer zitten, ze is gewoon onherbergbaar. Deze vrouw heeft haar eigen herberg in een kleine fles meegenomen. Ze drinkt. Michael roept lachend naar haar, en daar strekt ook al een andere kleine halfgod vanuit zijn eigen kelk (een bierblikje), die al vaak zijn vijanden door enkel zijn aanwezigheid verminkt heeft, zijn arm uit en trekt lachend aan Gerti, om haar uit de diepe sneeuw te halen. Hij rukt aan haar mouwen. Snel gaat het hem te langzaam. Hij duwt haar gewoon uit het diepe naar het ondiepe, waar hij zelf niet wil zijn en waar je de kinderen getroost alleen kan laten, geroosterd zullen ze een uur later uit de zon vandaan terugkomen. Onder de wolken verstommen de dieren, het belooft niets goeds. Om te slachten moeten ze zich altijd verkleden, zodat hun bloed kan opspatten. Bijna zonder te denken, staart de vrouw met haar pas vergulde hoofd in het licht. Nu valt ze weer om en wordt verder gesleept. De eersten grijpen haar onder haar mantel. Menig kind trekt zo lang aan zijn geslacht, tot het verheugd iets over zich heen naar buiten heeft weten te werken. De vrouw spreidt haar nieuw gevormde haar op de sneeuw uit. De nertsmantel zwalpt over Gerti heen. Voor de eenvoudige huizen van de regio vallen kinderen met zware tonnen op de grond. Ze hebben daar dicht bij het water gebouwd, de grond daarvoor was vochtig en goedkoop. (Net als onze dromen over het andere geslacht!) Het gewicht van het kruis op de top van de berg dragen ze in hun rugzakken dagelijks naar boven, opdat God weet, waarvoor hij het allemaal op zich heeft genomen.

Een eindje van de vrouw en haar groep vandaan struikelen beginners, je vraagt je af, waarom ze niet zwijgend als schepen ondergaan, maar nee, ze schreeuwen! En waarom? Omdat ze ernaar hunkeren in hun loopbaan op te klimmen, wat ze zich echter anders hebben voorgesteld. Wie u ook moge zijn, en omdat het openb. vervoer u daarvoor te min is! Ze transporteren zich naar het onzekere en hebben bovendien nog hun pikhouwelen, hun klimijzers en thermosflessen mee te slepen! Maar ze schijnen dat allemaal te verkiezen boven de wereld, door wier moedwil ze anders van hot naar her geblazen worden. Lachend nodigen ze elkaar uit, daarvoor is hun adem voldoende. Deze jongens, ze usurperen de wereld en consumeren haar produkten, waarin ze leven en waardoor ze op hun beurt worden geconsumeerd. Eerst komen de longen aan de beurt. Bedrijvig zijn ze aan het leven, leren en leunen. Zonder dat het leed hen ooit bedekt heeft, deze nieuwelingen, kunnen ze slapen, en bij het ontwaken kijken ze langs zichzelf naar beneden: daar zijn al één, twee partijen te gast! Hallo! Ze hoeven niet lang naar goede partners en goede partijen te zoeken, er wordt veeleer naar hen gezocht via de luidsprekers van de luchthavens en de televisiereclame. Deze pepmiddelen. Laten we een willekeurige bezienswaardigheid nemen en toegeven: deze mensen zijn het veel eerder waard, gezien te worden. Ze zijn als het gif, dat in de papaver slaapt, d.w.z. een millimeter buiten de wet komen ze pas echt goed tot bloei. Steeds wacht er glimlachend eentje en gaat plotseling weg, als wij langs en om hem heen scheren, steeds slaat ergens een autodeur dicht, steeds wordt er naar tankstations gereden, waar men de taal van hun dichtmateriaal begrijpt. Hun leven is helemaal opgezwollen van het oponthoud tussen twee lijnvluchten (zich een keertje helemaal kunnen laten gaan, zoals wij het ons eveneens wensen!). Wat een gedachte, maar u heeft natuurlijk gelijk. De jeugd. Zo opeengehoopt is zij in zichzelf! Ik hoor er helaas niet meer bij. En nog iets: bij al de zaakjes waar ze behoefte aan hebben, glimlachen ze, zelfs in de schaduw van het bos, waar ze ook hun behoefte doen. Leeg als gezang rusten ze in de lucht, niet eens door de takken afgeremd. Zo kunnen ze direct op de grond vallen en de treurige plekken verlichten, waar anderen van moeizamere groei een bosweg met explosieven hebben aangelegd, alleen maar om zelf een beetje te kunnen wandelen en gymmen. Ze lachen, dat schijnt volgens hen vaak het beste te zijn, zorgeloos sturen ze de klanken uit hun walkmans bij zich naar binnen, worden er helemaal onrustig van, omdat ze niet aan de muziek, die in hen stroomt, kunnen ontkomen. Voor mijn part, als ze er maar lol in hebben! En deze vrouw moet uitgerekend aan een zak als

Michael gaan hangen, die zichzelf, maar natuurlijk niet zijn doelen, al lang uit het oog heeft verloren. Nooit, misschien uit luiheid, is een vrouw naar zijn wensen uitgevallen, nee, hij wenst zich een menselijker huisje, misschien een zolder, waar hij zich eindelijk op de vloer zal kunnen opstellen, om zijn zucht naar klassemeubels en raspaardjes te stillen. Vanzelfsprekend vormt zich hier, in de dennewortels verstrikt, een middelgroot spektakel om Gerti, een dennekoek (een spekpannekoek) naast deze kleine beek, waar arbeiders, kantoorpersoneel en vrije bedrijfsexcursiegangers in de sneeuw zichzelf helemaal opnieuw in elkaar mogen zetten, nadat men op hen gejaagd en hun desnoods nagels door hun bovenbeenbotten gejaagd heeft. Waarom anders zouden ze naderhand kunnen beweren, dat ze als herboren zijn na een dagje sporten en verscheidene dagen hard werken?

Ja, we doen allemaal grote stappen voorwaarts of we rijden gelijk op, als men het ons toelaat. Maar dat deze vrouw haar ogen uitgerekend op Michael heeft laten vallen, onder wie ze denkt te ontluiken, en met wie ze tenminste een paar keer zou willen uitgaan. Met wie ze echter ook ontzettend graag thuis zou willen blijven. Haar man vertrouwt zichzelf helemaal aan de zaak toe. Deze man, die kan Michael, zijn vrienden en het halve bruto nationaal produkt van de landstreek inclusief het stuk gebraden vlees dat hij vandaag als lunch eet, zonder meer in z'n zak steken, als deze niet reeds vol zou zijn. De verlangens van de skiërs zullen ook gauw gestild worden, geduld, de skiërs gaan dan de kroeg in. In een juichende zwerm werpen de jonge sporters zich, joehoe, over de dronken Gerti. Uit hun eigen tank hebben inmiddels ook zij hun flinke slokken genomen. Het gebergte herbergt hen en beschermt hen tegen het zicht van hun medemensen. Deze reusachtige den staat er ook nog voor. Het ontbreekt hen aan niets. Als bewijs daarvoor tonen ze hun solo-asperges, die ze uit hun skikleding hebben getrokken, niet slecht, als je ze vergelijkt met de bleke scheuten van de andere mensen, die bij elkaar hokken, kakken en de aarde geen goed doen. Ze lachen uit hun kelen. Ze zwaaien met hun skistokken in het rond. Zo talrijk zijn ze, een factotum van de sportartikelen-business (een economische factor), ze maken het hoogste mee: amuseren willen ze zich, terwijl ze vergaan en de tijd vergaat. Terwijl ze van het bergstation naar de finish vliegen. Met hun gewichten rusten ze op elkaar, hun gezichten zijn naar elkaar toe gekeerd, een grote lul hebben ze ook, waarboven ze ademen. Als we elkaar allemaal zo trouw zouden blijven, de kelners in de horeca-gelegenheden en de wachters aan de poorten der disco's zouden ons nooit van elkaar kunnen scheiden! Die weten, in welke menigte zij het geluk beschermend tegen onze greep dienen te verbergen. Tot hier aan toe heeft onze rijkdom ons gedragen. Zo ver verschijnen wij in de natuur, die van buiten naar ons toe komt. Maar wij, geen kinderen van een geest, wij worden op grond van onze sieraden ingedeeld en moeten buiten blijven. En de grond knaagt aan onze ondode voeten, die steeds verder moeten gaan.

13

Het voortijlende leven belichamen ze, ook de meisjes, niet voor niets zijn zij vrienden, die kwaad van elkaar zullen spreken, als ze na hun promotie als concurrenten in hun banen springen. Terwijl in het rond het ellendige leven, de magere kinderen met hun kapotte tanden, wervelkolommen en gewervelde dieren, die ze opvoeden om om het leven te brengen, naar deze afdalers knipogen en zelf van olympisch goud slechts kunnen dromen. Oostenrijk, jij exportfactor, jezelf zou je moeten exporteren, meteen als één geheel naar de sport! Wij lezen in de boulevardpers, wanneer wij arme schepselen ook eens mogen passeren. Wees niet droef, benut uw troef eindelijk eens! Dit dorp strekt zich niet uit over zijn weiland, alleen maar opdat u in de hoop kunt stappen.

Michael lacht het hardst, hij wil immers ook het meeste ondernemen. Deze vrouw, die op de helling van haar dagen staat, zal hij wellicht een tweede keer onder handen nemen, wellicht ook niet. Hij haalt, van nieuwsgierigheid als een kind schreeuwend, zijn hangende roede te voorschijn. Is dat hem nu maar zo ontglipt? De meisjes, die zo oppervlakkig naar voren komen in de tijdschriften, waardoor ze tot vormen worden gemaakt, ze vormen van hun voorzijde een scherm voor het paar, dat daar in het wilde weg is komen aanwaaien. Ze lachen en drinken en worden onontwarbaar. Daar staat ook een tweeliterfles in de sneeuw en een fles cognac. Het doet er niet toe, wat ze doen, ze hangen naar de bergen en blijven onder elkaar staan, tot de lawine hen treft. Zij zullen hun eigen vellen niet over de oren laten trekken. In hun geslachten gist het nog niet, je kan ze dadelijk koewarm drinken. Het doet er niet toe. Gerti en Michael glijden onder het gekrijs van hun innerlijke stemmen in het struikgewas van de jonge sparrenaanplant. Dan wordt het stiller. Ze vormen een eiland in de groep bomen, nu zal je het hebben. Michael laat zien, hoe weinig stijf zijn lid nog is, en Gerti's schede manifesteert zich onder de zijde overduidelijk, alsof ze hoopt, in deze boot vol gaten nog ergens terecht te komen. Verdorie, daar verderop op de helling maken die lui lawaai, alsof ze allemaal één harde schreeuw zijn geworden. We kunnen hier zo helemaal niets horen van de domme foefjes van de clitoris, die Gerti zo graag zou willen laten uitwrijven. Deze meute, waarschijnlijk heeft moeder natuur ze zojuist uit hun plastic velletjes gepeld, de worstjes! Het algemeen geldende orgaan wordt aan Gerti getoond, men trekt haar de handen weg van gezicht en geslacht. Beide barstensvol met driftige gezangen gevuld, zoals ik zie. De jongens houden haar levendige handen boven haar hoofd bijeen. Niemand zou in deze positie zijn gezin over het beeldscherm heen kunnen toezwaaien. De vrouw strekt zich uit naar Michael. Haar gezicht wordt langzaam rimpelig, zoals aan de omstanders wordt meegedeeld. Maar het spreekt over liefde. Van sommige liederen is het het hoogste, waarmee we ons laten huldigen en in prijs willen doen stijgen. De zijden jurk wordt tot aan de taille naar boven geschoven en het broekje, waarover ze tevreden was, naar beneden. En nu kietelen we de duisternis, tot ze met daverend geraas over ons neervalt. Daarvoor zijn er vrienden bij ons in huis gekomen, om altijd het eerst de schaamlippen uit elkaar te moeten trekken, die de vrouw met zich mee draagt: in de diepte tasten, zodat het levend wordt, het hoopje mieren. Het wemelt er net zo als 's nachts in de toiletten op het station, als de wijn waait, zodat iedereen daar kan storten, urineren, alleen omdat hij nu net weer vol zit. Nu worden dus deze voetlappen, deze deurmatten, die alle vier van ons zijn, uit elkaar getrokken, tot Gerti het op een huilen zet. Het wordt haar dan toegestaan, dat ze weer opgevouwen wordt net als een prospectus, zo achteloos, maar een vinger willen we er toch nog insteken en eraan ruiken, voordat de wandelaar helemaal in de afvoer verdwijnt. We waren er ons niet van bewust, hoe ver de schaduwen al naar binnen reiken in dit levende wezen, en wel via deze buis, die hier nog gevonden moet worden, ja hier, achter het deurtje van de schaamte, aan wier haren geplozen, geplunderd en geplukt wordt. Popmuziek vervult de wensen van de luisteraar, de benen van Gerti zijn tot het uiterste gespreid, en de walkman wordt haar tegen het oor gedrukt. Zo moet ze blijven liggen en er wordt achteloos aan haar flamoes getrokken, die is sappig, en Gerti's man pleegt met snelle schreden in haar in en uit te gaan. Van verre komt hij, we horen het luid. Het is ongelooflijk, wat je met die rekbare schaamlippen allemaal kunt doen, om ze, als ware het hun lot, in de vorm te vervormen. Je kan ze bijv. in elkaar draaien net als een puntig zakje, en van het hoogland buigt het gebergte zich uit Gerti's jurk. Dat doet toch pijn, denkt niemand daaraan? En nu nog een beetje lachen en knijpen en uitkloppen, zo is het goed. Deze kinderen gaan de wereld rond, graag, en vertellen over hun daden. Of een kapper hier in staat was duurzaam te versieren, is niet meer vast te stellen. Achter deze bergen is Gerti in elkaar gezakt, bespot zoals haar hele geslacht, dat de stroom van huishoudelijke artikelen mag inschakelen, maar zijn eigen lichaam niet mag beheren. Zoals gras onder de snede in deemoed wegzakt. Dit vlees wijkt uit elkaar alsof het een spelletje is, het begeeft zich ter ruste en oogst tijdens het slapen nog meer: het betreft vooral de jonge meisjes, bij het lachen verscheuren hun eigen tanden hun gezichten. Hun haren moeten nog niet speciaal toebereid, kunnen (rauw als ze zijn) geconsumeerd worden. Ze houden van een willekeurig iemand. Zoals de adelaar zijn jongen uitbroedt, daarboven, bijna in het niets al, maar de eieren heeft hij toch zo hoog naar boven moeten slepen. En het oude haat de kinderen, en een broek wordt een stuk naar beneden getrokken.

Nou, laten we niet zover gaan dat wij, zelf knechten, met geweld het onze nemen van Gerti. Waar de wind en al deze liefdesbanden toch al een overmatig opgeblazen mantel van haar hebben gemaakt. Er wordt in het wilde weg rondgehannest, er is niet veel aan. Ik weet niet, maar moet dat nou, dat Michael ook nog laat zien: zijn moeder en vooral zijn vader hebben op hem niet bezuinigd, wat zijn lid betreft. Daarmee stapt hij rond, maar het komt niet goed overeind, zijn net uitgeperste geslacht, waarin de ijsklontjes drijven. Hij zwaait het voor de vrouw heen en weer. Heeft u het daarnet horen donderen? Ziet u wel, waarom doet u dan niet een stapje achteruit en laat u mij ook eens op video driftig hun geslachten opblazende mensen bekijken? Daar op de reservebank hoort u, daar ziet niemand uw op een krukje lijkende billen en uw vermoeide hondetepels, terwijl u breedvoerig in de gloed blaast. Schaamt en schuimt u zich niet met crèmes in, om de verschillen tussen u en de kwaliteit van de menselijke klasse (kwaliteitsklasse A) weg te wissen. Brengt u uw ongeluk naar de heer een etage hoger boven u, maar maakt u de overledenen niet wakker! Behalve een vlugge straal komt er niets uit Michaels pik, de mensen zijn door hem over het veld heen aangetrokken. Het gebergte hangt boven het meer, de handen roeien alleen. Deze meisjes staan te kijken, de stem houdt op uit haar kieren op te wellen, ze grijpen zich vast aan de lokken, aan hun sluwe geslacht, dat zelf kan lokken, bereid zijn zij, het om een ieder heen te slingeren, die er heen komt, en die ze, eveneens aan zijn kapsel, zijn kleren en zijn onderstel hebben leren onderscheiden.

Michael, die maakt reclame met zijn hele kleine kamertje voor de zoet rinkelende snoepwinkel. Op televisie branden de zinnen in kleine hoopjes. Ze zijn als gerechten bedoeld voor onze jeugd, die zich, al direct nadat ze een keer adem moet gaan halen, in de sneeuw, in het water bevindt. Ja, deze jonge man is wel een lieverdje. Arme Gerti. Die zo driftig geëxamineerd wordt in de school van het leven. Stom kijken ze elkaar aan en denken aan elkaar als aan gerechten. De bergen staat toch stil, waarom ze met alle geweld door de auto uit elkaar schuiven? Blij te zijn, heeft niet veel nodig, een beetje dicht zoals onze dichters bij de oever te spelen en zich ingekocht te hebben in de goudkleurige netten van de sport-speciaalzaak, dat is voor u niet voldoende?

En deze meisjes, één woord nog, ze zijn zoëven in zichzelf aangekomen, volle bossen schaamhaar groeien, alpenroes, tegen hun zacht glooiende hellingen, gezond waait het van hen, de aangenaam in zichzelf wonende en door de ramen van de tijdschriften bekeken mensen, vandaan. Ze buigen zich nu over de vrouw heen, ze zijn immers ook al bezopen! Opeens zullen ze vertrekken. Waarvandaan heeft men ze gestuurd en wat voor gesprekken voeren ze met hun hemelse kleine dagboeken? Waar willen we blijven, soms in de lokken in hun schoot? Zo kijken de bergen ons aan, waar de bomen krom staan van het lachen. Vandaag gaan deze mensen nog naar een verjaardagspartijtje en bekijken daar een andere partij kleine gasten. Als kinderen hangen ze, watertandend, gewatergolfd, in de gordels van onze jaloerse blikken, geachte andere dames, u die reeds haarstukjes draagt en u door televisieseries van uw stuk laat brengen. Het water in ons kunnen we niet ophouden, als het wil koken en uit onze huisjes schieten. Laten we eerlijk zijn, we gunnen hun niet hun veelvouwige gezichten, terwijl de leeftijd ons meer op onszelf, wij die van alle supermarkten thuis zijn, doet lijken. Rust u nu ook maar uit temidden van uw smal geworden oevers! Ieder het zijne, mijn dierbare kleintjes! Dat zijn echter nog niet de grenzen van onze firma, maar slechts adviezen, waaraan onze prijs zich maar heeft te houden.

Michael heeft hem namelijk omhoog, aan het licht gebracht, zijn lul, als teken, dat hij zich niet kan laten tegenhouden. Eerst moest hij zich weer laten opladen. Hij gaat lachend op de borstkas van de vrouw zitten en houdt haar armen boven haar hoofd bijeen. Hij laat zijn deeg in haar mond hangen, opdat ze dit voedsel ten dienste staat. Gerti kan alles heel goed onderscheiden, en in haar nog half naar beneden getrokken broekje gebeurt het. Een sissende straal laat ze onder zich vandaan glijden, ze heeft weer eens te veel gedronken. Lachend maken de meisjes haar het natte slipje afhandig, dat ze van haar benen hebben afgestroopt. Helemaal ongebonden zijn Gerti's benen nu. Allemaal nemen ze een slok uit de fles, maar Michaels lul is nog altijd met recht een zakflacon, recht is recht en krom is krom. Ze dopen Gerti's hoofd, dit kleine huisje, dat behoorlijk scheluw tegen de villa van haar gevoelens is aangebouwd, in het niet meer nuchtere water. Aan haar lieve flamoes en aan haar lieve aarsopening wordt lachend gevogeld en gevingerd, oh, werd ze maar zo gauw mogelijk weer door de slaap teruggevonden! Waar willen we zijn, waar willen we blijven? Als bij een kikker klappen de benen van de vrouw links en rechts tegen elkaar. Ze trappelt werkelijk te wild. Echt pijn doet men haar echter niet, waarvoor zou deze nergens en voor niets borg staande maatschappij anders in het leven zijn geroepen? Michael zit een beetje met een takje in haar ietsje kale heuvel te pulken, eeuwig spelen de kleine jongens om zichzelf tot bedaren te brengen. Ho even, nog iets, hij giet het laatste restje uit de fles in haar poesje en geeft haar zelfs een oorvijg, die echter niet te flink is uitgevallen. Au, we staan in brand.

Het sneeuwt nu zo hartelijk, als wij het van de winter verwachten. De laatste fles is weggegooid. Van Gerti wil niemand serieus een slok nemen, hoewel ze zichzelf weg zou geven, tot het groen weer te voorschijn komt. Haar kut wordt alleen maar uit elkaar gevouwen en, deze brochure kennen we al, lachend weer dichtgeklapt. De lipjes maken een kletsend geluid in de geoefende handen. Zo belangrijk is het allemaal ook weer niet. Verderop, vanwaar we Gerti hebben weggesleept, juichen de skiërs nog altijd in hun kleine meren van bier en Jägertee. Ze stralen en brullen. Door de last van hun plezier is de bosgrond ook al helemaal bezopen. Gerti's rok is als een zak, waarin ze temidden van merkjes op het opwarmen moet wachten, over haar hoofd heen getrokken. Het jarretelgordeltje heeft geen schadelijke bijwerkingen, als de man eens flink met zijn geslacht wil slingeren. Michael kwispelt met de stand van zijn orgaan voor haar gezicht heen en weer. Ze ziet het niet, gooit onder de rok onbeholpen het hoofd nu eens de ene, dan weer de andere richting op, denkend aan Michaels onbereikbare godenspijs, die in haar eeuwige vorm, haar unieke formaat bewaard is gebleven. Haar gezicht, waarop stil bomen neerkijken, wordt weer voor de dag gehaald, haar mond onder dwang geopend. De wangen krijgen kleine tikken, daarbij voel je de tanden daaronder het gezicht in zijn huidige vorm moeizaam ondersteunen. Dat zouden jullie ook moeten doen, elkaar ondersteunen, lieve jongens en meisjes, maar dat doen jullie toch al in jullie strakke T-shirts! Met jullie ongebreidelde handen en gebreide mutsen. Laten we doen, alsof we, elkaar aankijkend, een film aanschouwen, die ons eenvoudigweg treft (een desbetreffende film). Nu maken ze ook nog het bovenste gedeelte van Gerti's jurk open en tonen haar twee borsten, die ze uit de zijde hebben laten opspringen. Nu hebben we even een plaatje, joepie! Natuur heeft de beide vleesschijfjes, slecht gedoseerd, uit hun voorraadtrommel daar neergekledderd. Er wordt gelachen, dames en heren Oostenrijkers, en na de televisie vermengen jullie je dan weer! Vaak rust onder lichte stappen een mooier lot, alleen: waar heb ik nu het behang op geplakt? Ach daar hangt het, aan mezelf! Zo lijm je jezelf. Gerti moet haar mond wijd opendoen en deze verschijning bij zich naar binnen zuigen. Goed is het overigens ook om te sleeën, maar nooit, alstublieft werkelijk nooit temidden van skiërs: die kunnen het niet uitstaan, als ze, de laatste mensen op deze wereld die oprecht (rechtop) zijn, gelijktijdig door iemand, die op een enkel dwalende plank zit, beledigd en gestoord worden. Hun middenklassesleeën staan zelf uiterst nauwkeurig op de parkeerplaatsen en openen zich voor hun bezitters, die ietsje te laat van het vuur gehaald en ietsje bruin zijn geworden. Precies hier zijn ze te vinden, maak gebruik van de bijgaande kaart! U hoeft alleen vast in de ingeslagen weg te geloven en iemand daarvoor de schedel in te slaan. En in Gerti knappert nog steeds een mooi vuurtje, dat door de gestalte van een meter worst in haar mond wordt gevormd. Nou, mijne heren, en helden, laat u mij eens door de zoeker kijken, u heeft toch zelf ieder een spannend lid!

Nee, reserveonderdelen zijn er voorlopig niet. Het onweer, dat van onze goed, het geslacht uitgaat, laat ons allemaal via de kortste weg onze ondergang tegemoet rennen. Laten we de zinnen toch aan de man over, opdat hij rustig zinvol over zichzelf kan nadenken! Wij vrouwen moeten onszelf gewoon beter inrichten en dan naar de tot op grote afstand weerklinkende stilte uit uw levenloze apparaten, mijne heren, luisteren, die nog onder de milde spanning van het garantiebewijs beven, dat hun termijn niet afloopt. Aan ons denken de mannen het laatst! Vreemd is Michael binnengetrokken, vreemd trekt hij hem er weer uit. Vol verachting druppelt hij met zijn halfstijve nog een beetje in Gerti's gezicht, dat zich niet op tijd in veiligheid kon brengen. De vriendinnen en vrienden, de voorhoofden gloeien van het lachen en leven, ze trekken zich in ieder geval in warmere streken terug en plukken een beetje aan hun krachten, voordat ze hogere arbeidskrachten worden. Je kan niets doen. Daarom, treed uit de bar het leven binnen en wees niet bezorgd! Het tafeltje-dek-je van Gerti wordt weer ingepakt. Michael, die niet eens voor het voorspel opgewarmd kon worden, lacht hartelijk. Als een verfrissende stroom willen ze nu allemaal om het hardst van de Alpen naar beneden glijden. Zo veroorzaken ze oorlog in dit heldere licht, alleen maar om, de dal zonen, met hun zweepstaarten nog een keer stevig om zich heen te kunnen slaan. Scharen zich ongeduldig onder diegenen, die spoedig stil zullen inslapen. Dringen ook nog voor, de arm geborenen zullen wel niet boos op hen zijn! Kennen de boden van de vader precies! Opdat we elkaar niet verkeerd begrijpen: voor het liftstation, waar de aarde met kartonnen bekertjes is overgoten. Deze druiven, die naar verafgelegen dreven zijn gereden en elkaar daar tegenkomen, nu worden ze aan de kant geduwd, moeten bij zichzelf aangaan. Geduldig in de rij gaan staan met al hun mooie langlauf cassettes, die ze een leven lang hebben verzameld. Hun heersers zingen nu in koor en veel harder! Bovendien loopt de jeugd helemaal vanzelf en niet eens slecht.

Ik voel het aan, en u voelt heel warm aan.

Geen kinderen van droefenis zijn zij. Helpen de vrouw weer op de been, borstelen haar af, de sneeuw knarst onder haar. Al te veel heeft ze omwille van deze zonen niet hoeven lijden. Iemand drukt haar het natte slipje, een ansichtkaart ter herinnering, in de hand. Haar mantel wordt zelfs voor haar dichtgeknoopt. De levensmiddelenproduktie van haar lichaam begint haar haar al weer behoorlijk vettig te maken. Ze heeft ook reeds de cheque getekend, de nieuwe kleren moeten in de boetiek alleen nog worden vermaakt. Ze heeft haar lichaam opnieuw willen overtrekken, en toch voelt ze iedere dag sterker de zware zakken, die haar huid heeft te dragen. Het was niet zo bedoeld door de zonen en dochters, deze gouden eieren in de nesten van het hoger algemeen voortgezet onderwijs. Ook ons zou je ieder moment van onze zwakke stam kunnen schudden! Als loof zouden we dan vallen in de fraaie tuinen van de bezitters, door de meeldauw aangetast, en de vrouw van de directeur kan rekenen en rekenen, ze krijgt geen fatsoenlijke hoop om te verbranden bij elkaar. Alleen de kinderen, door de goddelijken geleid, zingen in koor, als ze binnengaan in dit huis en hun ouders uitlachen op een prachtig tapijt. We zullen het later niet horen. Michael is nu bereid tot een gesprek, daar het te laat is. Hij grijpt als een gek voor in haar mantel en jurk, plukt en schroeft lachend aan haar tepels. De andere hand schuift hij tussen haar billen. Dan steekt hij nog een welbespraakte tong in haar mond. Zijn lul heeft hij al zelf vrijwillig teruggenomen om hem nog een keer opnieuw te bewerken. Hij is immers altijd blij, als hij hem kan oppakken. Waar die kerel altijd rondstruint! Er is niets geweest dan tijd. De autoportieren knallen, ze spreken van vreugden en vrienden, waarvoor betaald werd, aan wie men zich heeft toevertrouwd als aan hometrainers, die men bezit of zelf moet uitbeelden. Maar tevergeefs! De goddelijken zullen nooit gelijk zijn aan de mensen, alleen zij kunnen zich verheugen, bij zichzelf aan te kunnen gaan. Hulpeloos stijgt uit de mensen op, wat zij gedronken hebben, en wel komt het in hen naar boven. Behoort toch uit te rusten in hen! Ze geven over, steunend op hun auto's, in de sneeuw. De vrouwen maken lawaai, de kinderen lamenteren. Goed, het voertuig rijdt weg, maar de inhoud van deze mensen blijft hier en sluimert in de natuur, waar zich het ware voltrekt en de waren door hun eigen etiketten belogen worden. Driftig roepen ze er allemaal naar, eeuwig houdbaar te willen zijn en eeuwig een attractief mens in de armen te mogen houden. Maar de heersers voeren maar één keer in de maan, en wij geven dan teveel van ons, de tijd zal het leren.

Gerti wordt in haar wagen gezet. Stil! Ik verzoek u mij te helpen mij uit te drukken: ze is in de macht van handen en tongen geweest. Bijna al is ze hard weggereden, driftig laat ze haar leibanden gieren. De veiligheidsgordels zijn het minste, wat haar tegenhoudt. Andere geboeiden hebben haar dit aangeraden. Zoals de kunstenaar naar de kunst komt, zo komen de kinderen van het dorp, om hun ritmische kwellingen van deze vrouw in ontvangst te nemen. Het kind buigt zich over de fluit, de man over het kind, om het te bestraffen. Het fabriekskoor zingt op zondag, om zijn persoonlijkheid tot uitdrukking te brengen. Ze zingen met velen, maar toch als een eenheid. Dit koor bestaat: opdat zijn leden als één man aan de touwtjes van hun stemmingsbanden trekken, terwijl hoog boven hen de fabriek loert. Af en toe heeft ze dorst en neemt de kudde op, zodat de stroommasten diep in het land het horen, hoe het zoemt van de arme mensen, die van zichzelf een rij vormen. Gewoon net als kinderen. Velen zijn gekomen, weinigen echter werden uitgekozen, om een solo te zingen. De directeur heeft de hobby van zijn werk, daarom is hij echt okee. De jongelui gooien zichzelf in hun voertuigen, op naar de vakantiekwartieren, waar ze nog meer in zichzelf en van zichzelf naar binnen kunnen stoppen. De kamers zijn allemaal uitverkocht. Lieflijke weg, die midden door de vlakte loopt, opdat iedereen rust gegund is behalve de omwonenden, bij wie het bloed uit hun oren komt door het lawaai, totdat ze zelf op vakantie kunnen gaan.

De vrouw raast door het land. Haar verstand gaat woest tekeer in haar hoofd en slaat tegen de schedelkuip, waarin het is opgeslagen, d.w.z. het heeft zijn grenzen bereikt. Ze wordt door de skiërs voortgejaagd, die op hun beurt weer in hun auto-nestkastjes (soms zijn die bijna zo groot als kleerkasten en daarin slechts deze kleine helden allemaal!) tsjilpend terug in hun kooitjes worden gewaaid. Wij aanschouwen de vrede, die de natuur in onze harten heeft gezaaid, en eten hem zo uit het papiertje op. Eenzaam schijnen de gloeilampen op ons neer. Het laatste afval wordt bewaard. De gezinshoofden storten zich, geheel hun grillige invallen volgend, op hun familielijden en staren in de herinnering van de dag naar voedsel, of je er nog iets van kan eten. Daar duikt voor het bedompte bos een ree op, we nemen het meteen mee, helemaal vet wordt het van onze boterhamomhulsels. Ze herkauwen en herkauwen het, dan komen ze tot bedaren met een mooi boek en een onserieus programma. Voor de laatste onophoudelijken is er nog een laatste reisje naar boven het smalle pad op, waarvan ze zodirect naar beneden zullen storten, terwijl aan de oevers al het wilde rondsluipt, waaraan het landschap vanaf 17.00 uur overgeleverd wordt. Uit luiheid houden de ingezetenen zich in hun huizen verborgen, de mannen geven zichzelf over aan het televisietoestel, waarin ze dier en land bekijken en iets over hun eigen onzinnige gebruiken kunnen leren. De vrouwen zijn werkloos. De wind waait over de toppen en brengt de pijn tot bedaren, precies zoveel als nodig is, om afleiding te kunnen vinden met een serie over bierbrouwers en olieboeren. Ja, de televisie is bijna te snel voor de aanleiding, ik bedoel: de aanzetknop, waarmee ze zich uitschakelen en het toestel aan.

De dag zal serieus niet meer lang met blauw in het rond smijten. Gerti last in de kroeg onderweg een royale rustpauze in. Hoe fantastisch het van grote afstand bij haar komt aanwaaien. Ze drinkt omdat ze een aandrang voelt, velen drinken uit plichtsgevoel, goed gescheiden van hun dierbaren, die vrolijk iets te drinken verlangen, net zo als ze verlangden, dat de luchten met hen spelen, als ze de helling afstuiven. Een hele schare, waarmee de dag gekroond was, staat te dringen aan de bar en giet zich verder vol. De natuur wordt weer eenvoudig en eenkleurig. Morgen wordt ze opnieuw door mensel. stemmen gewekt en zal ze met vrolijke hamerslagen haar publiek van de pistes naar beneden kloppen. Ja, het publiek, het is helemaal afgetrokken van de deken natuur, maar zijn bonte vandaag plakt nog aan hem, het dienstdoende café wordt volgestopt door deze toeristen. Een om de drinkbron van de mens heen ontspruitende knokpartij wordt door de caféhoudster gesust. Wat mooi, uit de vrolijke verte komen wij hier, van de berg naar het dal geworpen en reeds vol bier. Een paar houthakkers, de liefste dienaren van de bergen, worden inmiddels vernielzuchtig, aangevuurd door de mensen uit de stad, in de gelagkamer, voordat ze als bijlen hun vrouwen het enige standbeen ook nog splijten. Gerti zit stil met een verfrommeld voorhoofd temidden van de gasten, die hun eigen broodmaaltijd gegarneerd met sla dienen te verfrommelen. Morgen of vanavond meteen al zal deze vrouw voor Michaels vakantiehuisje staan en door de ramen naar binnen gluren, hoe zijn vrienden op zijn spullen beslag leggen. En zij, de teruggestotene, zal, niemand weet waarheen, als een vlotte gedachte in de verte verdwijnen. Terwijl haar man de omgeving in cultuur en de muziek om het leven brengt. Ik heb het koud. De een in de ander hebben ze zich gestopt, waar ze in al het afval naar het lieve beeld aan het wroeten zijn, dat zich gisteren nog in de fotozaak aan hen geopenbaard heeft. Gisteren nog. En vandaag zoeken ze alweer naar een nieuwe partner, om een glimlach op zijn gezicht te toveren, voordat er op het knopje gedrukt wordt. Ja, wij! Vol smart worden we zichtbaar en willen ook voor anderen mooi zijn, want wat hebben we niet allemaal voor onze kleding uitgegeven, dat we nu missen, als we ons voor onze liefdespartner uitkleden en ons uiterste moeten geven. Maar voorlopig voedt deze vrouw zich met alcohol; en de oogst van andere mensen, die eveneens zuipen in hun bonte verscheidenheid, levert haar niets op. Een kleine ruzie om haar nertsmantel, waar een skiër op is gaan staan, staat op, moet echter weer gaan zitten. Deze mensengroei hier onder de rustieke lamp: hoe laten ze hun vormen toch tot hun recht komen in deze bonte plastic grenzen, die ze aan zichzelf stellen, opdat hun vormen en normen niet uit de mode raken, en de modellen, volgens welke zij werden gebouwd, al helemaal niet. Zo breed als hun woningen versieren ze zich en begeleiden zichzelf in de omgeving.

Het gaat er vrolijk aan toe komstbeelden. De vrouw trapt ongericht terug. Een glas wordt haar toegeschoven, de dag schijnt zich bijna te haasten, het schemert al boven de bergen. De gebrekkige openbare mening wordt in de richting van Gerti gespetterd, net als water uit een kinderhand. Traag verlaten in de omstreken de armen de hunnen, om met vuile handen leeggeschud te worden in de restaurants, om als bronnen te ruisen van dat, wat ze bij zich naar binnen werken. Maar deze vrouw behoort in haar huis, het drinken wil men zich door haar niet laten welgevallen, ze moet geluidloos zijn, hier woont de kudde samen met hun goede herbergherders, het programma kunt u vinden op de televisie-pagina! De vrouw van de directeur is een zonnige wolk, zo ziet ze er tenminste uit, aangezien ze nu van haar stoel op de vloer zakt, waar ze haar billen gebrand hebbend op de blaren moet zitten. De waardin grijpt haar door en door goedig onder haar armen. Van Gerti's kin stroomt een klein beekje naar beneden en wordt breder. Iedere dag gaat dat zo niet verder. Prachtig glanst de natuur nog één keer, voor de laatste keer, van buiten naar binnen, en de kudden van haar gebruikers trekken met geduldige ruggen naar binnen, blij, er eindelijk zelf eentje te mogen heffen, in plaats van onder de zweepslagen van de uitzendingen over de olympische spelen te moeten steigeren en zich over de heuvels te laten jagen. Stoor je deze mensen niet, u zal zien, hoe snel ze dan verliezen, waaruit hun voorn. charme bestaat: op de filmsterren te lijken en er in het eigen fotoalbum, waarin we onze eisen aan onszelf meten, fantastisch uit te zien. Maar hier bruisen de golven hoog tegen hen op, en ze moeten zich onder eenvoudige eenvormige inheemsen handhaven. Ze doen het met muziek, kleur, geur en geld. Een lied wordt op zijn gebruikers afgestemd, het uur van de dag is plotseling veranderd, het weer slaat om. De wind schreeuwt door het kristallen ijs, dat van de bomen neerhangt. In de holtes van de vrouw grijpen zich nog meer mensen vast, kijk maar, twee mannen tillen haar nu op. Hun munten vallen over de vrouw heen. Een glas wijn en een borrel worden voor haar betaald. Onder voorwendsels, waaronder ze hun grove geslachtsdelen niet kunnen verbergen, bevoelen ze Gerti overal. Een stortvloed van gelach van hun vrouwen, die eveneens gauw, voordat het licht verandert, hun behaarde spleten opbouwen en de stellingen betrekken. Ze druipen allemaal nog van de natuur, zo volgezopen hebben ze zich met leven. Het heeft ook genoeg gekost, om als eilanden in deze kroeg te zitten en te kotsen. Eentje neemt voor de lol de vrouw op de rug, het wordt groter en roder tussen haar dijen, die ze links en rechts tegen de wangen van de man drukt. Niemand wenst, weggegaan te zijn. Ze wippen in het rond, eens loopt ook het poverste middagprogramma ten einde. Slechts een korte weg, met geweld binnen seconden af te leggen, de geslachtsdelen openen zich, en reeds klimmen ze in elkaar en drukken op de tube, jammeren om verlossing, en het dondert in hun ingewanden van de vele glaasjes, die ze daar, voor wildere tijden ingemaakt in flessen, hebben staan. In het donker puilen de eerste al uit de boeien van hun kleding. Gerti wordt in haar borst geknepen, vrolijk en onschuldig als groente woekeren we in de heerschappij, geachte dames! Het komt door de hogere regionen, waarin we ons bevinden en ons door de driften, die uit onze skibroeken naar buiten schieten, graag laten verrassen.

Eén, twéé, nu zit de vrouw weer fatsoenlijk op de bank. Men schuift haar nog een glas, waarin de alcohol snel veroudert, toe, dat ze met een zwaai van haar hand wegslaat. De royale buien donderen van woede en rukken de vrouw aan haar arm. De waardin laat het meisje achter de bar een dweil halen. Gerti staat op en gooit haar portemonnee op de grond waarin meteen mensen beginnen te wroeten, wier bezwete gezichten zich bij het zien van het geld nijdig beginnen te maken. De armen verdringen zich samen in de achterkamer en herinneren elkaar aan het werk, dat voor hen ooit ongedwongen de benen van elkaar deed. Maar daar is geen ingang meer voor hen. Oh, was die er nog maar! Nu zijn ze de hele dag thuis en daar in de vaat verwikkeld. En de andere gasten? Om niets anders dan mooi weer en vlegelachtige sneeuw smeken ze. Hun leven zal morgen in de bergen weer vermetel worden, maar misschien ook verregend, als de temperaturen, zoals voorspeld, flink gaan stijgen. De waardin: zachtmoedig effent ze zich in der minne haar weg. Ze schijnt, Gerti onder haar arm, als over water te schrijden, over het uitschot der uitgaanders, zoals het er bovenop drijft, heen. Ziet u, hoe zeker deze reizigers uit het niets ontstaan, zich met geschenken, op beurzen voor sportartikelen geboren, overladen en de dood in de bergen tegemoet gaan. Een nationaal lied wordt ongegeneerd uitgestoten. De zangers hebben met sirenen niet veel gemeen, wellicht nog de klank, maar niet het uiterlijk. Evenwel ze zingen en zingen, nu pas goed! Geschrokken zitten de bewoners, die niet eens papierarbeiders mogen zijn, achter hun beeldschermen en staren op de zeer listige uitvinding van henzelf, heeft dan niemand deel aan hun lijden? En waarom zijn zij door het leven gescheiden en ontslagen, nog voordat zij en hun ski's veilig in de kelder geplaatst konden worden?

Alleen of zelfs met anderen zou je in deze toestand niet moeten rijden, anders ben je immers tijdens het leven niet meer veilig voor jezelf! Maar Gerti, die zet de tering naar de nering van haar kleine edele handeltje en duwt zich af van de oever. Ze legt haar riemen klaar. Ongedwongen verspreidt ze zich over haar gevoelens. Michael: nu gaan we hem weer uit zijn huis halen, voordat hij kou vat. Zometeen zal deze vrouw, door zinnen gedreven, voor een vreemd huis staan te huilen, omdat er niemand is. Laat u ons toch verder gaan!

De lichten zijn zometeen aangedaan. In het aantal, waarin ook wij meestal blijven, één en ééntje, maar toch, zo vliegt zij op haar prooi, de andere automobilisten, af. Er gebeurt niets, als door een lang aanhoudend wonder. In hun thuisfrontlijn dreunen de heren, omdat ze op het eten moeten wachten, storten de honden zich op bezoekers en trekken zich gezond aan hen. Om die reden wonen we ieder graag op onszelf en houden onszelf als onze eigen tamme dieren in hechtenis. Nemen alleen af en toe een schuchter slokje van een ander, die beweert overvol te zijn van zoet verlangen. Maar als je eens werkelijk verlangt, dan krijg je het niet van hem!

14

Met geruis vliegen de grinddruppels voor het huis op, de honden springen omhoog naar onze kelen, en de deur gaat open. De vrouw gaat zelfs nog een stap verder, het verzachtende licht tegemoet, dat haar warme wachtende man omstraalt. De kinderen zijn al lang zonder de vertroostingen van muziek en ritme naar huis gestuurd, waar ze nu half uit hun schuilhoeken steken, door hun vaders geslagen. Opgelucht, de bronnen van de kunst aan de lippen opgedroogd te zien, verheugd zoals je het op familiefoto's ziet, zijn de kinderen elkaar reeds op de bosweg te lijf gegaan, en hebben elkaars gedaantes en kleding aan flarden gescheurd. Je moet voor je buren niet te veel willen doen, ze krijgen immers niets anders gedaan, dan mensen te ergeren! Alles wat meneer de directeur heeft gewild, dat heeft hij nu weer, zijn woord is ons bevel. Van zijn mond knetteren de kussen. De lepel met zijn opgeloste zinnen houdt hij onder het licht, maar niets raakt verhit. Hij kust de vrouw af als de moeder het kalf, ook onder haar oksels wil zijn tong. Hij wordt automatisch warm bij haar aanblik, zijn vochtige figuur blijft echter voorlopig nog gesloten. Gebouwd is hij als een berg, en de beken zijn al over zijn voorhoofd gelopen, niet te vergelijken met datgene, waarmee zijn arbeiders overstroomd worden, als ze, door hun verblijf in een kuuroord (nadat hun de wonden en straffen bij hun bestaan zijn toegebracht) zwaar getekend, de brief in de blauwe envelop ontvangen. Niemand van hen zou echter zijn vrouw begrijpen zoals nu deze opgeblazen directeur, die haar binnen haar oevers terug wil leiden. Wat heeft ze daar in haar zak, o het is haar natte slipje maar, dat hij op de houten vloer gooit. Hoe vaak is dat al niet gebeurd, maar meestal doen de dienenden deze plicht, als weer eens de wateren in de kraan niet in bedwang gehouden konden worden. De schoonmaakster zal morgen dit levensspoor verwijderen. Gerti moet in haar niet geringe loopstal komen. Het kind, dat de hele dag door naar diverse mensen heeft lopen rennen, schiet nu, slecht verstaanbaar door zijn geblèr, naar zijn moeder toe, helemaal dichtgezweet van de ellende, die hij zijn vrienden heeft bezorgd. Hemelse en huiselijke dingen worden over de lippen naar hem toegezonden door de moeder, die op haar beurt weer door de hemel werd gezonden. Ze is het pakketje, dat hele volksstammen te dragen en te vrezen hebben. Wie heeft nu weer op de knop van dit gezin gedrukt? Opdat u eindelijk een licht opgaat: ze zijn met drie personen, in het uiterste en koudste geval, om het weer zelf op zijn nummer te zetten. Het gezin: de vrouw is niet meer nuchter, goedmoedig wordt dat op haar rekening bijgeschreven door vader, die het chequeboek bij zich heeft. Zijn eigendom is hem het dierbaarste. De man streelt glimlachend de vrouw, maar een seconde later al graaft hij, als een razende, een vreemd gebouwde terriër, onder haar mantel, scharrelt in de revers van haar jurk die de stoute vrouw onmiddellijk moet worden uitgetrokken. Liefdevol wordt haar wang met de vingers gestreeld, alsof de schepper zijn potlood voortijdig heeft afgebroken, en nu moet het leven zelf het werk corrigeren. De vrouw kan met de automatische piloot niet overweg. Ze leunt zwaar in haar looprek.

Wie van ons zou niet graag op de weilanden van het leven worden vergeten, alleen maar om plotseling weer op te duiken in de resten van je kleding (alles klein en genormeerd net als rijtjeshuizen, maar niet eens met een koning zouden we ruilen)? Zich helemaal aan een ander overgeven, die precies zo snel langsschiet, dat hij ons nog wel zal leren kennen! Boven de droom uitgetild, de dreven, die naar het geld voeren! Zich, daar eindelijk gelukkig lijkend, op het kind te storten, is voor de vrouw meer dan een gedachte, ja, de goddelijken, die willen nu feestvieren, gieren temidden van valsspelers en fluitspelers! Op naar Wenen, naar het concert! Ze ligt met haar zoon op het tapijt in de voorkamer te rollen, onder het voorwendsel te spelen, maar haar hand (ze zweet niet) grijpt het kind al flink onder de broeksband. De man doet moeite voor een glimlach, want hij wil de vrouw weer voor zich alleen hebben, voor zover hij in staat is zoveel leven in een keer ook te smoren. We zullen zien. Zwaar hangt inmiddels zijn vastberaden homp vlees aan hem, die weegt van zijn heup af meer dan het hoofd, waarmee hij denkt en kijkt. Nu is daar alweer een samenhang ontstaan, maar hij wil niet blijven hangen. Het vlees dwingt je dikwijls, het lang uit te houden net als een touringcar, waarin je achter gesloten gordijntjes door de nacht jaagt, ramen langs ramen, en omdat alles beweegt, komen de mensen niet bij elkaar.

Zijn hand heeft de directeur al in zijn broekzak en hij streelt zijn knuppel door de zak heen. Zometeen zal zijn rijkelijk bemeten straal zich op de vrouw storten. En ook het kind straalt. Het is niet eenvoudig met hen, het kind zakt reeds als knaagdiervoer onder het lemmet van zijn moeder ineen, die zich streng in zijn vlees boort. De moeder giechelt, haar haren in het stof van de vloer gesmeerd, waar de huisvrouw zich niet om bekommert. Het kind wil erover vertellen, wat zijn speelkameraadjes hem misdaan hebben. Maar de vader heeft niet zoveel tijd als u, om kinderen lief te hebben. Hij knielt hulpeloos boven zijn gezin, het enige kleine temidden van het grote totaal, dat hij heeft geschapen. Ze lachen allemaal hartelijk. Ze worden door vader om de beurt gekieteld, alsof hij het leven uit hen wil schudden. Alles lacht verder, de man is steeds minder vertederd. Het kind kan hem gestolen worden! Hij stuurt liever op de schoot van de moeder aan, waarop hij zelf wil zitten. Voor het kind weegt geluk niet en ongeluk ook niet zwaar, daar moet toch iets te regelen zijn. Het moet omkeren de orde in, ja, sterker nog, het moet zelf orde scheppen in zijn kamertje! Ziekten worden steeds door de moeder gelenigd. En ook de man moeten de vrouwen in zich bewaren, opdat hij in deze rouwkamer behoed blijft voor de vuurstorm, die de lichamen 's nachts naar buiten gooit als een hondje, opdat alle hun gevoeg doen en daarna goed kunnen slapen. Overvloedige kerstversiering wordt aan dorre takjes gehangen. De hoofdzaak is, dat je geleefd hebt, en duidelijk op de bordjes hebt gestaan, en wat je eerst gegeten hebt het sacramentsmenu van boven naar beneden! Nee, hier op dit behang is enkel smaak te vinden! De zoon, ons publiek kent het beentje worstelen en arm lichten al van vele voorgaande keren. Hij weet op een arglistige manier een belofte van vader los te krijgen, waarin god en afgod sport de hoofdrol spelen. Hij zal worden toegeroepen door beloftes, door spannende sneeuwtapijten, die over de meest afgelegen bergen zijn gelegd. Ik bedoel, het zal spannend zijn, die vele hardlopers allemaal over de grond tot aan het middelpunt van de aarde te zien rennen. Aan het kind wordt een belevenis beloofd, want de vader verwacht veel van het lichaam van de moeder en de vertakkingen ervan, die leiden naar de nacht: dit landschap kan aan meer dan vijfduizend personen geen ruimte bieden!

Ze staan er bol van in hun doelmatige broeken, de heren, ook de zoon draagt er al toe bij. Dit kind, dat je al te hevige groei door z'n moeder niet kan verwijten, waar ze zichzelf immers als karig voer voor zijn voeten heeft geworpen. Dit kind, tot het frisse geslacht behorend, is door de moeder opgedraaid, en nu kan het niet meer tot stilstand worden gebracht, het loopt maar door! Maar nu naar de heren, van wie de directeur de bovenste beste is. Zijn lul kan te allen tijde binnen enkele seconden uit een warm bad geboren en eruit gepakt worden, kan werken, en dan wordt hij weer tevreden binnengehaald door het lot, waarin de kracht om te tennissen, motor te rijden en anderszins ijverig bezig te zijn, woont. Het wipt aan u op en neer bij het lopen, mijne heren, in het zwakke takwerk proberen de mannen veel, maar ik ben alleen. Het kind denkt over een periode van de aardgeschiedenis na, die het achteraf helaas (te laat!) niet meer kan meemaken. De vader heeft voor hem zoëven een encyclopedie gehaald en zich schoolmeesterachtig over zijn weloverwogen aantal kind heen gebogen. Meer van een kind zou de interesses van de moeder misschien toch te veel van de vader afleiden. Die wil zijn vrouw zelfs aan het bed vastketenen, giftig als de ziekte: God is asociaal, maar hij staat hier niet centraal.

Als een klok luidt de directeur boven zijn zitgroep, waar hij via de reisleiders in is gestapt. Buiten staan donker de bomen en wachten. Verzoend is het gezin, zwaar en onvriendelijk hangen de balzakken in hun meest favoriete vermommingen, in de met papier beklede kasten, in de ballonnen van de onderbroeken en joggingbroeken. Maar een kleine ingreep slechts, en reeds is alles weer te voorschijn gehaald. Het geslacht, waartoe wij behoren, ieder het zijne, springt namelijk elastisch als het elastiek, dat de armere bosjes mensen (want zij tellen niet per stuk) bijeenhoudt, uit het zakje, als de eenzame zich tot zijn eigendom wendt als tot zijn schaduw, die hem als enige onder de schepselen precies is aangemeten. Het bundeltje leven, ja, het zakt onder het hemd vandaan, en het gaat goed met ons. Wie veel wil, zal iets moeten kopen. Zelfs het kind: het glimt reeds als een hele man, die anderen buigt en voor anderen buigt. Het gaat van de ene naar de andere, wijst op zijn gedaante, die niet te verbeteren is, en verplaatst zich op een jaloerse baan, om ons razend snel voorbij te rijden. Enkel de indruk ervan is al zeer diep. Ja, dit kind is nog klein, maar het is speciaal als man gepland, geloof ik.

Nu is het nog een verrekkelingetje van een kind, zo klein, maar het drukt op onze trommelvliezen, zodat we tegen de arme buren opvliegen, die zich zouden beklagen, als ze het zouden wagen. Lief laat de moeder haar mond zakken op zijn haar. De vader wordt inmiddels onuitputtelijk, hij kan zich nauwelijks nog in bedwang houden. Wat hij anders voor zijn personeel verborgen houdt, hij kan er nu niet omheen, krachtig druk uit te oefenen op zijn driften. Hij schuift van achteren naar zijn vrouw toe. Vol verachting buigt de vrouw zich voorover, opdat het in haar diepte levendig wordt. Van het lachen, omdat het gekieteld wordt, lost het kind zijn mest, in het gezicht van z'n moeder. Het geeft niets, we zijn aan het ravotten, alsof het eten ons vochtig opgebroken is. De vrouw kan echt niet genoeg opletten, maar te laat, ze is achter haar rug om al half uitgekleed, terwijl ze aan de voorkant nog aan het kind zuigt, hem vriendelijke woorden toesprekend, of hij zijn speelgoed s.v.p. wil opruimen. Meer waagt deze man niet en wint toch. Als een laagvliegend vliegtuig strijkt hij over het achterwerk van zijn vrouw als tegen het licht fladderende vogels. Zijn gezondheid voelt de vader vandaag wild binnen in zich bruisen, gratis beurten winnend. Legt zijn gezwollen kernkop heimelijk, door het wijde huisjasje gecamoufleerd, tegen de aarsspleet van zijn vrouw, waar hij grondig controleert, waarover hij beschikt. Hij moet alleen nog een vore trekken, zo helpt de boer de aarde een handje. Niemand van ons hoeft het leven alleen te dragen. Maar waarom helpt niemand hem bij het opmeten, zodat een maat hem helpt alles te dragen? Laten we elkaar met open ogen wederzijds in ons geslacht kijken, opdat we kalmeren, slank, zoals we door middel van medicijnen een dieet trachten te zijn. In bedrijvige concurrentie met de anderen, die gekomen zijn om hun eigen spoor te trekken. Zelfs bij de open deur denkt de directeur er nog over na, welke ingang hij moet nemen, om op gang te komen, wat een eer, als gericht salvo te worden gepresenteerd! O god, wat mooi, een zware lading op de kar te zijn, die weldadig in de modder vastzit en erin ligt te woelen. De verkeerstekens hebben mensen moedwillig slachtoffer gemaakt!

Er wordt in het gezin verder gekust en scheten gelaten. Het gelukzalige wachten is beëindigd, gelukkige woorden doorsnijden de kamer. De stem borrelt op uit de vorst des huizes, ze wordt een veldslag, die hij wint. Hij wordt erdoor meegesleurd, bijna zou de hemel zijn arbeiders en kantoorpersoneel hebben vergeten, die door hun hoogste baas en zijn H. Kerk opgelicht zijn en dan ook welgeschapen en welbezoldigd op hun zolders moeten blijven staan, waar ze woedend met hun bellen rinkelen en aan hun touwen schrapen. Wat? Niet eens hun enige ruimte blijft van hun trappen verschoond?

De vrouw weet, waar de schoen bij haar man wringt, waarmee hij zodirect haar hek zal intrappen. Soms houdt hij het nauwelijks tot de avond uit en laat haar naar zijn directeurskamer op de fabriek komen, waar deze roofvogel zich niet langer in toom houdt en driftig zijn eigen huiselijkheid wenst te betrekken. Hij grijpt in het wolkendek van het geslacht, en dit groeit, net als brand. De kleine winnaar wordt reeds te voorschijn getrokken uit het kamertje boven de broekspijpen, waar hij heeft liggen loeren, tot iemand hem de tegoedbon voor de droomreis laat zien naar de goudregen in de vrouw. Vreugde voor de bezitter, van verre al merken de honden hem op aan zijn geur en storten zich op elkaar. Alle dagen is het feest. Of tenminste de slaap ons vandaag nog zal vinden? We hebben hem zeker verdiend, stil staan blijvend op de toppen onder onze warmende lagen, opdat we geen lawine veroorzaken. Denkt u aan de vele vrouwen alleen al in de herenoverhemden, waaruit de mannen hun heilige beekjes naar buiten kunnen laten stromen!

En ook in de elegante kleding van Gerti worden vandaag al voor de zoveelste keer bressen geslagen. De heren en hun blaasbalgen, met behulp waarvan ze in staat zijn luid grote woorden te gebruiken; lief waait het daarentegen in de zomer, in de winter moeten we zelf adem halen. Het kind merkt bijna niet, dat het onder ons trapt en getrapt wordt. Is het avondeten nu niet gauw klaar? Moet de directeur zijn vrouw soms nog een keer een tijdje uit zijn klauwen laten gaan? Wil hij dan, dat ze helemaal nuchter wordt? Zwijgend kijken het dier en zijn strop elkaar aan. De directeur kan nog meer: het lichaam van zijn vrouw in zijn hele wanstaltigheid op de keukentafel door elkaar mixen, zoals hij het het liefst in het deeg heeft, dat, goed afgedekt, moet trekken. Zo brengt het gezin zijn voedsel en de aarde haar schepselen zelf voort, zo nemen de gasten op de drempels afscheid, hoewel ze toch goed te eten hebben gekregen. Mijne heren! Ook u bent mij weliswaar vreemd, maar u bent met uzelf in het rond aan het gooien, dat de netten ervan piepen. De schotels met vleeswaren komen met een smak op tafel, het gezin gaat zitten, de zware hompen brood met duidelijk van elkaar te onderscheiden korrels, grof en duur op de goudkorrelomzoomde borden, allemaal zijn zij hier ooit eens bij elkaar gaan zitten, opdat kome wat de vader wil. Eerst zal hij de vrouw dik besmeren, en dan, nog glimlachend van de dag, tenslotte heeft hij brood verdiend en het brood deelt hij nu aan zijn gezin uit, ja, dan zullen de zware trommelstokken op het dof klinkende bekken van de vrouw neerkomen. Ik geloof mijzelf, maar ik geloof niet in mij! Laten we in ieder geval de feestdagen houden en laten we onze instrumenten door het fabriekskoor scherpen! Het kind moet leven, dat is nu eenmaal een gegeven. Ineens en zonder waarschuwing vooraf, net zoals de zon ook af en toe razendsnel toesteekt. Hoog boven op de toppen ontsteekt zij zichzelf nu al voor morgen, maar wij in de beloonde wereld, wij op de loonlijsten van de papieren tijger, wij hebben vandaag al ons knapperend vuurtje gehad en hielden onze lichamen ertegen, tot ze bijna in het licht en het niets zijn opgegaan. Ik zou u slechts één ding willen adviseren: zorgt u voor drankjes, dan heeft u geen reden meer u zorgen te maken!

Een beetje wegebbend geluid dringt nog van buiten naar binnen, tenslotte is het laat, en het privéleven schermt zich af, om zich alleen te amuseren. Diegenen die voor het eten en het amusement moeten zorgen, daar in de kleine huizen boven de ruisende beek, waar ze met het tuigje om hun afwasmiddel rammelen, deze eeuwig half verwekte, half onopgevoede mensen: ja, wij vrouwen! Wij zijn ook bij ons (niet goed bij ons hoofd). Om meer van onze mannen te maken, kunnen we hen alleen maar volstoppen. Het gezin sluit nu de dieren buiten, die uit de duisternis ons daarbinnen niet meer kunnen aanschouwen. Ook in het dorp worden nu overal de ogen bedekt, en ik vraag u alstublieft in uw eigen papieren te mieren! Morgen zullen ze allemaal van de bomen in de omgeving papier kunnen maken, alsof het een feestdag voor hen is. De directeur duwt hen zelfs uit het verbond, dat hij met hen en de vakbond heeft gesloten. Enkel bij wie goed zingt, kloppen de bedragen in het zakje. In de wanstaltige zalen van de cafés in de districtshoofdstad dondert het van het applaus, als ze daar optreden, als gerecht al lang gepland en vriendschappelijk voor de zelfgebakken klanken huiverend, alsof ze elkaar willen opvreten. Steeds weer klimt nu een portie man op zijn hem toebehorende vrouw, om ernstig uitgeput te raken. Zo hangen ze als de rotsen van hun broedsel en de borsten van hun echtgenote naar omlaag. Ze zijn het gewend. Door een strelende hand, die af en toe uit de duisternis komt, worden ze, vluchtig als door een met fruit gewapende tak aangeraakt. Mochten ze maar een ogenblik langer leeg blijven liggen (dan zouden ze soms deze tocht voelen)! Niemand behoort de lege flessen meteen weer op te rapen! Nu vleien de vrouwen met hun wapens, om iets cadeau te krijgen, een nieuwe jurk voor hun onbeduidendheid. Ze vallen door hun vermogen om te dulden in de smaak, maar ze vallen niet bij velen in de smaak. Een aangebrande hachee wordt dan onmiddellijk het belangrijkste.

We zien en horen elkaar nog.

Als de deur in het slot is gevallen, begint ook Gerti achter haar hangslotje tam te worden. Maar moet de directeur daarom handtastelijk worden? Het kind rent van de een naar de ander, het zwelt op. De vader wil het kind vergeten schenken, hij tilt het aan zijn broeksklep op en laat het weer terugvallen op de vloer. Eindelijk dient er uit de keel van de moeder een sociaal kokhalzen te worden uitgestoten. Gauw, een vinger erin! Enkel het kind, door een knaapje gespeeld, stoort nog, doordat het waarheden uit zijn eveneens gesmoorde keelgat verkoopt: hij wil dat er iets voor hem wordt gekocht. Volgens welke prullaria is dit kind eigenlijk geselecteerd? De ouders worden gechanteerd en hebben zwijgzaam op elkaar plaats genomen in hun mooie woonplaats. De voorraad van de kindertaal schijnt onuitputtelijk, maar het ontbreekt aan verscheidenheid, het gaat alleen maar om geld en goederen. Dit kind verlangt geloofwaardig hele wervelstormen van techn. apparaten tèteretè. Zijn taal strompelt uit alle holtes, waarover mama dierenplaatjes heeft geplakt. De moeder houdt van dit kind, want ze gehoorzamen beiden aan de gemeenschappelijke wet, dat niet de aarde ze verwekt heeft, maar de vader. Hele catalogi met goederen ontspruiten aan het kind. Ook een paard zou kunnen worden aangeschaft. Ja, het kind wenst met een zaak geheel en al in te stemmen, en dat is niet met de stem van de fluit, dat is met de sport. De waren worden tot woorden, waar of niet, waar voor je geld. De vader moet nog een keer zijn broekzak loslaten, waarin hij zijn ding tegenhoudt, aan deze vrouw kun je eenvoudigweg niet lijdzaam voorbijgaan. Hij zal het kind wel fatsoeneren, misschien slepen we het aan zijn haren naar het eten? De televisie geeft een goede kwaliteit beeld en geluid, een kwal, die haar tentakels tot in de kamer uitstrekt en de jeugd aan de hand van het voorbeeld van verschillende beroemdheden zichzelf laat herkennen. Het is zeer lawaaiig. De voorzitter van deze vereniging schreeuwt driftig zijn beslissing: dat ze alledrie weliswaar door een vader gemaakt, maar door mij bedacht zijn!

De moeder slingert in haar alcoholzachte lichaam heen en weer en botst tegen haar huishoudelijke apparaten. Zonder noodzaak koopt dit gezin zijn omgeving. Ziet u eens, wat een harmonie! De tafels gaan gebogen onder het schijnsel van de tafellamp, die op de geheime geheiligde etenszaken schijnt. Wat een vertrouwd land. De halfstijve lul van de vader ligt braaf als een jachthond tussen zijn bovenbenen op de rand van de stoel, niets ontbreekt, de eikel komt half te voorschijn, onder hem buigt de leuning. Het gutst uit de mannen naar buiten, daar waar hun ingewanden beginnen, daar zijn zij met haastige spoed zelden goed, en steeds verder en verder draven zij door het kreupelhout. Nee, dit geslacht gaat niet eerder slapen, dan dat het nog een keer geregeerd heeft en het flink heeft geregend. Want zo hebben ze het graag. De vader holt op zijn stoel: hoe afwisselend, hoe lieflijk het dal tussen zijn dijen toch gevormd is! Lang lang is het geleden, en zo en zo lang is hij. De vrouw kijkt voor zich uit en slaat af en toe op tafel. Zou je haar laten begaan, zoals zij het wil, dan zou ze direct weer haar nieuwste begeerte volgen en naar het aanzienlijke vliegen, dat Michael heet. Deze weg is nu voor haar afgesloten, vrees ik. Ze mompelt vage woorden uit haar nauwelijks geopende mond. Het vakantiehuisje van de student, die bedevaartplaats voor Gerti's vlees, daar kunnen we later ook nog heen rijden. In de huizen zingen de kinderen niet, en ze klappen niet met hun handen, ook de zon durft niets meer. Het wordt stil.

Wanneer, ik vraag me af, wanneer zal de vrouw de urgentie van haar plaatselijke veiligheidsorgaan aanvoelen?

Het kind zit gekheid te maken, nu helemaal opgewonden tot een wild dier. Altijd voor het slapengaan, als men geen hoge dunk heeft van het avondeten, begint het kind, zich van levende lijvigheid in zichzelf in het rond te gooien. Ook zijn moeder legt haar hoofd onstuimig op tafel. Haar gapende wond hangt samen met Michael. Ze laat zien, dat ze niets wil eten, maar iets zal drinken. De vader, voor wie er al geschoten wordt voor de jacht, geeft in zijn afdalerstenue reeds de snelheid vrij. Het kind stoort hem, daar zit hij nu in zijn eigen huis, waar de mensen sterven, als ze niet op tijd in het ziekenhuis komen. De laatste arbeiders ontsnappen aan het weer en haasten zich naar hun genoeglijke vertrekken. Spoedig zal het helemaal stil zijn. De lul van de vader, dat herculische spierstelsel, wordt door de moeder aangelokt. Dat heerszuchtige mormel, nu slaapt het nog een beetje, spoedig zal de geur in zijn neus binnendringen. Boven wordt met het kind over school gesproken. Dan wordt de voorover gezakte vrouw in haar warme okselholte geknepen, ze wordt bij haar schouders gepakt en weer rechtop gezet. Het kind ontwikkelt zich steeds meer tot chef van het eten. Opgejaagd door z'n begeerte, zakt de vader diep in zichzelf weg, ja, we zien dat ook de moeder hier is gearriveerd, enkel om weg te rijden en opnieuw terug te keren. Deze mensen kunnen niet stil blijven zitten, wat toch heel algemeen op de oninheemse onheilspellende rijken van toepassing is. Nergens blijven ze hangen, met de wolken en beken trekken ze de wereld door, hun kronen ruisen boven hen, en hun beurzen ritselen. Elders is het beter, en ze openen hun borst voor de zon. En steeds hetzelfde antwoord op de vraag: wie is er aan de telefoon? Het kind wordt lastiger, het is zijn verlanglijstje voor z'n verjaardag aan het polijsten, maar van zijn wensen schaaft hij niets weg. De vader doet het als principe net zo. Parelend zal hij de moeder met zijn bron verkwikken. Het leven ruist om zijn enkels, werkelijk, in de hitte van zijn zinnen, die geen condoom bijeen zou kunnen houden, daar rust zijn lijf, en fraai flakkeren de branden uit zijn gedaante. Het kind verlangt veel dingen, opdat het de meeste ervan zal krijgen. De ouders, die temidden van hun gevoelens eindelijk verstouwd zijn door de slaapwagenconducteur (buiten vliegt het landschap voorbij, en hun driften groeien boven hen uit en naar buiten de open lucht in), ze willen om verschillende redenen, dat het kind de geopende mond weer moge sluiten. Afspraken worden niet nagekomen. Een uur fluit spelen is toch niet zo erg. De vrouw eet nu toch een kleinigheid van het hapje. Het kind zal nog lang niet rijp worden. Laten wij ons liever klaar maken!

Ze kunnen immers niet naakt bij elkaar zitten, het kind stoort hen daarbij. Dit kind is immers in het delysium. Geen geheimen heeft het voor zijn ouders, zoals het daar achter zijn resterende melktandjes met de melk in het rond sproeit. Het is een tamelijk sterke binding, deze architectuur, waarmee het aan de ouders is bevestigd, het kind. Eigenlijk stoort de zoon niet alleen als hij aan het infuus van de fluit ligt. Hij stoort altijd. Zo'n overvloed (kinderen) brengen alleen maar onbezonnen relaties teweeg, die hun eigen rustverstoorders in huis halen, opdat deze hard en dom als halzen vanuit hun stuntelige taalgebruik beginnen te schreeuwen. In plaats dat ze het allemaal samen in alle mogelijke gaten van hun woningen met elkaar kunnen doen. De vader wil eindelijk de stof van zijn vrouw wegtrekken en sierlijk van haar heuvels afrennen, maar nee, het kind vervult als een feestdag de ruimte, zijn hoorn klinkt door de woning, waarin alles uitnodigt tot liefde, vooral de nadrukkelijke constructie van de vader, die, net als de grote bank in de woonkamer, voor de liefde prima geschikt is. Wat mooi bloeien deze handelsreizigers van het geslacht langs de wegen, deze voorzichtig behandelde plantjes, niet uittrekken s.v.p., ze trekken vanzelf wel! Wees in het bos verborgen, maar trap hen niet op de voeten, ze kunnen temidden van al het groen waanzinnig giftig worden!

De vader gooit in de keuken een paar tabletjes in het sap van zijn zoon, om deze eeuwig dienstdoende een keer tot zwijgen te brengen. Veel kan de zoon met zijn sapje nog niet beginnen, maar de vader, o jee, als het dan rustig is, zal hij uit het pak de moeder binnen stoten, over de al lang geëgaliseerde weg klossend. God stuurt zijn door berg en dal rondtrekkende handwerksgezellen de wijde omgeving in, tot ze elkaar voorgoed verwoesten en dan met de kinderen tegen groepstarief verder mogen rijden. Als ze verschijnen zingen ze en stropen presumpties over zich heen, bij het verlaten van het orgaan laten ze hun mesthoop achter. Zo luidt het voorschrift over de parkeerplaatsen van ons leven, het landschap blijft daarbij ongebonden in het dal liggen. De trap, die ter wille van ons van het gebergte komt, zal de vader afdalen en meteen ter verfrissing de melkfabriek van de moeder binnengaan, waar hij zo uit het rek kan drinken. Speciaal maatwerk is er ook voor een directeur niet bij. Deze tepels zijn door de tijd goed afgedekt, maar ze horen prachtig bij zijn dagelijkse leven. Het kind behoort zich eindelijk neer te laten zakken op dit huis om te slapen, nadat het net zo zal hebben gedaan of het nog een klein stukje op de fluit speelde. Nu is het uit met dit personage! We gaan naar bed. Nog een avondliedje voor de moeder, die haar zoon echter voor haar aangezicht helemaal niet meer goed waarneemt. Hoe vaak is er niet een foto van gemaakt! Het kind lacht en schreeuwt en stoeit een beetje, tot ook de laatste pil in zijn bloed is gevloeid. Ja, deze zoon kwebbelt, alsof hij in de schijnwerpers van de avond in zich zelf wil liggen rollen, in de saus van zijn rijkdom. Ook grotere niet en sterkere niet durven koppig hun ding aan hem te laten zien. In die hun huizen staan namelijk kooien, dicht ernaast, waar ook mensen eten. De moeder probeert het verkeer met vaders geslacht te vermijden, die verwoesting, waarmee hij zijn werk met middelen van het H. Verbond in haar opricht. Ja, ze wil wonen, maar niet bezocht worden.

Wat zouden we er niet allemaal voor over hebben, om aan de talloze redevoeringen uit de twijgen van het kind op een uitwijkrekening te ontsnappen, waar ook wij eindelijk kunnen gaan liggen en, net als het geld, slapend meer worden? Het is immers, alsof je deze fles voorgoed ontkurkt hebt. Handiger dan de wandelaars zelf zijn hun herinneringen, duidelijk spreken hun bankafschriften van de berg rente en geblesseerde rentevoeten. De zoon moet slapen en roken, het bad blijft hem voor mijn part vandaag bespaard. Hèhè, eindelijk, heb ik het niet gezegd, eindelijk houdt hij op met zijn uitdrukkingen en leunt in zijn stoel achterover. Voordien verdedigde hij met ieder woord brutaal zijn kennis, nu dekken lucht en tijd hem al toe, alsof hij niet bestaan heeft. Alles, niets is voor niets, mondt uit in een streepje drinken op z'n lippen, op z'n kinderkin, waar zijn glimlach heeft gebloeid. Het kind wordt, omdat het eindelijk rustig is, door de moeder ongearticuleerd omarmd en gekust. Tot morgen is het rustig. Hoofdzaak is dat de zoon uit de weg is geslagen. Het omsingelde ons als het ware namelijk, het kind. Terwijl wij openingen vol werk hebben, om onszelf in onze huidige situatie, de liefde, tegen elkaar aan te plakken. Uit ruwe, zwaar beladen wanden is de kinderkamer gebouwd, de vader draagt zijn zoon naar boven en laat hem uit zijn kleren op de legerstede neerploffen als een zacht kussen. Wat ligt, dat ligt. Het kind slaapt al, te moe om het uit zijn kleine piemeltje vandaag nog vonken te laten regenen. De groten benutten hun familieband met elkaar en grijpen elkaar bij hun kieuwen, om te laten zien, dat de leeftijd geen vat op hen heeft. Ze voelen zich niet geremd en oogsten graag, ze hebben niets meer te verliezen. Zoals aan de hemel de insekten, zal de vader dadelijk naar omlaag schieten en zichzelf het vers gemaaide gras in smijten. In minder dan vijf minuten heeft die z'n vrouw op z'n schoot gespietst, met zijn plompe postuur een wonder. Mijne heren, u heeft lang genoeg met uw slangen in het rond gespoten! Nu haalt u de witte reus, en op de knieën, 's avonds, in de haven van het huis, gebruikt u hem! De mannen: men heeft hun de ogen uitgestoken, en nu willen ze ook voortdurend de hand naar iemand uitsteken.

Zo jong is dit kind en reeds glansrijk (gans rijk). Teder gaat de moeder als toegift in het kinderbedje liggen, beschermt een liefhebbende nacht haar? Nee, ze zal spoedig onder de verstijfde spieren van haar man, die wil afromen, worden uitgedoofd. Het kind slaapt al vast. De moeder put zich uit in zinloze kussen, die ze over het dekbed uitspreidt. Ze kneedt het slappe vetkaarsje van de zoon. Waarom is hij voor vandaag opgehouden met groeien? Dat zijn geest zo snel verdwijnt, is onnatuurlijk. Ze kent het kind toch precies. Welke kraan heeft de vader dichtgedraaid? Maar die is al lang in zijn hobbykamer en pompt sap in zijn knots, tot hij zich helemaal fit voelt. Het sap van de zoon heeft hij met slaap vergiftigd, opdat het kind kan wonen in de kalmerende nacht, beschermd door zijn sporthelden en de chemie. Hij wordt wel weer wakker, om verweg over de heuvels te glijden, maar nu is hij voorlopig van de zijde van de moeder weggehaald. En de moeder moet bij dit kind blijven, want wat daarna komt, dat weet je niet.

Gerti perst zich onder het dekbed, legt haar kussen naast het kind op het kussen. Ze woelt in de ingewanden van het dekbed, begint haar langzaam te dagen, dat ze reddeloos met haar hiel in de binding met haar man is geraakt? En nu zwijgend in het spoor en de afdaling maken! Alleen deze binding houdt haar in het gebergte vast, tot ze treurend ondergaat. Nu is de vader al in zijn werkplaats om zich aan de acculader aan te sluiten, een goede fles wordt nooit versmaad. Is dat een recht, dat de natuur, die het ons gegeven heeft, weer van ons wegneemt? Iets later staat hij in de wc en piest alles er weer uit. Ondertussen rent de vrouw al, onder haar mantel wegduikend, het huis uit. Ze jacht als de boer, die op schandelijke knaagdieren jaagt, door de voortuin, maakt, zonder erbij na te denken plotselinge zijsprongen en omwegen. Ze heeft de autosleutels tijdens het rennen uit haar tas getrokken. Wanneer begint eindelijk de komende tijd? Reeds zit ze in de wagen, waarvan het zware achterwerk zo meteen zal wegslippen, als ze zo doorgaat, om hem, slingerend, de provinciale weg op te rijden. Het voertuig in het donker jaagt de laatste verloren zielen angst aan, die naar huis waggelen, om tederheid met bruutheid te beantwoorden. De schijnwerpers worden niet ingeschakeld. Gerti rijdt als in een droom, aangezien de zonnige oorden nog veraf zijn en de heuvels allemaal bekend en ver weg. Het zou beter zijn, deze gedaante goedschiks te benaderen. Het kind tiert intussen welig in zijn bed en laat zich in zijn dromen gaan. De directeur knijpt zichzelf uit op zijn wc. Hij hoort het geluid van de wagen en rent het terras op, de volgens voorschrift met drie vingers gehanteerde lul nog in z'n hand. Waar wil de vrouw heen, wil ze in het leven over haar gedachten heen? En nu, mijne heren, u, die zich aan uw boorkoppen vastklampt, waar kunt u aan uw verlangens woorden wijden? De directeur stapt in zijn Mercedes. De twee zware voertuigen werpen zich het landschap in, slijpen hun scharen uit. Met liefde storten zich in de tussentijd de armelijker aanwonenden van deze 3 km lange autowaan op elkaar, het dreunt een beetje uit de toestellen van het ongeschaafde kantoorpersoneel, en reeds zijn ze weer klaar met hun gesten der liefde. Ja de gasten der liefde! Die voelen zich bij vreemden niet thuis. De twee auto's razen achter elkaar aan. Ze klimmen kleine glooiingen op en glijden weer naar beneden. Laten we blij zijn, dat de motoren onder de kappen zo krachtig zijn en de jeugd die van de disco huiswaarts keert met haar gevaarlijke paardekrachten als sleetjes voor zich uit kunnen jagen. De man heeft tevoren niet eens de tieten van de vrouw kunnen betasten. Ze rijden. Vandaag zit er in de natuur geen groei meer, maar morgen zal wellicht een nieuwe zending sap binnenkomen. Er ligt sneeuw, maar hoog in deze boom zal op een keer weer een vrucht hangen, mij niet bekend bij naam.

De directeur heeft voor jullie al zijn natuurprodukten bij elkaar en raast achter de sociale contactinstelling van zijn vrouw aan. Hij MOET haar inhalen. Met volle kracht aangedrevenen, zo stuiven de twee over de straat. Binnenkort duikt het vakantiehuisje van Michael langs de kant van de weg op, o jullie lieverds, wat hebben jullie een geluk gehad, dat jullie ons vandaag niet zijn tegengekomen! In de lichte ramen een ambtenaar van de elegantie, groot naar buiten de duisternis in verkondigd. De vele beduimelde plaatsen op het mensel. lichaam, kijkt u zelf maar, kunnen met behulp van de industrie en buitenlandse ondernemingen in een heel imposante vakantiekolonie worden veranderd, waarin wij onze brede interesse aan de lijn mogen uitlaten. En aan de voorkant zijn onze zware stalen muilkorven zichtbaar. Ja, waar de vloed der begeerte op de weide valt, daar groeien de heren bijna twintig centimeter boven zichzelf uit. Dan brengen ze ons naar hun smalle weggetje, en men zegt over hen, dat ze niet eerder ophouden, dan wanneer hun stroom gas en tijd op zijn geraakt. Een keer erin, een keer eruit, en dan rusten ze uit.

15

Glimlachend dreigt Michael vanaf zijn verlichte veld, waar hij aan de andere kant van de panoramaruiten rondstroomt. Zijn wereld is goed gevoegd, hij beschikt over gevoeglijke rijkunsten, en hij betegelt zich, jong en voor minstens drie jaar gered, met zijn blinkende sanitaire levensvoorzieningen. Zijn deur zal hij nu voor geen goud in de wereld openen. Lawaai makend zakken twee mensen voor zijn drempel neer, waar anders de zonne treinen van zijn vrienden een stop maken. Michael is niet te bereiken. De vrouw geeft een trap tegen de deur, hamert er met haar vuisten tegenaan. Wat eens was, schijnt er niet geweest te zijn. De vele dingen die hij met haar gezegd, gedaan heeft, en alles voor niets! Maar om spraak zitten mensen immers nooit verlegen, en meer is ook niet in hen verborgen. Het begint zachtjes te sneeuwen. Ook dat nog. Achter zijn mooie vezelpleisterlaag van kleding staat de student aan het raam en kijkt. De nacht is door hem al gedeeltelijk van haar betovering ontdaan. Deze jonge man bezit verscheidene skiliften, en hij wordt ook anderszins omhoog of de wijde wereld in getrokken. Met zacht gerammel en bekleed met merkjes, waarop hij zelfs gaat zitten, trekt hij over de bergkammen van het land. Nooit alleen en nooit stil, en spoedig zal ook de zon weer op hem schijnen. Het begint zachtjes te schreeuwen. Wolken van wild komen uit de bossen naar de open plek, en dit middelste lid van de jonge kudde staat er stil bij, zonder begrip in zijn helderheid, die ook ander ongedierte schijnt aan te lokken. Michael staat er, vriendelijk geladen, waar hij onder stroom staat. Hij is thuis en houdt zich bij zich. De vrouw huilt voor zijn deur, haar hart klopt als een wilde. Haar zinnen zijn ontstemd, omdat ze alweer overuren moeten maken en bovendien buiten niet zo goed klinken, niet bij deze temperaturen. Bijna gelijktijdig eindigt de met alcohol overladen bloedsomloop van de vrouw, en ze zakt bij de deur tot een hoopje ineen. Mest op een bevroren bloembed. In lange lijnen trekken de liften bij daglicht voort, om de toegang tot het landschap te verlenen, zonder liefde stoot en val je op andere mensen. Deze vrouw, nooit mag ze zich echt thuis voelen op de wereld. Een beetje mensel. stroming en stemming komen ook nog in het struikgewas terecht. Een schandaal.

Door de onvlakte zijn zij overdag gewaad, de sportvrouwen en sportmannen, maar nu, als je ze nodig hebt, is er niemand te bekennen, om de vrouw uit haar overval op zichzelf te sleuren, haar bij het hart te grijpen en haar spaken tegen te houden. Gewoonlijk zorgt de directeur in zijn firma voor de regulatie van de economische stroom en hij leidt zichzelf, één met zijn lid, in die gekanaliseerde bedding en brengt een heel behoorlijk beekje tot stand. Hij zorgt ervoor, dat het water ook weer naar zijn zin en door zijn zinnen wegloopt. Het echtpaar wordt op het ogenblik door huizen, bomen, nacht omschaduwd. Gerti bonst tegen de harteloze deur en is reeds langs haar omlaag gegleden. Ze schopt er met haar voeten tegenaan. De student, voordat hij ook maar enigszins iets zou kunnen doen, is zekere inspanning waard. Hij glimlacht en blijft staan waar hij staat, tenslotte is immers Hermann, haar man, er, nimmer wil hij op hem lijken. En deze man wendt de blik naar boven, waar hij niemand gewend is. De blikken van de mannen treffen elkaar halfweg, ze zijn alletwee gemotoriseerd. Bijna gelijktijdig, een ogenblik lang, voelen ze, hoe hun lichamen tegen het sterven in opstand komen. Michael zorgt ervoor uit voorzorg een paar minuscule graden te buigen. Ze hebben alletwee al een blik in het doosje van Gerti geworpen, nou dank je wel! Niet nog eens met de armen roeibewegingen maken, enkel om door de propeller van de lusten, die kletterend en van kristal op hoofdhoogte wind maken, die paar grappige centimeters uit het evenwicht te worden gebracht. Tenminste eentje van hen staat er niet met het doel, de dure kleding omwille van de wil van deze vrouw van hun plaats te krijgen. De jonge man steekt een sigaret op, aangezien hem nu eenmaal al de vlam in de hand gegeven is, geketend aan zijn skihelling, zoals hij daar staat en de roofvogels der bergen om zich heen hoort suizen. Die willen hem het laatste vlammetje nog afhandig maken uit zijn gasaansteker, om het de mensen onder hem te brengen, die zich met God toch meer verbonden voelen dan hij. Het vuur in het dorp laat hem koud, hij hoeft het er immers niet heen te dragen. Gerti heeft zich uit de zuigkracht van haar fornuis, waar het ook aardig spettert, bevrijd. Maar nu is het genoeg, ze moet zich laten pakken, de edelsteen in het huis van de directeur! Diepgaand keurend pakt de directeur haar bij haar taille en begint haar over de rijpbevoelde nachtgrond heen te slepen. Ze stampt en trappelt met haar hoeven, om uit je vel te springen! Ze draagt nog altijd de zijden jurk van vanmorgen, waarin hoop ontkiemde, en ook van voren en van achteren ziet het er, overeenkomstig Gerti's figuur, goed uit, hoewel, alsof de dag, met sneeuw bedekt, al een beetje overhelt. De student is nu eenmaal geen gever, en hij zal het ook nooit worden. Hij kijkt naar buiten, beschaduwd zijn ogen, maar het licht is voldoende om het paar in heerlijkheid te omzomen. Hij keurt, wat hij ziet, niet altijd af. Hij heeft tenslotte geprobeerd, brutaal over het veld te lopen, om het wild te ergeren, de lucht te ademen en haar dan, gebruikt, aan de piste terug te geven. Evenwel: veel verder het landschap in reikt hij niet, z'n schijn, maar een raamwerk kan hij wel maken voor deze heilige familie en het tot kaarten ingeraamde uitzicht op hen. Michael beschermt zijn ogen, om zijn blikken aan de duisternis te laten wennen. De natuur is niet mild, de natuur is wild, en de mensen vluchten voor haar leegte uitgerekend in elkaar, waar altijd al iemand is. Misschien zal Michael een neutje met de directeur gaan drinken, die het schilderij, waaraan Michael is begonnen, met zijn eigen domme penseel wil afmaken, die kabouter. Tussen de sparren heb je de taal niet meer nodig. Laten we haar eenvoudigweg wegsmijten!

De stilte veegt de straten, en God doet de inzittenden van deze streek van geluk stralen, ja, van hen werken er altijd nog ettelijke, sommigen aan hun meubels en woningen, waaraan ze aan het beeldsnijden zijn, de overigen geven hun partners van dat moment een beurt, die geen duurzame verblijfplaats hebben. Er moeten steeds een paar nieuwe erbijgezwoegd worden (en gaan ook onmiddellijk de beek in), om de eeuwige belofte van de natuur op arbeid en woning waar te maken. Eindelijk vestigen ze zich ergens! Zo houden ze dan de versprekingen vast, die de natuur hun gaf: hun milde misstappen, waaruit mensen zijn geworden; en mensel. fouten hebben ook het bos vernietigd, waarvan ze leven. En nog iets, dat de natuur beloofd heeft: het arbeidsrecht, volgens welk iedere bewoner, die een verbond met zijn ondernemer heeft gesloten, ook door God weer via de dood kan worden verlost (de stinkende oplossing van God). Nu heb ik me versproken. En ook de heren regeerders weten geen oplossing uit het dilemma. Er komt steeds minder werk, er komen steeds meer mensen en zij doen alles, opdat dat zo blijft en zij zelf ook kunnen blijven. Zoals zij nu, hun tekenen van leven moe, maar trots aan de muur hangen en dan de kaasschaaf inleveren. Overal in het rond beginnen lichamen zich te ontplooien, er ontstaan gedaanten van uiterst zonderlinge makelij. Zou de bouwer van deze autosnelweggebruiker deze door hoop rood gekleurde misbaksels uit hun door elkaar gewoelde echtelijke bedden kunnen zien verrijzen (en wat ze verder allemaal nog vereisen!), hij zou ze zonder meer nog eens ombouwen, waar hij toch zelf zeer veel opwindender uit zijn nauwe kamertje is verrezen, ons allen tot voorbeeld, dat in musea en kerken bestudeerd kan worden. Deze slechte getuigschriften, die wij de schepper allemaal geven, doordat we er gewoon zijn en er niets aan kunnen doen: nu steken die de handen uit de mouwen, neuriën, bewegen naar het werk hun lijven in het ritme van de popmuziek op de radio of van een nog simpele plaat. Wat heeft Marx toch gelaten op ons gereageerd! Al die over de balk gesmeten schulden, die ze nu, dicht tegen elkaar aangedrukt, gaan innen, wie zou hun ook wat geven op dit uur! Zelfs niet de waard bij de brug, in zijn duistere drang, meer af te rekenen dan hij aan drankjes heeft verkocht, die zelf van de maaltijd snoept, die hij bereidde, en waar de 86-jarige keukenhulp Josefa de borden aflikt, de restjes opvreet. Altijd blijft er wat over van het werk, waaraan ze gehecht zijn zoals niet aan hun liefsten. De vrouwen zijn vers toebereid of ingemaakt. Ja, ook zij begeren iets, maar niet lang meer, zoals ze daar dreunen onder de zweep van het weer, dat hun zelfs hun kleding nog dicteert. Zo brommen hun tolachtig dikke lichamen voor zich uit, het leven duurt voort, de man verdwijnt duurzaam in de dood, de uren zijgen neer op de grond, maar de vrouwen bewegen zich kwiek door het huis, nooit veilig voor al de slagen van het noodlot. Wat lijken hun gewoonten op elkaar! Het is iedere dag hetzelfde. Dat komt morgen. Uitstellen! Uitstellen! Maar de volgende dag is nog niet aangebroken, de huisvrouw kan hem nog niet betreden, om door nog meer werk uitgeput te raken. Ze rusten nu gevoelloos in elkaar, de zuigers stoten naar beneden, men stevent op de ontoegankelijke kusten van de lichamen aan en mist, ja, we vallen weliswaar, maar we vallen niet diep, wij zijn zo oppervlakkig als het oppervlakkig is om ons heen. Zou het aan onze verdienste liggen, dan zouden we nog net schoenen kunnen kopen, om onze vermoeide voeten als wandelaars te verkleden, meer echter niet, en reeds worden onze enkels omspeeld door onze partners, die zelf willen spelen en zichzelf als troeven beschouwen, o hemel, ze overtroeven ons echt! En de afstand tot de hemel blijft altijd even groot. Vlug je voet gezet op de treeplank van de auto, die we onze lichamen in de vorm van arbeid hebben afgedwongen met vele uren van activiteiten voor de fabriek. In de gedaante van mensenkinderen zijn we binnengetreden, en na vele jaren rest ons niets anders dan de onderste tree op de ladder van middenklassers, en de entreebiljetten voor de fabriek zijn ons, wier tred intussen enigszins veranderd is, door een versnellingskunstenaar, die pas achter het pookje is gaan zitten, afgenomen. Ja, ze hebben ons plaatsje zonder vervanging geschrapt, de fabriek werkt intussen al bijna vanzelf, dat heeft ze van ons geleerd! Maar voordat de armoede zijn intrede doet en de wagen verkocht wordt, willen we zelf nog een paar keer uit den vreemde terugkeren. We willen onszelf nog een paar keer in de ander verspillen, van deze ene tafel verjaagt ons geen aan onze bezitter ontglipte gedachte, geen reclameboodschap uit een krant, geen flauwekul, waarmee we snel ons leven verkorten, omdat wij arme werkpaarden met alle geweld nog een paar paardekrachten meer op onze wei erbij moeten halen. En tenslotte de directeur: nimmer heerst hij alleen! Het concern, deze gevangen buizerd, zelfs dat kan immers niet de hoogte in schieten zoals het wil, wie weet, welk ander beest het daarbij zou treffen!

Zo hebben we allemaal onze zorgen, met wie we zouden kunnen vrijen en wat we zouden kunnen eten.

Je zou ze, wat hun gevoelens betreft, helemaal niet als onecht beschouwen, maar als ware juwelen, waarmee anderen lopen te pronken: de groepen gegroefde lijven, zoals ze daar, terwijl men ze voor hun eigen bestwil wil behandelen (nieuwe schoenen!), de wegen van hun kleine verliefdheden bewandelen en onrustig in hun kamers heen en weer zitten te schuiven. Een mensenkoor, dat zijn veelstemmige echo met de stoeltjeslift naar de vader de hemel instuurt. Die heeft de erogene zones geschapen, waarmee de vrouw zich 's avonds tooit, en haar werk laat ze daaronder gauw, nog voordat iemand haar fatsoenlijk kan betalen, weer verdwijnen. Beteuterd kijken de mannen in de gaten van hun vrouwen, die het leven heeft geslagen, ja, u huivert, alsof u het al weet: de doos is al lang leeg, die sinds jaren de zaadjes voor u uitstrooit. De liefde hangt echter aan je. En morgen vroeg moet de eerste bus gehaald worden, en al moeten ze nog zo hulpeloos naar hun vrouw slaan, die aan hen en hun korte loop hangt: schiet u maar op! Het werk ligt niet op straat.

Deze wegen gaan ook de anderen de dood tegemoet. Ze vergezellen elkaar een poosje, ademen luid voor de poort, zodat deze voor hen wordt geopend. En daar komen nog meer mensen, die bij elkaar in de zwakke takken zijn gevallen, om de ledematen in elkaar te rijgen. Opdat ze samen zijn, als ze de voorman tegemoet moeten treden. Je moet toch iets kunnen doen! Groter worden en met meer zijn zou al een goed begin zijn, als je ineenzakt onder de slag, die de fabriek iedere dag slaat. En uit de buit kiezen de eigenaren het beste, dat u in dit jaar heeft beleefd aan de stranden van Rimini en Carola, waar u, in overvloed oplevend, weggezakt bent onder het puin van uw kortstondige pleziertjes.

De directeur van deze fabriek sleept zijn vrouw terug naar de wagen, om de korte bedrijfspauze met nog meer bedrijvigheid te verkorten. Uit zijn zender klinken woorden van liefde in haar oor, en ze ontvangt ze spartelend en stamelend als liefdespaartjes zonder stereo-installatie hun dansmuziek na middernacht. Het raam, in de uitsparing waarvan wij één van de bontgekleurde joggingpakken zien, zoals ze anders, alleen dan kleiner en geringer, in de uitspanningen worden gevuld, blijft hardnekkig licht. De jonge man strekt zijn mouwen, die door een stevig gebreide band worden afgesloten, en tuurt naar buiten naar deze onaantrekkelijke mensen, die echter op hun manier volmaakt zijn, gelet op hun inkomsten uit het mensenwerk en hun invloeden op de politiek in het parlement van de deelstaat. Wat heerlijk om met de rijken samen te zingen en toch niet lid te hoeven zijn van hun fabriekskoor! Hun gebruiken te leren, daarbij echter niet op de velden te hoeven staan en tegen de oogsttijd je haar te moeten laten knippen! Net als de zware stieren weiden de twee auto's naast elkaar voor het huis, en het ene dier wordt nu een stuk ontweid. De deur gaat open, het lampje aan. Er worden troetelwoordjes naar Gerti's huis en haard gezonden. Niet om te straffen is dit gezinshoofd gekomen, maar om te troosten en opnieuw in bezit te nemen, het schittert reeds als een stad achter zijn poorten. Hij heeft geen andere wensen als die naar zijn vrouw, die voor hem voldoet, in tegenstelling tot anderen, die er helemaal niet mee kunnen ophouden, bescheiden te zijn, te zingen en te zeggen, aan welke foto in de desbetreffende ordner van bewaring ze de voorkeur geven. Hoe die in hun geslachtsbedrijven na het werk nog aan het rommelen zijn! En kijkt u eens naar uzelf, wat u, de snoeken in de karpervijvers, zich op de hals gehaald heeft: het lijkt me, dat soms de natuur geen mildheid toont. De directeur is gehecht aan zijn vrouw, gewend is hij aan haar brede stegen. En terwijl de stille inzittende van het huis achter het raam nog bij zijn dierbare catalogus met motoren in de lucht hangt, legt de directeur Gerti over de zitplaatsen voorin (voordien heeft hij nog aan een kno(o)p moeten draaien, ik zeg niet aan welke), slaat haar jurk over haar hoofd heen en bedwingt haar billen, zodat hij meteen over de grof onbevoegde dam in haar binnenste kan binnendringen. Teder kneden de handen de uiers, vriendelijk tolt de tong in en uit het oor. Dit werd al vaak gedaan, want graag vestigt een huis zich tegen een ander huis aan, niet om de buurman te ondersteunen, maar om hem te treiteren. Het is weliswaar een beetje ongemakkelijk, de zomer is ver weg, de straat is afgelegen, de dieren smaken goed, en alles komt in de daarvoor bedoelde ruimten of in ieder geval niet ver van het schot in het doosje vandaan. Als in je slaap kan deze branding aan komen rollen en op de kansel midden in de natuur plaatsnemen. Daaronder, in het zwakke schijnsel van de veldkijker, de verbonden ledematen, die tussen werk, geld en de machtigen, die nu eenmaal niet graag alleen zijn, heen en weer jakkeren. Ze moeten voortdurend op elkaar gaan liggen en het met iemand aanleggen. De activiteit van de mensen begint met nieuwe doelen, het weer is koud, en iedere keer als de directeur zijn potige pik een beetje te voorschijn haalt, werpt hij een stevige blik op zijn stille bewonderaar aan het raam. Hij hoeft zich alleen een beetje in vreemde bochten te draaien. Misschien neemt de jonge man de zaak nu ook wel flink onder handen! Ik geloof, dat hij het echt doet. Vanaf de heup naar beneden horen wij mannen gewoon bij elkaar. Dat wil zeggen we behoren aan onze vrouwen toe en laten ons op straat, zonder tegen te stribbelen, noodlotsloten in onze handen drukken. Laten we toch plaats nemen in elkaar! Michael heeft z'n hand voor in zijn joggingbroek, geloof ik, en stopt zijn kleding helemaal vol met zichzelf. De jurk van Gerti is ook al helemaal opengeknoopt en haar tieten springen er uit, neemt u mij niet kwalijk! Het doet er niet toe, hoewel de luchten voor de directeur aantrekkelijk zijn, in zijn binnenste let hij op feestberadenheid en kwaliteit, we vergeven het hem. Met het gezicht naar voren wordt de vrouw in de zittingen van de auto gedrukt, alsof er slaap in deze ooglederen schaduw verborgen zou liggen. Haar benen hangen links en rechts uit de open deuren naar buiten. En haar man, deze brullende inboorling, aan wie we onze streek hebben overgelaten, opdat hij er papier van maakt (de bomen zouden toch al tot een scherpe scheerbeurt zijn veroordeeld), die is hier nog veel meer thuis dan wij 't ooit zouden kunnen worden! Ik hoor hoe deze vogel bij het zingen schreeuwt. Hij gaat aan Gerti's zijde liggen en wringt ettelijke van zijn liefhebbende vingers bij haar naar binnen. Hij spreekt haar vriendelijk toe, beschrijft haar de andere prijzen die zij kan winnen. Dan valt hij weer met een smak in haar kut. Hij trekt zich even terug en betast zijn scepter: we zien het, onmetelijk en onmatig zijn zijn stappen. De vrouw wordt nu door de expert onderzocht, die zijn krachten onder de motorkap aan het werk zet en zijn kleine verkoper er weer op uit stuurt, ja, sterker nog, hij begeleidt hem persoonlijk, we zullen dat varkentje wel even wassen en dan achter hem goed afsluiten.

Al lang zijn de sluiers rond Gerti's geheimen opgelicht, haar zeer afgesloten deuren staan open, men geeft haar nu nog klappen op haar bil en haar rug, zo begroeten vrienden elkaar, en zo lopen we elkaar niet mis. Ook met het motorvoertuig van de tong rijdt de directeur naar binnen, wie legt ons dat uit? Sommige jonge mannen van het dorp hebben zich geposteerd voor de posters van naakte vrouwen en hopen in aanmerking te komen, als het om de verdeling van de posten gaat. Ze willen beuren, maar niet betalen. Hun vrouwen helpen hen met hun onsterfelijkheid en met het hoge sterftecijfer van hun werk daarbij. De directeur echter gaat zijn hete weg alleen. Ieder kent zijn nog jeugdige straal. De vrouw moet hem nu, wanordelijk met hem vermengd, in haar reet dulden, al zijn er nog zo veel paden, en bovendien nog beter geconstrueerde ook. Terwijl de andere mensen aan de ziekte ten prooi zijn gevallen, neemt deze meneer het er doodgemoedereerd van aan zijn vertrouwde bar, waar ook, vlakbij uit de buurt, zijn kind vandaan komt. Wees maar niet bang, hier rust zijn lid veilig. Nu sjokt het opgewonden dier nog rond in de vrouw, waarin het gebracht is om te groeien. Makkelijk vangt het zichzelf in de ketting, die het heeft stukgetrokken, het kalfje. En zo blijft het dan staan, tot men met het afschieten klaar is. De vrouw is reeds zwaar getekend door het verblijf van de vertrouwde stappen. Hindert niets, voor alles bestaat er een goede zalf en een goed geschenk in geld. Want voor smeer geldt: het rijdt beter. En spoedig pronkt het frisse groen weer, opdat de man het eruit kan trekken.

Wat een hemelse groep, die echter gauw zal moeten uitrusten. Lijf aan lijf bedreigen ze elkaar allebei. Kermend na ettelijke volgende uitglijders, valt de directeur slap over zijn vrouw heen, die zo goed was uitgerust. Op haar aanbevelenswaardige achterste gebiedsdeel heeft hij grondig geoogst, daar groeit zo snel geen voeder meer. Driftig schiet zijn vloed uit hem, en van de knechten, die hun op gouden dienbladen worden voorgezet, nemen ondertussen hun goden en personeelschefs met geweld het hunne. Moge ook u uit de veelheid het beste kiezen en ziet u: u heeft het al in huis, laten we het uw betere helft noemen en laat u haar achter de afwas staan en schoonmaken en zweten!

Voor deze keer is het de directeur weer gelukt en heeft hij zijn vrouw gelikt. Maar morgen kan hij opnieuw uit de band springen, vanuit de heup schieten en ieder plaatsbewijs kopen, Joost mag weten waarheen. Maar desondanks, de vrouw is altijd nog beschermd en begeerd, de paden mogen overal uit elkaar vallen, er zijn immers zoveel wegen te bewandelen, naar het theater, het concert, de opera op abonnement, dan kan je wel een keertje het ding, dat de directeur je jammerend overhandigt, aflikken en weer opnieuw inpakken. Die heeft haar nu op haar rug gedraaid en wipt voor het gezicht van de vrouw op en neer. Een dun draadje kwijl komt naar beneden, en de vleesfrikadel wordt met saus dan ook meteen aan de lippen van de vrouw gelegd, een zachte vermoeide zuigeling. Mmmm, dat is lekker. Er wordt van haar verlangd, dat ze weer schoonmaakt, wat ze om te ontplooien en te ontdooien uit de keuken heeft gehaald. Eerst het harnas, dan de lans, zo glanst het al gauw weer, ook in de kleinste hoekjes, tenslotte wil je vandaag nog autorijden en de zittingen verschonen van zijn reinigingsschuim. En dan moet Gerti ook nog de harige zak afkussen, als dat maar niet verkeerd afloopt. Als een slang scheurt de directeur de jurk van zijn vrouw aan flarden, met één ruk, er wordt echter gelijktijdig bij gefluisterd, dat ze morgen twee nieuwe ervoor in de plaats krijgt. De jurk wordt met kracht aan de voorkant helemaal uit elkaar getrokken. Gerti's lichaam wordt vanuit de goede hoogte afgekust en weer op de zitplaats in de gordel vastgezet, waar het blijft hangen en geen blik, die het heeft ontvangen, teruggeeft. De directeur verscheurt ook nog Gerti's onderjurk en ontbloot haar hele bouwvallige voorfront; spoedig zal er weer, hoewel buiten, buiten de platgetreden pennenkokers, vriendelijk groen verschijnen, een één, twee maanden durende klus dus! De wind tijdens het rijden en sporadisch huiswaarts kerende mensen moeten het gebouw maar rustig bekijken, in de warme schaduw waarvan de directeur heeft liggen rollen. De vrouw lijkt op geen enkele filmactrice, in ieder geval niet op eentje, die ik ken. Het is stil. Michael gluurt uit het raam en doet moeite, opnieuw te groeien, om van zichzelf het beste, het meeste te maken. Niet alle mensen kunnen een fraai geslacht inzetten, om zich ermee te kunnen amuseren. De directeur is trouw zijn nu eenmaal aangeboren, zo hoort het. Wij zijn de fornuizen van het huis en warmen de heren, zo nodig, op.

De jonge man, denkend aan de talloze vrienden, waarin hij zijn avonturen zal bewaren, gaat onder de al te scherpe douchestraal. Zijn zinnen zijn geheel bij hem en gaan op de vloer liggen, om als honden te slapen op de daarvoor bestemde kleden. Misschien zal later nog zijn vriendin langskomen, terwijl buiten knechten met geweld het hun toekomstige nemen. Zo lang heeft hij stil gestaan, om een ouder wordende vrouw aan te kijken, en zo lang zal hij nog stil staan, een kind van de wereld. Ik geloof, dat hij zelfs nog zal slapen, als morgen vroeg de dagloners elkaar in de bus doodschoppen en met hun have de schedel in- en het gareel uitslaan.

Alsof ze met hun auto's het leven omgewisseld hebben, rijden de directeur en zijn vrouw met elkaar naar huis, de een de beschermeling van de ander, van één levenshouding in de andere houding woelend. Deze mensen kunnen overal onbevreesd neuken, hun daden worden door de liefde en hun lieve schoonmaaksters steeds weer in orde gemaakt. Het kantoorpersoneel rust, het geluid van hun wekker zal hen spoedig naar boven dragen. De bergen staan stil, tot de zon morgen weer door de chef van de VVV wordt uitgedeeld, tot vreugde van de sportlui. Zo haalt het directeursechtpaar zichzelf naar huis op zijn grote vlot, geheel volgens de voorschriften via de rijksweg en gematigd wat de snelheid betreft. Even hebben de twee hun lichamen vastgepakt, om brandstof te pompen, de fonteinen spuiten onder hen in het rond, ja, de rijken frissen zich op zo vaak ze willen. In de kleine huizen is het stil, want daar moet je het benzinegeld eerst tellen. Er heerst hoogstens geweld, tot ze morgen in de fabriek opnieuw overheerst worden, deze kleine daglonerslonen, en hun vrouwen waden overdag in de plassen van het sterke geslacht rond. Fruitig fris is de liefde in de beker, maar waarin verandert ze zich in ons?

Het werk van de geslachten, uitgevoerd vandaag door de directeur en zijn echtgenote – bedankt voor de dubbele axel en de berger te paard! – waaronder ze huiverend opbloeiden, om naderhand hun mond af te vegen als na gulzig naar binnen gegooid eten, het is misschien, maar niet zeker voor vandaag ten einde. Tot morgen wij elkaar blij in het licht terugvinden, dat uit de schijnwerpers van de bus straalt, zo vroeg nog in het donker, om maar niet te spreken over de komende jaren! Niets anders dan deze lichten strijken langs de arme lichamen, die zich schaamteloos in hun ochtendstank, in hun uitlaatgassen aan ons tonen, enkel de lottoformuliertjes, waaraan ze steeds moeten denken! Je moet ook kunnen incasseren, niet alleen uitdelen.

De directeur stamelt fundamentele, flemende woorden, hij verkondigt zichzelf en zijn programma, deze particulier. Hij leeft alweer in zijn element, het geld. Wat zou hij zonder zijn vrouw, zoals hij haar hardnekkig noemt, zijn. Vrolijk klampt hij zich met zijn vrije hand, waarmee hij niet stuurt, aan haar lichaam vast en stuurt tenminste daar. Als een warm tam dier hangt het gebergte over hem heen, hij heeft het al helemaal kaal geschoren. De overtollige wagen hebben ze verdoofd en afgesloten laten staan, net als hun kind. Ze hadden gewoonweg alleen maar oog voor hun vermakelijke geslacht. De vrouw kan artikelen, zoals ze bij een vrouw nu eenmaal passen, gaan inkopen. Nu wordt over de volgende dag en zijn ontplooiingsmogelijkheden gespeculeerd. De directeur spreekt erover, hoe vol afwisseling hij zijn vrouw straks en de volgende dagen zal naaien. Hij heeft boven, op kantoor, tumult nodig, zodat beneden zijn lul zich kan bevredigen en zich door de vrouw kan laten gevangennemen. Misschien vindt de vrouw iets bijzonders mooi, dat ze op haar dagje winkelen blind zal volgen? Deze man: de veilige ster van zijn vrouw schittert boven hem tot morgen vroeg, hij weidt teder aan haar hals, let u toch op het wegverkeer, straks zit u op de verkeerde weg! De druppels vallen nog van de man af, zweet en sperma, dat maakt hem niet minder, niet geringer, niet kleiner. Glimlachend bidt hij zijn vrouw tegemoet, die hij onder zijn straal heeft gehouden. Zijn vlezige testikels zitten stil aan hun pezige paal. Wat een opluchting, zich in de ban van de nacht te begeven, wanneer je je niet 's morgens, verblind door de keukenlamp, een van de velen, naar buiten moet haasten, het duister in. Als het vuur in een, en nog eens een, een grotere, in onze motor brandt. Gezuiverd, vernieuwd zal de directeur zo meteen met zijn Gerti het bed induiken en zich in haar struikgewas vereeuwigen, zo snel als hij tilt niemand z'n poot op en laat zich in een brandende stortvloed varen. Misschien worden deze twee vandaag nog een keer door het zachte geschreeuw van hun lichamen, die wat te eten willen hebben, overspoeld, wie weet? De vrouw wil haar jurk voor haar borst dichttrekken, de kou rukt aan haar. Maar de man verlangt, dat zij hem en de bewoners van het plattelandsdistrict in haar kleine voorportalen van de hel nog een beetje amusement biedt, dat doe je wel, hè Annabel, o nee, Gerti. De jurk, die is dichtgevallen, trekt hij aan de voorkant weer open, ze is immers nog niet helemaal uitgegaan, Gerti, ik bedoel, er gloeit beslist nog iets in de as. De kachel is nog niet echt warm geworden, de man echter wel. Het gaat tamelijk snel bij hem, aan zijn kin heeft hij een wondje van een vingernagel van Gerti. Geen eenzame wandelaar komen ze tegen, die met een kennis nog een beetje voor het huis wil staan te wachten. Niemand meer, die de stempel van de macht op het voorhoofd van de fabrieksdirecteur te zien krijgt. En vandaar, dat hij in ieder geval zijn vrouw het stempel moet opdrukken, als teken, dat zij entreegeld heeft betaald en ook werkelijk uit de warmte van haar geslacht moedig in haar leven ver geschopt is. In de keuken van de armen wordt alleen nog maar het fornuis vermaakt.

De man noemt de vrouw het allerliefste, wat hij bezit, ja, ook het kind hoort daarbij. Aan de gulden middenweg, in de geer van het dorp, wonen ze. En wijs deelt de regering met de opscheplepel de aanbiedingen aan mensen uit. Opdat de firma-eigenaren hun beslissingen nemen en excuses ervoor kunnen verzinnen, hoe ze met de subsidies en de mensel. lijven in het rond hebben gesmeten. Altijd gelukkig mogen ze zijn temidden van hun bezittingen, en de overigen vertellen van hun zorgen op hun pijpenla van een stukje grond, waarop ze direct schuttingen neerpoten, zo gauw als hun zaad een keer voor meer dan twee genoeg is. Reeds moeten ze aan nog een persoon denken!

Wij zijn aangekomen, het kind slaapt in zijn edele deelvertrek.

Geduldig sluimert de zoon aan de lijn van het chemieconcern Linz AG. Maar nu gaan ook wij slapen, om een voorproefje te krijgen van wat er voor de dood komt. Daartoe moet je eerst gaan liggen, de armen weten dit al lang, ze sterven ook eerder, en de tijd tot het zover is vinden ze nog steeds te lang. De man weidt zich nog een keer aan de met cosmetica overladen plekken op de huid van zijn vrouw, straks zal hij haar knallend als een geweerschot het bed in volgen. In het bad al druk lawaai van water en uitspattingen. Genadeloos wordt een zwaar lichaam in het hete water gegooid, zodat hij straks te genieten is. Aan zijn borst rusten de zeepjes en de borstels. De spiegels worden beslagen. De vrouw van de directeur moet haar man krachtig de rug schrobben, bescheiden haar hand in de zeep dopen en ook zijn machtige geslacht nog verder masseren, het is geheel aan haar handen toevertrouwd. Achter het raam verschuift de maan. Hij roept reeds naar haar, de man en de halve kilo vlees (of helemaal niet graag ietsje minder), dat zijn meester is. Het zwelt alweer op in het warme water en werkt zich omhoog naar het baasje over het rijkelijke buffet van zijn koude lijf. Daarna zal hij de vrouw in bad stoppen na de inspanningen van de dag, niets te danken, dat doet hij graag. Overal in het rond leven de sterfelijken van loon en arbeid, ze leven niet eeuwig en leven er niet goed van. Nu zijn ze echter al van de inspanning naar rust overgegaan, in hun borst slaapt de pik, omdat ze geen eigen badkamer hebben. Het lijf van de directeur smelt weg in het water, maar er zijn altijd nog genoeg kubieke meters over. Nog een keer roept hij zijn vrouw, luider nu, dit is een bevel. Ze komt niet. Hij zal zich alleen week moeten laten maken door het water. Vredig glijdt hij naar de andere kant van de badkuip, moet hij brullen, dat ze komt? Wat heerlijk, dat je je in het water kan dopen, maar er niet over hoeft te leren lopen. Welk een plezier, en zo goedkoop.

Iedereen kan het zich veroorloven. Goed, dan blijft de vrouw maar waar ze is, o hete dampen, neem me mee! Hij draait de hete kraan open, masseert hem en wordt rustig, opgeruimd. De watermassa's bruisen om het zware lichaam heen, waaraan harde kauwspieren het leven fijnmalen en firma's opslokken. De armen zijn ook als water van de rotsen geworpen, maar ze blijven in ieder geval waar ze zijn, in hun kleine bedden en bedelen niet voortdurend aan je hoofd, die vervelende mensen, aan wie je toeslagen moet betalen. Hoe ze daar blindelings, van het ene uur op het andere, met hun heilige snaren, die hun vrouwen moeizaam in het frame van hun lichaam hebben gespannen, in de machines terechtkomen! Al dat bloed! En alles tevergeefs, uiteindelijk ook de geweldige zweepslagen van hun harten, omdat er geen bloed meer is, dat ze kunnen voortdrijven. En de kinderen zwermen soms nog om vier uur 's nachts rond, geloof ik. Minstens één, twee stuks komen nu altijd nog dronken van de disco naar huis terug.

Maar de zoon, zoveel jaren is hij hier al impopulair, die ligt nu in zijn bed, en de vredige maan gaat voorbij. Het ademt zwaar, het kind, door het koude zweet bedekt, met zulke pillen in je sap, dan rust je meteen heel anders. Ongemakkelijk ligt het kind onder het oog van de moeder, die naar zijn bed komt en het recht legt. Vergeven is het kind en toch haar hele leven: het zwijgt net zo. Het verheugt zich beslist op het groeien, op dezelfde wijze als het lid van zijn vader. Teder kust de moeder haar bootje, dat de wereld omzeilt. Dan pakt ze een plastic zak, schuift hem over het hoofd van het kind en houdt hem onderaan heel stevig dicht, opdat de adem van het kind daarin in ruste op de klippen kan lopen. Weelderig komen onder het uitspansel van de zak, waarop het adres van een boetiek staat afgedrukt, nog eenmaal de levenskrachten van het kind, waaraan voor niet al te lange tijd groei en sportapparaten werden beloofd tot volle wasdom. Zo gaat 't, als je de natuur door middel van apparaten wenst te verbeteren! Maar nee, het wil toch niet meer leven. Dan drijft de zoon weg het open water op, waar hij meteen helemaal in zijn element (mama!) is en de snorkel hanteert, waardoorheen zijn kameraden de wereld van het begin af aan als door een wc-bril leren zien: zozeer is hij hun meerdere geweest, een kleine god van de oorlog, mobiel bij werk, sport en spel. Ze zien alles, maar ze zien niet veel. De moeder gaat het huis uit. Ze draagt de zoon op haar armen heen als een uitbottende struik, die in de grond moet worden gezet. Vanaf de toppen, waarop het kind vandaag heeft gereden en morgen weer wilde rijden (eigenlijk heeft men nu al de volgende dag ongeduldig aangebroken!), groet de grond ten afscheid. Verontwaardigde afdrukken in het sneeuwtapijt. Nou, dwaal, dool maar om het vuur heen, zeker een belevenis achter de rug, hè?

De moeder draagt het kind, vervolgens, als ze moe wordt, sleept ze het achter zich aan. Achter ijle kleding de maan. Nu is de vrouw bij de beek, en tevreden zakt het volgende moment de zoon erin. Mooie kalmte wuift, en ook de sportlieden wuiven immers bij iedere gelegenheid naar elkaar, als er een publiek voor is. Nu is het tegen de verwachting in zo afgelopen, dat uitgerekend de jongste van het gezin het domme gezicht van de eeuwigheid als eerste zal mogen zien achter al het geld, dat, om inkopen te doen, op aarde vrij rondholt, als niemand het aan de lijn doet. Denderend rennen de mensen om het hardst en vragen om een goed hart. En de skisporters gaan het gebergte in, om het even, wie verder nog daar woont en zelf graag zou willen winnen.

Het water heeft het kind in zijn armen genomen en sleurt het met zich mee, lang nog zal er veel van hem over zijn, bij deze kou. De moeder leeft, en bekranst is haar tijd, in wiens ketenen ze kronkelt. Vrouwen worden gauw oud, en hun fout is: ze weten niet, waar ze al die tijd achter zich kunnen verbergen, opdat niemand hem ziet. Moeten ze hem soms opslokken, als de navelstrengen van hun kinderen? Moord en dood!

Rust nu maar even uit!

Elfriede Jelinek
De pianiste

'Beangstigend heldere scènes over lust en agressie.'
Utrechts Nieuwsblad.

Rainbow Pocketboek 122

* * *

Chenjerai Hove
Beenderen

'Een groot schrijver, een prachtig boek.'
(Adriaan van Dis)

Rainbow Pocketboek 178

* * *

Helen Zahavi
Dirty Weekend

Een vrouw laat zich niet langer intimideren door haar mannelijke belagers.

Rainbow Pocketboeken 179

* * *

Hetty Rombouts
Echt verliefd

Analyse van een emotie

Onderzoek naar verliefdheid: Waarom zijn verliefde mensen zo gelukkig? En waarom blijft dat nooit zo?

Rainbow Pocketboek 169

***

John Cleese en Robin Skynner
Hoe overleef ik mijn familie

Gesprekken over huwelijk en gezinsleven, liefde, seks, relaties en kinderen.

Rainbow Pocketboeken 181

***

David Gilmore
De man als mythe

Mannelijkheid in verschillende culturen

Antropologisch onderzoek naar het begrip 'mannelijkheid'.

Rainbow Pocketboek 182

***

Ingeborg Bachmann
Malina

'De wanhopigste liefdesroman die ik ken.'
C.O. Jellema in *NRC Handelsblad.*

Rainbow Pocketboek 111

* * *

Marlen Haushofer
De wand

'Om ademloos te lezen en nooit weer te vergeten.' *Humo*

Rainbow Pocketboek 119

* * *

Lillian B. Rubin
Het erotisch slagveld

Interviews over seksualiteit, macht en relaties.

Rainbow Pocketboek 162

* * *

Rainbow Pocketboeken:

Duygu Asena – *De vrouw heeft geen naam*
Ingeborg Bachmann – *Het dertigste jaar*
Ingeborg Bachmann – *Malina*
Elisabeth Badinter – *De mythe van de moederliefde*
Elisabeth Barillé – *Anaïs Nin*
Elisabeth Barillé – *De kleur van woede*
Elisabeth Barillé – *Lijfelijkheid*
Georges Bataille – *Het oog / De dode*
J.M.A. Biesheuvel – *De wereld moet beter worden*
Marion Bloem – *Geen gewoon Indisch meisje*
Victor Bockris – *Andy Warhol*
Paul Bowles – *De tere prooi*
A.S. Byatt – *Obsessie*
Marie Cardinal – *Het moet eruit!*
Bruce Chatwin – *In Patagonië*
John Cleese en Robin Skynner – *Hoe overleef ik mijn familie*
Maryse Condé – *Ségou I De aarden wallen*
Maryse Condé – *Ségou II De verkruimelde aarde*
Maryse Condé – *Tituba*
Jenny Diski – *Onnatuurlijk*
Florinda Donner – *Shabono*
Roddy Doyle – *The Commitments*
Isabelle Eberhardt – *Brieven, dagboeken en verhalen*
Buchi Emecheta – *Als een tweederangs burger*
Buchi Emecheta – *De prijs van de bruid*
Buchi Emecheta – *De slavin*
Laura Esquivel – *Rode rozen en tortilla's*
Gustave Flaubert – *Reis door de Oriënt*
John Fowles – *Het liefje van de Franse luitenant*
Jean-Paul Franssens – *Een gouden kind*
Nancy Friday – *Mijn moeder en ik*
Bella Fromm – *Bloed en banketten*
Martha Gellhorn – *Het gezicht van de oorlog*
David Gilmore – *De man als mythe*
Paola Giovetti – *Engelen*
Françoise Giroud – *Alma Mahler*
Nadine Gordimer – *De bourgeoiswereld van vroeger*
Martha Graham – *Een leven in dans*
Marlen Haushofer – *De wand*
Kristien Hemmerechts – *Zegt zij, zegt hij*
Kristien Hemmerechts – *Een zuil van zout*

Judith Herzberg – *Doen en laten*
Shere Hite – *Vrouwen en minnaars*
Billie Holiday – *Lady Sings the Blues*
Chenjerai Hove – *Beenderen*
Robert Hughes – *De fatale kust*
Elfriede Jelinek – *De pianiste*
Elfriede Jelinek – *Lust*
Tahar Ben Jelloun – *Gewijde nacht*
Viktor Jerofejev – *Een schoonheid uit Moskou*
Erica Jong – *Hoe red ik mijn eigen leven*
Erica Jong – *Het ritsloze nummer*
Freek de Jonge – *Neerlands bloed*
Ryszard Kapuściński – *De keizer*
Wolf Kielich – *Vrouwen op ontdekkingsreis*
Annette Kobak – *Isabelle*
Agota Kristof – *Het dikke schrift*
Hanif Kureishi – *De boeddha van de buitenwijk*
David Leavitt – *De verloren taal der kranen*
Amin Maalouf – *Leo Africanus*
Amin Maalouf – *Rovers, Christenhonden, Vrouwenschenners*
Axel Madsen – *Chanel*
Elisabeth Marain – *Rosalie Niemand*
Ian McEwan – *De cementen tuin*
Eduardo Mendoza – *Het geheim van de behekste crypte*
Eduardo Mendoza – *De stad der wonderen*
Philip Metcalfe – *1933*
Rosa Montero – *Als een vorstin zal ik je behandelen*
Alberto Moravia – *De voyeur*
Cees Nooteboom – *De koning van Suriname*
Cees Nooteboom – *Een middag in Bruay*
Cees Nooteboom – *Een nacht in Tunesië*
Cees Nooteboom – *Een ochtend in Bahia*
Cees Nooteboom – *De ridder is gestorven*
Cees Nooteboom – *De verliefde gevangene*
Susie Orbach en Luise Eichenbaum – *Hoe zijn vrouwen eigenlijk?*
Luigi Pirandello – *Iemand, niemand en honderdduizend*
Sylvia Plath – *De glazen stolp*
Gerard Reve – *Een Circusjongen*
Gerard Reve – *Een Eigen Huis*
Gerard Reve – *Ik Had Hem Lief*
Gerard Reve – *Lieve Jongens*
Gerard Reve – *Moeder En Zoon*

Gerard Reve – *Oud En Eenzaam*
Gerard Reve – *De Stille Vriend*
Gerard Reve – *De Taal Der Liefde*
Gerard Reve – *De Vierde Man*
Gerard Reve – *Wolf*
Hetty Rombouts – *Echt verliefd*
Lillian B. Rubin – *Het erotisch slagveld*
Nawal El Saadawi – *De gesluierde Eva*
Nawal El Saadawi – *God stierf bij de Nijl*
Nawal El Saadawi – *De val van de imam*
Nawal El Saadawi – *Vrouwengevangenis*
May Sarton – *Terugblik*
Jean Paul Sartre – *Over het existentialisme*
Tom Sharpe – *Hard gelach*
Tom Sharpe – *Wilt*
Simone Signoret – *Nostalgie is ook niet meer wat het was*
Isaac B. Singer – *Het landgoed*
Isaac B. Singer – *Vijanden, een liefdesroman*
Isaac B. Singer – *Yentl*
Agnes Sommer – *Houden van Afrikanen*
Karin Spaink – *Het strafbare lichaam*
Arianna Stassinopoulos – *Maria Callas*
Arianna Stassinopoulos – *Picasso*
Peter van Straaten – *Agnes*
Peter van Straaten – *Agnes moet verder*
Harry Stroeken – *Van dochter tot vrouw*
Dubravka Ugrešić – *Steffie Steek in de klauwen van het leven*
Robert Vernooy – *De dingen die er niet toe doen*
Robert Vernooy – *De tedere tirannie*
Julia Voznesenskaja – *Vrouwendecamerone*
Piet Vroon – *Allemaal psychisch*
Piet Vroon – *Kopzorgen*
Alice Walker – *De kleur paars*
Alice Walker – *De tempel van mijn gezel*
Harry van Wijnen – *De Prins-Gemaal*
Leon de Winter – *De (ver)wording van de jongere Dürer*
Leon de Winter – *Zoeken naar Eileen*
K.G. van Wolferen – *Japan*
Virginia Woolf – *Naar de vuurtoren*
Marguerite Yourcenar – *Met open ogen*
Helen Zahavi – *Dirty Weekend*